LES ENFANTS DE JI **3**

La voix des ainés

Du même auteur
aux Éditions J'ai lu

Le secret de Ji - 1, *J'ai lu* 6578
Le secret de Ji - 2, *J'ai lu* 6662

Les enfants de Ji :
1 - Le testament oublié, *J'ai lu* 8225
2 - La veuve barbare, *J'ai lu* 8365
3 - La voix des aînés, *J'ai lu* 8688
4 - Le patriarche, *(à paraître)*

PIERRE GRIMBERT

LES ENFANTS DE JI **3**

La voix des aînés

À mes deux petits guerriers

Mon nom est connu à travers tous les Hauts-Royaumes, et même au-delà. Je suis l'Archiduchesse Agénor de Lorelia. Sœur cadette de son altesse Bondrian V, dit le Prudent, quatorzième souverain de la branche des Jarodiens... et probablement le dernier mâle de notre lignée à monter sur le trône.

Je voyage entre mes palais, de saison en saison, depuis déjà sept décennies. Toute une vie, trop vite passée, à œuvrer à la grandeur de notre nation... Un pays que j'ai toujours considéré comme le mien, mais dont les mémoires, les historiens et jusqu'aux faces de nos terces d'or ne retiendront qu'un seul visage : celui de mon frère.

Ce benêt sans envergure n'a pourtant que le mérite d'être né quelques années avant moi. Il serait bien incapable de régner sans son armée de ministres, de conseillers et autres consuls ! Ceux-là ne valent pas mieux que les courtisans qui rôdent sans cesse dans nos couloirs, en quête de nouveaux privilèges ou de calomnies à relayer sur leurs semblables. Le plus grand mérite de ces « hommes d'esprit » est bien de réussir à maintenir cette fausse image de sages indispensables, alors qu'ils vampirisent le trésor en dormant sur nos administrations ! À mes yeux, ils forment une bande inutile et lâche : les « profiteurs de paix. »

Je suis, moi, capable de prendre et d'assumer des décisions importantes, sans devoir m'appuyer sur l'approbation de parasites. Je l'ai toujours fait. En tout cas, je n'ai cessé de le faire, depuis cette nuit de l'an 865 où je faillis mourir en couche...

Le discours des sages-femmes était alors des plus clairs. Je me souviens de chaque mot qui fut prononcé pendant ces décans de souffrance... On ne pouvait à la fois sauver le bébé, et sa mère. Un choix s'imposait, dramatique et irréversible. Alors, je ne tournai pas le dos à mes responsabilités.

À la suite de cette tragédie, je restai à jamais incapable d'enfanter. Ma stérilité usa prématurément mon époux, qui mourut pratiquement de tristesse, avant même d'atteindre sa quarantième année. Sa propre lignée, apparentée aux anciens rois de Lermian, s'éteignit également avec lui... En revanche, j'héritai d'une fortune colossale, bien supérieure aux quelques domaines terriens dont mon frère m'avait fait l'aumône. Après n'avoir brillé que dans l'ombre du souverain et de mon mari, je me retrouvai soudain la femme la plus riche de tout Lorelia. Davantage, même, que la reine en personne !

Ma belle-sœur et moi n'avions jamais pu nous entendre ; c'était de notoriété publique. Notre inimitié grandit encore alors que j'entamai ma vie de douairière. La réussite avec laquelle je fis fructifier mes biens devait fatalement attiser jalousies et inquiétudes ! Mais après toutes ces années à me tenir dans le seul rôle de sœur et d'épouse, silhouette silencieuse parmi les autres dames de la Cour, je me découvris une réelle intelligence pour les affaires. En quelques années, je doublai le contenu de mes coffres, ma fortune rivalisant alors avec celle de l'empereur de Goran, du sultan de Jezeba ou du clan arque du Faucon !

Mon frère fut trop niais ou confiant pour y voir une quelconque menace pour son trône, mais ma belle-sœur finit par montrer son vrai visage. Celui d'une impitoyable intrigante, qui n'était pas devenue reine sans piétiner quelques cadavres de rivales... Le pouvoir de l'or, supérieur encore à celui de mon titre d'archiduchesse, devait heureusement me sauver la vie. Le réseau d'espions que j'avais commencé à développer pour mon propre compte n'eut aucune peine à prévenir sa tentative d'assassinat ! Pour cinq misérables terces ajoutés à sa solde, je renvoyai contre la reine la brute qu'elle avait chargée de me saigner...

Au jour dit, je fis saisir le meurtrier sur le cadavre encore crispé de ma belle-sœur. Mes arbalétriers transformèrent l'homme en pelote d'épingles, à l'instant même où le roi accourait au chevet de sa femme... Il pleura longuement sur mon épaule, ce soir-là. Nous nous retrouvions unis dans le veuvage. Juste frère et sœur, à nouveau, comme au temps de notre enfance.

Unis, certes ; du moins en apparence. Mais pas égaux. Le roi avait encore deux héritiers pour assurer sa descendance, et surtout sa mainmise sur le trône. Alors que j'étais infertile à jamais... cela me rongeait plus que je ne voulais me l'avouer.

Après quelques années, je commençai à me lasser des affaires. Mon « empire » financier était désormais solidement installé, et gérer ma fortune devint alors une tâche de plus en plus banale et répétitive, sans grand intérêt au quotidien. Pour tromper ma solitude, j'avais besoin de confronter mon intelligence à un autre défi, sans parvenir à en trouver un digne de ce nom.

Les troubles de l'an 889 me fournirent un peu de distraction. Les Goranais rassemblaient leurs armées, avait-on appris... Mon frère fit évidemment de même, sur mes propres conseils. Il fut ensuite vérifié que la mobilisation de nos voisins ne visait qu'à contenir une nouvelle agitation des barbares thalittes. Du moins, c'est ce que nous avons cru pendant plusieurs décades !

La nouvelle, puis le récit de la bataille du Mont-fleuri me surprit, comme tout le monde. Il y avait de quoi ébranler les plus blasés. Comment une armée d'estiens, menée par les primaires Wallattes, avait-elle pu creuser ainsi un tunnel sous le Rideau ? Et surtout, comment un projet d'une telle ampleur était-il resté secret aussi longtemps ?

Sans l'intervention décisive des clans arques, descendus du Blanc-Pays au pas de marche forcée, les barbares auraient aisément pris possession de l'une des capitales les plus importantes des Hauts-Royaumes. Et ils ne se seraient probablement pas arrêtés à ce point stratégique... Même Lorelia aurait eu à craindre de cette marée humaine braillarde, porteuse de lowas et de mort.

Alors que des Cours montaient surtout des soupirs de soulagement, je soufflai sur l'étincelle de l'indignation. Comment nos espions avaient-ils pu manquer ainsi à leur mission ! Comment des civilisations aussi peu avancées que les Wallattes avaient-elles réussi à berner nos sociétés organisées ! Je n'eus guère à insister pour que mon frère m'accorde finalement la tête du capitaine de la Légion Grise. L'incapable fut pendu en place d'Uliterre, comme le dernier des gueux... En revanche, il me fut plus difficile d'obtenir le commandement laissé vacant. Les « conseillers » du roi ne voyaient pas ma candidature d'un bon œil, et se réfugiaient derrière l'excuse de ma nature de femme pour me refuser ce surplus de pouvoir.

Ils durent réviser leur jugement, pourtant, quand je leur présentai à chacun les informations que j'avais amassées sur leurs comptes. Affaires de mœurs, de vols dans les caisses, ou simplement de calomnies à l'encontre de mon frère... Il y en avait pour tous les goûts. La plupart cumulaient même un certain nombre de ces méfaits honteux. Je me félicitai alors d'avoir conservé ces bottes secrètes pendant tant d'années : mon petit jeu de chantage fonctionna au-delà de mes espérances. Non seulement on me confia la Légion Grise, mais mon frère accepta même d'en renforcer l'indépendance, « inspiré » en cela par une bande de parasites que je tenais désormais sous mon talon !

Ma prise de fonction fut discrète, mais non moins officielle. Je commençai aussitôt par un profond remaniement de la hiérarchie de ces réseaux d'espions, nommant à des postes stratégiques certains hommes fidèles qui me servaient depuis des années. Je poursuivis par une épuration systématique des rangs inférieurs... Les lâches, les scrupuleux, les chétifs se trouvèrent mis à la retraite anticipée. Bon nombre de partisans de l'ancien capitaine virent également arriver la fin de leur carrière, voire leur fin tout court. Enfin, je recrutai des troupes fraîches parmi nos soldats les plus mal notés. Peu m'importait leurs précédents excès de violence ou défis de l'autorité ! Je cherchais des hommes solides, capables d'initiative, et à la moralité malléable.

D'une bureaucratie étouffée par la mollesse diplomatique, j'avais l'ambition de faire une véritable armée de l'ombre. Rapide, efficace et zélée. Apte, enfin, à écraser n'importe quel ennemi se dressant sur ma route.

*

En ce début de la saison du Vent, la température était encore écrasante, dans l'unique port de l'île de

Zuïa. L'escadrat battant pavillon lorelien semblait soupirer sous la chaleur, craquant de toute sa charpente, tandis que ses mâts sans voile faisaient immanquablement penser à une ossature décharnée. Le bâtiment à l'éperon guerrier attisait néanmoins la curiosité des plus communs des Züu... Pêcheurs de sagre vorace, *d'anicet* ou de *langoustan* ; maraîchers, charretiers, commerçants de tous genres et âges ; ainsi que d'autres aux activités moins avouables, contrebandiers, pirates, anciens mercenaires Yussa... Tous se massaient en une foule curieuse le long du quai où s'appuyait l'énorme navire étranger.

Sans la douzaine de prêtres en habit rouge qui en gardaient l'accès, le pont de l'escadrat aurait rapidement été envahi par les badauds ! Mais les porteurs de hati n'avaient pas même besoin de tirer leurs dagues pour faire régner l'ordre. Leur seule présence refroidissait toutes les ardeurs... Il en allait ainsi depuis des siècles. Seuls les fous et les désespérés se hasardaient parfois à défier l'autorité toute-puissante des prêtres-assassins ; et aucun ne vivait assez longuement pour s'en vanter.

Ces douze-là s'étaient présentés bien avant l'arrivée du navire. Personne, alors, ne voulait s'attarder sur le quai où les jeunes hommes aux crânes rasés s'étaient installés... Leur silence déroutant, leurs regards inquisiteurs dissuadaient quiconque de les questionner. Ce n'est qu'au moment où le bâtiment de guerre était apparu à l'horizon, faisant se redresser les tueurs rouges, que les habitués du port avaient compris assister à quelque chose d'important.

Il fallut un décan encore avant que l'escadrat fût enfin à quai, mais les interrogations et les fausses rumeurs allaient déjà bon train. Qu'est-ce qu'un navire du puissant royaume lorelien venait faire à Zuïa ? Comment les prêtres connaissaient-ils son arrivée ? Les badauds se doutaient déjà qu'ils repartiraient sans réponse, mais leur curiosité se doublait de l'espoir de la voir assouvie. Ainsi, plusieurs centaines de regards étaient vissés sur le bastingage élevé du bâtiment, dans l'attente de l'un ou l'autre événement... Même les marins du Haut-Royaume avaient préféré s'éclipser dans leurs cabines, une fois les manœuvres d'arrimage terminées. Et la menace à peine déguisée des assassins grimpant à bord y était pour bien davantage, probablement, que l'inconfort causé par la chaleur !

Un demi-décan après ces événements, la foule n'avait pas minci, les plus impatients étant régulièrement remplacés par de nouveaux arrivants. Ça et là, on commençait tout de même à murmurer que rien ne devrait se produire, au final, ou peut-être pas ce jour... L'arrivée inattendue d'une voiture à bras mit un terme à ces suppositions pessimistes. En quelques décilles, le port fut envahi par une masse encore plus compacte de curieux, s'ouvrant en deux pour céder passage au mystérieux cortège.

Peu avaient déjà eu l'occasion d'assister à un tel spectacle, mais chacun comprit de quoi il s'agissait. Une délégation entière était descendue du mythique Lus'an, pour venir à la rencontre des passagers du navire ! Ainsi, ce n'était pas moins de *vingt* messagers qui escortaient le véhicule, lui-même soutenu par huit colosses ruisselants de sueur... Tous portaient la tunique pourpre des serviteurs des Judicateurs ; on reconnaissait là les meilleurs combattants de Zuïa. À l'idée que la voiture puisse abriter l'un des grands officiers du culte, voire le prêtre suprême en personne, la plupart des badauds se sentaient une furieuse envie de tourner les talons pour vaquer bien sagement à leurs occupations ! Mais le désir d'en apprendre davantage était plus fort encore, et chacun espérait qu'il aurait le temps de déguerpir si les choses venaient à mal tourner... Les sources de distraction étaient trop rares, de ce côté de l'île, pour les ignorer quand il s'en présentait.

La frustration devait pourtant être la plus grande émotion du jour. Un vent de soupirs monta de la foule, lorsque les porteurs s'engagèrent avec la voiture sur la lourde passerelle menant au pont de l'escadrat ! L'identité du passager resterait donc un mystère... Pire encore : après un décime seulement, la délégation repartit aussi vite qu'elle était venue, entraînant avec elle les tueurs en habits pourpre et même leurs condisciples moins gradés.

Privés de spectacle, stupéfaits également, les Züu patientèrent un moment encore près du flanc du navire. Tandis que les marins loreliens retournaient à leurs postes un à un, quelques badauds parmi les plus fouineurs prirent soudain conscience que plus rien ne les empêchait de grimper à bord pour interroger l'équipage ! Les premiers à gravir la passerelle furent pourtant vite refoulés par les étrangers, trop pressés de mettre le cap vers un port un peu moins exotique. Trois décimes plus tard, l'escadrat partirait déjà pour les Bas-Royaumes, probablement à destination de Mythr, et laissant derrière lui un peuple étouffé par le régime des prêtres-assassins... L'étrange mission d'escorte que lui avait confiée la Légion Grise était remplie. Mais l'immense majorité de la population de l'île de Zuïa ne saurait jamais de quoi il en retournait !

Dans la voiture obscure et brinquebalante qui s'éloignait, Celle-qui-Juge faisait face à son Judicateur suprême. Le mortel lui renouvelait pour la centième fois ses vœux de servitude et de loyauté... La fille de Karu lisait pourtant en lui à livre ouvert. Ce traître avait commencé à espérer la disparition définitive de sa déesse ! Quelques jours plus tôt encore, alors qu'elle touchait son esprit pour l'informer de son arrivée, il s'imaginait en maître incontesté du palais du Lus'an... Mais peu importait. Pour l'instant, elle avait besoin d'hommes d'expérience. Il serait châtié plus tard.

— Votre divinité, m'expliquerez-vous les égards qu'ont eus pour vous ces Loreliens ? demandait le mielleux. Ils ont pourtant toujours été les ennemis de votre sagesse...

— Les choses changent, rétorqua l'éternelle avec un petit rire acide. Nous avons désormais un ami commun, auquel ils ne peuvent rien refuser.

Le Judicateur acquiesça docilement, sans en avoir appris davantage. Il avait au moins cent autres questions en tête, dont une qui prenait le pas sur toutes les autres... Soudain contrariée, Zuïa décida de ne pas attendre qu'il la pose.

— La Kahati ne reviendra pas. Elle nous a trahis.

Le prêtre ouvrit de grands yeux horrifiés, puis se recomposa une attitude plus digne. Jamais, dans toute l'histoire du culte, ce cas de figure ne s'était présenté. À côté de ce crime, les propres pensées déloyales du Judicateur lui paraissaient bénignes.

— Comment... comment...

Le regard soudain noir de l'immortelle lui fit renoncer à terminer sa phrase. Un autre commentaire monta aussitôt à ses lèvres.

— Elle sera jugée et punie comme il se doit, promit l'homme en serrant le poing. Dès que vous m'aurez indiqué où elle se cache, j'enverrai...

— Je ne peux pas la localiser, interrompit brutalement Zuïa. Elle est sous la protection d'une autre magie. Vous devrez la retrouver sans mon aide.

De nouveau, le Judicateur manifesta sa surprise, sans chercher à la dissimuler cette fois. L'éternelle le laissa se débattre avec ses interrogations. Elle n'avait guère envie de s'étendre sur ses échecs. Sombre, ce jeune bâtard de Karu, lui en avait suffisamment montré l'étendue...

Ainsi, les fugitifs étaient *toujours* vivants. Après la trahison de Zejabel, Celle-qui-Juge faisait de ce problème une affaire personnelle. Un véritable commandement divin.

*

L'une des premières tâches que je confiai à mes espions fut d'enquêter sur la bataille du Mont-fleuri. Des rapports plus ou moins contradictoires que j'en tirai se dégageait au moins une constante : un petit groupe d'hommes et de femmes, de nationalités disparates, était à l'origine du renfort décisif des clans arques. Et parmi ces aventuriers à l'étrange destin se trouvait un Lorelien...

J'eus tôt fait de me renseigner à son sujet, et remerciai la chance en découvrant qu'il s'agissait du dernier descendant des ducs de Kercyan, disgraciés depuis plus d'un siècle. Cette fois encore, je n'eus guère de peine à convaincre mon frère de rendre terres et titres à l'individu. Cela permettait au royaume de s'attribuer les honneurs de la victoire ; et surtout, j'espérais en apprendre davantage en amenant ce vagabond jusqu'au palais !

Je devais malheureusement rester sur ma faim. Le dit Reyan se joua de nos questions avec malice, tirant partie de sa fortune sans en avouer plus que nécessaire. Et après avoir promu l'aventurier au rang de duc, je ne pouvais plus le soumettre à un interrogatoire musclé sans faire de vagues... Je laissai donc ce

Reyan et sa prêtresse de femme à leur nouvelle vie de courtisans, tout en continuant à les espionner de loin.

Une, puis deux années passèrent, et il me fallut bientôt renoncer à percer les secrets des de Kercyan. Leur vie semblait terriblement tranquille, surtout depuis la naissance de leur fille... Soit ils n'avaient vraiment rien à dissimuler ; soit ils étaient particulièrement habiles dans l'art de la cachotterie !

Finalement, une demi-décennie après la bataille du Mont-fleuri et ma mainmise sur la Légion Grise, je n'avais toujours pas déchiffré les événements qui nous avaient menés au bord de la catastrophe. En plus d'égratigner mon orgueil et de défier mon intelligence, cet échec m'était parfois jeté à la face par les moins indignes des conseillers de mon frère, ceux sur lesquels j'avais peu de moyens de pression... Percer ce mystère devint alors pour moi une véritable obsession !

Je passai plusieurs lunes à réétudier les rapports de mes hommes, cherchant dans ces centaines de pages et de témoignages les détails qui avaient dû m'échapper. Mais quelque fut la manière dont j'abordais le problème, il ne s'imposait, au final, qu'une seule conclusion logique. Une conclusion que mon esprit rigoriste ne pouvait accepter. L'unique façon de justifier les événements était de prendre toutes les déclarations au pied de la lettre... C'est-à-dire, considérer comme réels les pouvoirs magiques du Haut Dyarque, ainsi que l'existence de son démon !

Cela allait brutalement à l'encontre de mes convictions, et il me fallut quelques décades encore pour seulement m'habituer à l'idée. J'avais toujours méprisé les religions, les fétichismes et autres cartomancies, comme autant de preuves de la bêtise humaine... Je devais désormais les envisager comme des choses concrètes, ayant une véritable influence sur la marche du monde.

Après le dédain, la surprise et la résignation, c'est une véritable frénésie de découverte qui s'empara de moi. J'avais boudé ces idées de sorcellerie et de secte pendant si longtemps, qu'à l'inverse je brûlai bientôt de tout connaître à leur sujet. Mais les rapports en ma possession me semblèrent soudain bien minces... Au sein même de mes hommes les plus fidèles, je décidai alors de créer une cellule secrète et spécialisée pour cette enquête. Ses membres se nommèrent eux-mêmes : la Légion Brune.

À la tête de cette unité, je plaçai mon propre cousin, le Prince Alcide de Bénélia. Je connaissais depuis longtemps sa jalousie envers mon souverain de frère, et son ambition sans pareille ! Alcide était prêt à tout pour faire de sa cité le nouveau centre des richesses du royaume. Il suivait d'ailleurs de près l'évolution de ma fortune personnelle, et se languissait de prendre part à mon empire de l'ombre... Je lui donnai donc l'occasion de prouver sa valeur, et il s'empressa d'accepter.

Je n'eus pas à le regretter. À l'époque, en tout cas, car sa dernière mission fut malheureusement un cuisant échec ! Mais dans cette quête difficile de la vérité sur Saat et son démon, Alcide fit des merveilles. Après quelques lunes d'investigations et de recoupements, il m'apporta plus d'informations que je n'en espérais. Sur ses ordres, les hommes de ma nouvelle Légion Brune avaient infiltré les peuplades thalittes et wallattes, pendant plusieurs décades... Certains étaient même allés jusqu'à Zuïa, pour éclaircir le mystère de la présence des tueurs rouges dans l'entourage du Haut Dyarque. Tous rapportèrent des récits troublants.

Plusieurs centaines de rescapés de la bataille ou des anciens camps d'esclaves juraient avoir été témoins de la puissance du sorcier. D'après eux, Saat était capable de lire les pensées, de prendre le contrôle d'un autre corps, ou même de tuer quelqu'un par sa seule volonté. Plus effarant encore : tous ces vétérans affirmaient avoir assisté à des sacrifices humains, où leur divinité démoniaque venait en personne s'emparer de son offrande ! Ces hommes et femmes, de cultures, d'âges et d'intelligences variées, ne pouvaient relater des faits identiques sans que l'on concède à l'ensemble un fond de vérité... Ainsi, Sombre était réel.

Une créature exceptionnelle, peut-être un véritable dieu, marchait parmi les hommes !

Une fois l'inconcevable accepté, c'est toute ma façon de voir le monde qui fut bouleversée. Comment se soucier de faire fructifier encore une fortune déjà immense, alors que l'existence des éternels était enfin prouvée ? Comment ne pas sourire de mépris devant la suffisance des courtisans, alors qu'il se trouvait des pouvoirs dépassant leur compréhension ? Enfin, comment ne pas rêver de quitter un temps la médiocrité des mortels, pour toucher du doigt la véritable puissance d'un être supérieur ?

Après avoir soulevé un des voiles du passé, je voulus tout connaître du présent. Saat était-il vraiment mort, comme chacun le supposait ? Qui avait réussi à le vaincre ? Comment ?

Et, surtout : qu'était devenu le démon abandonné par ses anciens fidèles ?

*

La créature laisse échapper une nouvelle plainte, libérant des milliers de bulles qui vont éclater à la surface de la mer Médiane. Si un marin était passé par là, il aurait pensé que les flots se mettaient soudain à bouillir... Personne n'assiste au spectacle, cependant, si ce n'est un banc de maquereaux carmin et un couple de goélands trop loin des rivages.

La créature sait qu'elle va mourir, seule. Loin du regard des mortels, et dans l'indifférence des dieux. Elle n'en ressent pourtant aucune peine. Elle ne ressent d'ailleurs pas grand-chose, à part de la colère, et la douleur qui irradie de ses yeux crevés. Elle se déplace en aveugle, nage en suivant les courants, rassemble ses dernières forces pour gagner le refuge qu'elle ne quittera plus jamais... Son nid au plus profond des abysses, le repaire des Léviathans.

Enfin, Reexyyl trouve l'entrée de son immense grotte. Il s'y glisse plus difficilement que d'habitude, doit s'appuyer sur ses pattes arrière, se retenir par les pinces. Heureusement, il n'a pas besoin de voir pour se repérer dans ces couloirs marins. Les ténèbres ont toujours régné en cet endroit, en cette profondeur insoupçonnée des humains. C'est le royaume des eaux sombres et glacées. Son royaume.

Entre nage et reptation, la créature finit par atteindre le fond de la caverne. Elle lance quelques appels, mais seul l'écho de ses propres grognements lui revient... Son frère n'est pas là. Il y a fort longtemps qu'il n'est pas réapparu. Reexyyl est incapable de compter en années, ni même en siècles, mais il a eu assez de temps pour s'habituer à la solitude. Et même pour comprendre qu'il est le dernier des Léviathans. Bientôt, il n'en sera plus dans ce monde.

La créature se soucie peu de la disparition de son espèce. Elle n'a pas assez d'esprit pour cela. Toutes ses pensées sont concentrées sur la souffrance de ses blessures, aux yeux, à la gorge, et en bien d'autres endroits encore. Elle s'est battue comme jamais, mais ses adversaires ont frappé trop profondément dans sa chair. Cette fois, elle n'aura pas le temps de guérir. La mort tourne déjà autour d'elle, buvant son sang et ses humeurs, sous la forme d'un millier de petits poissons charognards et pareillement aveugles. Ceux qui vivaient en parasites chez les Léviathans vont accélérer leur extinction.

Avec une nouvelle plainte, qui aurait fait trembler le plus grand des requins de Talante, Reexyyl gagne son trou préféré et s'y love dans une ultime posture défensive. C'est là qu'il a passé la majorité de son existence. Il n'en sortait que rarement, pour chasser le plus souvent. Les calmars géants de ces abysses n'auront désormais plus de prédateur. Plus personne pour limiter leur nombre, ni leur prolifération dans les profondeurs de la mer Médiane. Le monde va connaître un nouveau changement, même si le Léviathan n'en a qu'une conscience floue. Tout cela le dépasse, ou lui est égal. Il voudrait simplement s'endormir pour oublier un peu de sa douleur et de sa colère. Plonger dans un profond sommeil, même s'il devine qu'il sera sans réveil. Son agonie sera peut-être longue, mais rien ne peut plus l'empêcher...

Alors qu'il vacille au bord des rêves, Reexyyl revoit des images du lieu dont il est le protecteur. Il songe à cet étrange instinct qui le pousse à en défendre l'accès. Aux dieux qui sont ses maîtres, et à ceux qui lui parlent, parfois...

Enfin, le Léviathan fixe son souvenir sur l'arche. L'arche qui plus jamais ne s'éclairera de sa lumière mystérieuse. L'arche dont la magie et les secrets allaient disparaître avec leur Gardien.

La porte de l'île Ji serait bientôt refermée à tout jamais.

*

Sur ma demande, une phalange de la Légion Brune fut envoyée sur les ruines du palais du Haut Dyarque. Cette ancienne région wallatte est, encore aujourd'hui, désertée et même fuie par les peuplades barbares... Leurs légendes prétendent qu'un monstre rôde autour des anciens campements, et que même le fameux tunnel jusqu'à Ith est hanté par de dangereuses créatures. Pour convaincre mes espions d'accepter cette mission, il me fallut les couvrir d'or, et leur en promettre encore autant !

Leur absence dura deux lunes entières. Alors que je commençai à me résigner à leur disparition, voire à leur trahison, Alcide m'annonça enfin le retour de l'expédition... du moins, du seul homme qui y ait survécu. Deux de ses compagnons avaient péri sous les masses à bec des guerriers thalittes. Un autre avait succombé à la maladie de farik, suite à une mauvaise morsure de rat. Les trois derniers étaient portés disparus. Ils s'étaient enfoncés sous la montagne, en quête de renseignements utiles, tandis que leur frère d'arme gardait chevaux et équipements près d'un bivouac... Après deux journées et deux nuits à les attendre, seul au milieu de l'ancien champ de bataille, il avait perdu tout espoir de les revoir et avait fui vers Lorelia aussi vite qu'il était humainement possible.

Le récit de leurs découvertes confirma beaucoup de mes soupçons, et aussi de mes espoirs. Tout d'abord : oui, Saat le sorcier était bel et bien mort. Mes hommes avaient trouvé un squelette noirci sur un trône, au cœur du palais en ruines. Les inévitables bandes de pillards avaient depuis longtemps emporté le moindre clou de valeur de ces lieux maudits, et brisé tout ce qui pouvait l'être, mais personne n'avait osé déranger l'horrible dépouille de celui sur qui couraient tant de légendes.

Ensuite... une bête, une créature, un monstre, ou quel que soit le nom qu'on lui donne, avait effectivement séjourné en un labyrinthe élevé à son intention. Les Wallattes appelaient cet endroit « le Mausolée ». L'énorme pyramide trônait encore au pied de la montagne, épargnée par le temps et les mains sacrilèges. Mes espions étaient probablement les premiers à s'y aventurer depuis longtemps... Peut-être même, les premiers depuis cette nuit où les guerriers arques avaient repoussé les barbares hors de leur propre tunnel !

Le légionnaire survivant sut parfaitement me décrire l'ambiance oppressante de ces couloirs, les profondes empreintes de griffes qui couraient sur les murs, et surtout les morceaux d'os broyés qu'ils retrouvèrent un peu partout. Ces restes humains gardaient, par-delà le temps, la trace du déchaînement de violence dont ils avaient fait l'objet. Il existait même une sorte de crypte, au cœur du labyrinthe, où gisaient les débris de plusieurs milliers de crânes... Le démon avait peut-être empilé là les têtes de ses victimes pendant des années, avant de les réduire en poussière dans un mystérieux accès de rage.

Mon escouade ne s'était pas attardée plus que nécessaire, et elle ne pouvait prétendre avoir fouillé toute la pyramide, mais le survivant était convaincu que le monstre ne hantait plus les lieux depuis longtemps. Sans doute la bête avait-elle trouvé refuge sous la montagne, et était-elle responsable de la disparition des trois légionnaires !

Je ne partageais pas l'avis du rescapé. De nombreux pièges pouvaient avoir surpris mes hommes, dans ces galeries creusées par des esclaves malhabiles, et laissées à l'abandon depuis des années. Après avoir accepté l'idée de l'immortalité de la créature, il m'était difficile de l'imaginer terrée comme une bête malade... Où pouvait donc être Sombre ?

Pendant l'année qui suivit, je lançai trois nouvelles expéditions vers l'ancien pays wallatte. La première, chargée de fouiller la pyramide de fond en comble, ne m'apporta aucune réponse supplémentaire. La deuxième, que j'envoyai sous la montagne avec armes et équipements lourds, ne revint pourtant jamais... Enfin, je chargeai la dernière de déposer une simple lettre dans le Mausolée du dieu noir. Une missive marquée de mon sceau, et dont j'étais seule à connaître la teneur... Puisque toute la puissance de la Légion était incapable de rivaliser avec celle du démon, puisque des milliers d'espions ne pouvaient m'aider à retrouver l'éternel, je n'avais plus qu'un seul espoir. Celui que Sombre finisse par revenir dans ce qui semblait être son seul refuge et point de repère.

Les années passèrent, vite, trop vite. Je vieillis, naturellement... Il m'arrivait parfois d'oublier ce parchemin caché derrière les montagnes, et je me surprenais alors à ne plus songer qu'aux soucis quotidiens d'une vie normale, aussi dénuée de sens que celle des autres coqs et poules de la Cour...

Faute d'activité, la Légion Brune fut pratiquement dissoute. Alcide gagna alors en aigreur ce qu'il perdit en responsabilité dans mon réseau. Et pendant ce temps, la progéniture de mon frère grandissait, et se faisait une place parmi les pairs du royaume... Neveu et nièce devaient être bientôt en âge d'enfanter à leur tour. Impuissante, je voyais s'éloigner toujours davantage l'honneur qui m'était dû. La juste récompense pour mes mérites et l'œuvre prodigieuse que j'accomplissais pour Lorelia. À chaque jour qui finissait, je me résignais un peu plus : jamais la couronne ne pourrait être mienne... et j'allais continuer à vieillir seule, sans personne pour honorer mon nom et ma mémoire.

Jusqu'au jour où je me trouvai un fils !

Ce jour béni, où Sombre vint enfin à ma rencontre.

Nous avons tellement de choses en commun... Il est, il sera, à jamais mon héritier. Et je sais à quel point ce mot compte pour lui.

Livre XIV

Celui-qui-Sait

Les vagues orageuses avaient repris après le neuvième décan, et la pluie ne s'était arrêtée qu'un peu avant l'aube, comme elle-même fatiguée par cette nuit de cauchemar. Nolan se surprenait à dévisager malgré lui les Goranais les plus matinaux : artisans courageux, vieillards désœuvrés ou mendiants aux ventres vides... Plus de la moitié portaient des masques ; des masques tout à fait communs, mais qui rappelaient invariablement au novice les fantômes que les héritiers avaient affrontés sur les toits de la capitale impériale. Sans parler de cette mystérieuse créature ! Ce seul souvenir troublait encore les pensées du jeune homme, qui contemplait les âmes anonymes qu'il croisait avec l'impression d'être passé dans un autre monde.

À ses côtés, Amanón marchait d'un pas rapide sur les pavés mouillés. Comme Nolan lui-même, le Kaulien avait de nombreuses égratignures plus ou moins profondes sur les mains et le visage. Pire, la tempe droite de l'interprète était d'une étonnante couleur jaune, là où Keb l'avait frappé de sa lowa... Manó n'en parlait pas, ne se plaignait même pas, mais les grimaces qui glissaient sur ses traits quand il tournait la tête un peu trop vite évoquaient suffisamment sa douleur. Le novice lui-même souffrait d'une longue entaille sur le torse, compressée sous un pansement de fortune. Et cela n'était rien encore, comparé aux blessures de Bowbaq, et surtout de Zejabel !

Le novice regrettait d'avoir dû s'éloigner de la malheureuse Züe, mais jamais il ne lui serait venu à l'esprit de refuser d'accompagner Amanón. Même si leur petit groupe avait bénéficié de quelques décans de répit, rien ne prouvait que leurs ennemis avaient abandonné les recherches ! Ainsi, les deux jeunes gens descendaient les avenues de plus en plus poisseuses de la cité, tous leurs sens en éveil, en direction du port où ils avaient laissé le *Rubicant*... La gabière y était probablement toujours en place, mais encore fallait-il vérifier si elle n'était pas sous surveillance, ou même carrément envahie par des assassins en embuscade.

Alors qu'ils approchaient des quais, pénétrant le quartier des pêcheurs et des négociants, Nolan put constater que cette partie de la ville débordait déjà d'activité. Il en comprit la raison en arrivant aux embarcadères eux-mêmes : un bon tiers des bateaux était prêt à appareiller pour l'une ou l'autre destination, tandis qu'au moins autant d'équipages se hâtaient pour les imiter bientôt. Le novice se souvint alors que la navigation de nuit était interdite dans tout le Grand-Empire... Les armateurs et leurs hommes devaient donc attendre l'aube et l'ouverture des portes du chenal pour lancer leurs navires dans une nouvelle étape de leurs voyages, en espérant parcourir le plus grand trajet possible avant le crépuscule.

Cette loi étrange, directement liée à une antique superstition, avait d'ailleurs causé beaucoup de souci aux héritiers. Après avoir affronté les inconnus en manteau long et la monstrueuse créature qui les accompagnait, Manó, Eryne et les autres n'avaient eu qu'une envie : courir jusqu'au *Rubicant* et fuir le plus loin possible de la ville ! Mais comme cela leur était impossible, et que par ailleurs ils auraient eu les plus grandes difficultés à transporter Bowbaq et Zejabel sur une si longue distance, ils avaient erré un moment dans les rues à la recherche d'un abri temporaire. Par chance, Keb connaissait suffisamment bien la cité pour les guider jusqu'à une sorte de vieille chapelle, dédiée au culte de Mishra et d'apparence abandonnée. Le petit groupe de fugitifs s'y était retranché dans le plus grand silence, prodiguant des soins aux blessés, tandis que les orages se succédaient sur les dômes verdâtres de Goran... et alors que chacun redoutait de voir la porte se briser soudain sous les coups d'un monstre à l'allure simiesque !

Même caressé par les premiers rayons de ce jour nouveau, Nolan avait peine à se détendre. Une fois encore, ils avaient échappé à la mort, certes... mais celle-ci les frôlait toujours d'un peu plus près. Qui pouvait promettre, d'ailleurs, que Zejabel survivrait seulement à cette journée ? La Züe souffrait de plus de plaies que n'importe lequel de ses compagnons. Son état était même pire que celui de Bowbaq, qui était pourtant tombé d'une hauteur impressionnante ! Et chacun avait encore en mémoire le bond prodigieux que la jeune femme avait exécuté au-dessus du vide, pour aller protéger Niss et Eryne... Indéniablement, définitivement, Zejabel était l'une des leurs. Pour cela, et pour d'autres choses encore, le novice ne pouvait supporter l'idée de la perdre.

— Arrêtons-nous là, indiqua Amanón.

L'interprète avait choisi un poste d'observation idéal, suffisamment éloigné des quais pour ne pas se faire repérer, et en assez bonne vue du *Rubicant* pour en scruter le pont... La gabière, au moins, était toujours là où ils l'avaient laissée.

— Que comptes-tu faire ? demanda Nolan, en contemplant le va-et-vient des Goranais.

— Attendre ici un moment, pour commencer. Si l'un de ces fidèles de Phrias se montre sur le bateau, ce ne sera pas la peine d'insister par là...

Phrias. Celui-qui-Nuit. Amanón avait déjà intégré la secte du dieu persécuteur à ses réflexions, alors que l'implication du démon venait seulement d'être révélée... par Eryne, qui plus est ! L'aînée des De Kercyan avait fait cette confidence au cœur de la nuit, alors que tous les autres s'interrogeaient à mi-voix sur l'identité des assassins aux manteaux. La jeune femme ne s'était pas encore expliquée sur ces certitudes, mais Nolan devinait là une nouvelle manifestation de ses fameux « pouvoirs ». Même s'il était impossible, pour le novice, de voir en sa sœur une authentique déesse du Jal'dara ! Il était le premier à reconnaître les surprenantes capacités de son aînée, mais de là à placer la courtisane sur un pied d'égalité avec Eurydis, Zuïa et les autres, il y avait un gouffre de piété qu'il ne pouvait franchir.

Un décime entier s'écoula, sans que les deux hommes ne quittent leur position. Il y avait heureusement trop de passage, sur les quais et dans les rues attenantes, pour que quelqu'un se montre intrigué par leur manège. Nolan et Amanón s'efforçaient également de donner le change, en parlant des orages de la nuit précédente ou d'autres choses futiles à chaque fois qu'un badaud passait à leur hauteur. En revanche, ils ne prononçaient pratiquement pas un mot lorsqu'ils étaient seuls... Il en avait été ainsi toute la nuit. La tension maintenait les héritiers sur la défensive ; et certaines choses avaient besoin d'être longuement réfléchies, mûries ou digérées, avant d'être évoquées. Le novice songeait notamment à Cael, plongé dans la honte et la prostration depuis qu'il avait brandi sa rapière vers son cousin ! Il faudrait user de patience et de finesse pour ramener l'adolescent à un semblant de vie... Malheureusement, les fugitifs n'avaient pas de temps pour l'une ou pour l'autre.

— Le mât de la gabière porte une des pierres de Dara, expliqua Nolan. Le bateau est invisible pour les dieux et les démons, comme nous le sommes nous-mêmes. On ne risque probablement rien à descendre jusque là-bas.

— Sauf si on tombe nez à nez avec l'un de ces démons, rappela l'interprète. Il nous verra, aussi bien que le monstre de cette nuit nous voyait. Ou plus simplement, on peut croiser l'un de ces fichus fanatiques... Ils doivent savoir que nous sommes arrivés par le fleuve. Il est presque certain qu'ils surveillent le port. C'est ce que je ferais à leur place.

Le novice acquiesça, avec une pointe de contrariété. Il était parvenu aux mêmes conclusions qu'Amanón, mais était prêt à ignorer la prudence pour rejoindre Zejabel et les autres au plus vite. L'idée que la Züe puisse passer de vie à trépas en son absence lui était trop douloureuse.

— S'ils nous guettent vraiment, ils vont se concentrer sur la sortie du chenal, supposa-t-il. Ça ne sert à rien d'espionner tous les quais, alors qu'il n'y a qu'une issue possible pour les bateaux.

L'interprète soupira, passant la main sur ses joues non rasées. Jusqu'alors, en toutes occasions, le Kaulien avait entretenu un col de barbe finement taillé... Mais au lendemain de cette nuit d'horreur, les héritiers ne présentaient plus le même visage. Nolan songea soudain que, s'ils gagnaient en sagesse et en amitié, les membres de leur petit groupe étaient toujours plus fatigués, meurtris, et écrasés par cette prophétie de l'Adversaire...

— J'y vais, décida brusquement le novice. Nous en aurons le cœur net.

— Non, *moi* j'y vais, s'alarma aussitôt Manó. Je ne t'ai pas demandé de m'accompagner pour que tu prennes les risques à ma place.

— Je suis sûr qu'il n'arrivera rien. Et dans le cas contraire, je compte sur toi et Keb pour venir ensuite à mon secours !

Sans même attendre de réponse, Nolan tourna le dos à l'interprète et commença à descendre vers les quais, d'un pas qu'il voulait montrer tranquille. Il devait admettre, cependant, ressentir une fébrilité de plus en plus grande à mesure qu'il s'éloignait de son seul allié en place ! Dans le creux de sa main, le poids dérisoire de sa canne-épée lui semblait une bien faible opposition à montrer à ses ennemis... De même que ses membres las et courbaturés paraissaient incapables de supporter encore les efforts d'un combat.

Pourtant, malgré l'appréhension et l'épuisement, le novice voulait entretenir une confiance nouvelle en lui-même. Cela avait commencé pendant la lutte contre le monstre sur les toits... Alors qu'il s'était jeté à corps perdu dans la bataille, dans un élan plus désespéré que vraiment héroïque, Nolan s'était découvert une énergie et un courage qu'il ne soupçonnait pas. Poussé par la peur de mourir, ainsi que par une passion religieuse qui lui montrait l'affrontement comme une croisade sacrée, il s'était battu comme jamais il n'avait imaginé le faire ! Tant et si bien que, pour la première fois, il avait considéré avec sérieux l'idée qu'il puisse être *lui-même* l'Adversaire.

Ce sentiment ne l'avait pas quitté depuis, même s'il ne s'en était confié à personne. Lorsqu'il y réfléchissait posément, il jugeait vraiment invraisemblable que l'un de ses compagnons ou lui-même puisse vaincre le démon immortel qu'était Sombre... Mais quand il se replongeait dans le seul souvenir de son combat contre la créature, il voulait croire à une possible victoire. Pendant ces instants décisifs, la foi avait été sa meilleure arme. Nolan était décidé à la conserver, à l'entretenir, à *l'affûter* même !

Ainsi, alors qu'il n'était plus qu'à une trentaine de pas du *Rubicant*, le jeune homme se sentait prêt à tirer sa lame devant n'importe quel ennemi se dressant sur sa route. Malgré la fatigue, les douleurs, et la faiblesse de ses armes et protections. Eurydis guiderait encore son bras... C'était la seule chose qu'il voulait garder à l'esprit. La seule pensée qui l'empêchait de se rouler en boule à même le sol, ou de hurler à pleins poumons pour évacuer ses craintes à propos de ses parents, d'Eryne et de Zejabel !

Enfin arrivé près de la gabière, Nolan profita de se tourner vers le pont pour jeter un coup d'œil en direction d'Amanón. Un frisson glacé parcourut tout le corps du novice, alors que l'interprète se révélait introuvable ! Cette frayeur fut heureusement de courte durée, le jeune homme finissant par repérer la silhouette du Kaulien, adossé à l'une des énormes fortifications... Manó n'avait pu s'empêcher d'approcher des quais, sans doute pour accourir plus vite en cas de danger. Rassuré, Nolan enjamba le bastingage du *Rubicant*, retrouvant le bateau qui les abritait depuis déjà sept jours. Une véritable éternité !

Le novice s'efforçait de paraître naturel, mais les regards, même distraits, que les passants portaient sur lui le rendaient nerveux. Une nouvelle escouade d'assassins était-elle cachée sous le pont ? Ces planches avaient déjà été le théâtre de tant de drames ! L'assaut des K'luriens à Lorelia, la course-poursuite avec les escadrats, l'attaque périlleuse du Léviathan, la disparition de Niss évitée de justesse... Sans compter tous ces moments à évoquer Sombre, le secret du Jal et la prophétie de l'Adversaire. Si les navires avaient une âme, celui-ci ferait des cauchemars pendant des années !

Après avoir arpenté le bateau sur toute sa longueur, à la recherche du moindre indice trahissant la présence ou le passage de leurs ennemis, Nolan se résolut à déverrouiller la porte de l'entrepont. Et à peine eut-il descendu quelques marches que sa tension se relâcha... La cambuse était telle qu'ils l'avaient laissée avant de prendre la direction du palais de Che'b'ree. Même son odeur vaguement désagréable, et pourtant familière, n'avait pas été troublée.

Soulagé de cette inquiétude, le novice put de nouveau réfléchir à des choses pratiques. Il eut tôt fait d'attraper un grand sac pour y fourrer un peu de nourriture et une outre d'eau, pour commencer. Tout en avalant lui-même un morceau de pain-sciure, il compléta le bagage en piochant allégrement dans leurs réserves de pansements et remèdes... En cela, il ne pouvait que féliciter la prévoyance d'Amanón. L'interprète avait insisté pour faire des provisions de denrées et d'équipements, la veille, avant leur rencontre avec la reine wallatte. Cela avait d'autant retardé ce moment et mis Keb de mauvaise humeur, mais les événements donnaient désormais raison au Kaulien. Comme s'il avait pressenti leur futur besoin de fuite !

À ainsi penser au fils de Corenn et Grigán, Nolan songea soudain que le jeune homme devait s'inquiéter de ce manque de mouvement sur le pont. Le novice s'élança donc dans l'escalier, prévoyant de se montrer un peu à l'interprète en sentinelle, mais il eut la surprise de tomber nez à nez avec le Kaulien... Amanón enjambait justement le bastingage, la main serrée sur la poignée de sa lame courbe. Son visage se détendit aussitôt que leurs regards se croisèrent.

— Tout va bien, confirma Nolan. J'en profitais pour prendre quelques affaires.

— Dépêchons-nous quand même, commenta l'interprète. Il y a trop de monde, trop de mouvement, on ne les verra pas venir s'ils foncent soudain sur nous.

Le novice acquiesça, puis retourna au sac qu'il avait laissé en bas. Il y ajouta une couverture, des vêtements de rechange pour Zejabel, et un gilet pour Eryne qui avait pris froid... Après un dernier regard circulaire, il rejoignit Amanón et tous deux s'éloignèrent de la gabière d'un pas rapide.

— Et maintenant ? Nous allons retrouver les autres ?

— Pas encore, refusa le Kaulien. Le bateau est peut-être sûr, mais comme tu l'as dit toi-même, il faut pouvoir quitter le port... Allons jeter un œil à la sortie du chenal.

Malgré son empressement à retourner à la chapelle, Nolan ne pouvait remettre en cause la sagesse d'un tel argument. L'interprète et le novice s'engagèrent donc sur le chemin des fortifications longeant la rade, admirant au passage les trépans et autres machines de guerre qui en gardaient l'accès. Des soldats en armure veillaient sur la sécurité des engins eux-mêmes, défiant les promeneurs de s'y intéresser de trop près... si bien qu'il était également impossible de s'approcher des meurtrières qui, seules, permettaient de surveiller le fleuve en contrebas.

Les deux héritiers poursuivirent un moment encore leur progression derrière les murailles, croisant ou dépassant un échantillon varié de Goranais du commun. Ces hommes, femmes et enfants paraissaient emprunter ce chemin comme n'importe quelle autre artère de la cité. Nolan en venait même à songer qu'une fuite à cheval ou à pied resterait, en dernier lieu, une solution envisageable... Du moins, il y crut jusqu'à ce qu'ils arrivent en vue de l'énorme pont fortifié enjambant le fleuve.

C'était bien là le meilleur endroit pour surveiller les entrées et sorties du port. Et c'était celui qu'avait choisi une poignée de silhouettes en manteaux longs et aux masques effrayants... Des adorateurs de Phrias !

Alors qu'il se jetait brutalement en arrière, dans le même mouvement qu'Amanón, Nolan se demanda si les assassins avaient eu le temps de les repérer.

*

Eryne sursautait à chaque fois qu'un pas un peu lourd résonnait derrière la porte de la chapelle. C'était comme si les Goranais s'amusaient à remonter la rue sur la pointe des pieds, avant de claquer violemment du talon sur le parvis du temple pour finalement poursuivre leur chemin sans se retourner. La damoiselle était pourtant certaine que l'un ou l'autre finirait par entrer et les découvrir. Comment réagirait l'inconnu, en surprenant cette petite bande de réfugiés dans un bâtiment sacré ?

Bien sûr, Kebree montait la garde, mais sa liberté d'action serait plutôt limitée si un quidam s'invitait soudain parmi eux. On ne pouvait tout de même pas séquestrer le malheureux pour le forcer au silence, et encore moins user de violence contre lui... Du moins, Eryne espérait que le barbare pourrait tempérer ses élans. Et dans le même temps, elle ressentait du soulagement à être ainsi protégée par un homme aux méthodes plutôt « énergiques »... C'était tout le paradoxe de sa nouvelle vie de fugitive !

Alors qu'elle observait distraitement le prince Wallatte, celui-ci lui adressa l'un des sourires éclatants dont il avait le secret. Eryne y répondit, avec moins d'enthousiasme toutefois, puis s'empressa de porter son regard dans une autre direction. Ils ne s'étaient pratiquement pas parlé depuis la bataille nocturne. Une fois leur dernier adversaire vaincu, Keb avait ramassé la silhouette inconsciente de Zejabel et ils étaient tous descendus auprès de Bowbaq... Il s'était ensuivi une pénible marche dans les rues de Goran, jusqu'à cette chapelle hantée par d'inlassables courants d'air. Le reste de la nuit avait été partagé entre les soins aux blessés, quelques échanges de phrases courtes, et bon nombre de fausses alertes.

La damoiselle avait vu d'un mauvais œil le départ d'Amanón et de Nolan, un peu avant l'aube. Surtout parce qu'elle craignait pour leur sécurité, et pour celle des héritiers qui devaient les attendre ; mais aussi parce qu'elle redoutait que Kebree ne profite de l'occasion pour mettre en avant ses sentiments... Le Wallatte n'avait pourtant pas besoin d'en dire davantage. La manière dont il s'était dressé contre sa propre mère, son acharnement à convaincre Eryne de sa fidélité, et le cœur qu'il mettait à protéger la damoiselle évoquaient, bien mieux que les mots, un attachement qui dépassait celui de l'amitié.

La courtisane devait bien s'avouer également troublée par le barbare. Sa force et sa grande taille, sa beauté sauvage, et jusqu'à sa manière de la regarder renvoyaient à Eryne une image d'elle-même plus féminine que jamais. Lorsqu'elle s'abandonnait à rêvasser, d'étranges pulsions lui suggéraient de se glisser dans les bras du Wallatte, de sentir sa chaleur, de s'enivrer de son odeur rassurante... Mais elle refusait de céder à ses désirs. Et cela, pour au moins *deux* bonnes raisons.

Tout d'abord : elle éprouvait *également* de l'attirance pour Amanón !

C'était cependant une émotion bien différente. Là où Kebree la séduisait par son charisme et sa fougue virile, Amanón avait charmé la damoiselle par son intelligence, sa prévenance, et surtout sa grandeur d'âme. Eryne ne pouvait oublier la manière chevaleresque dont l'interprète avait rendu sa confiance, et donc sa dignité au Wallatte... Et même s'il se montrait un combattant moins redoutable, le Kaulien ne souffrait pas de la comparaison avec le prince barbare pour ce qui était du courage. Depuis le premier jour, Amanón préférait prendre tous les risques sur lui, refusant d'exposer les autres héritiers, et travaillant constamment à anticiper les catastrophes... comme un père de famille avec ses enfants. À sa manière, il était également un protecteur contre lequel la jeune femme s'imaginait poser sa joue.

Seulement, elle se refusait à choisir entre les deux hommes. D'autant que son esprit était harcelé par des préoccupations d'un ordre bien plus grave. C'était cela, l'autre bonne raison de ne pas se laisser distraire : les mystérieux pouvoirs qui s'éveillaient en elle, et leurs conséquences !

Après avoir entendu les pensées d'une poignée d'inconnus, à Lorelia, puis guidé les héritiers à travers un labyrinthe qu'elle arpentait pourtant pour la première fois, Eryne venait de vaincre deux assassins dans un combat à l'arme blanche. Sans avoir jamais pris la moindre leçon d'escrime. Sans même subir une blessure pendant l'affrontement, à part une petite coupure au poignet, due à sa propre maladresse...

La jeune femme, précieuse, délicate, d'un naturel plus prudent que courageux, avait pu terrasser ses adversaires simplement en *écoutant leurs esprits*. Comme s'ils l'avaient prévenue de tous leurs faits et gestes, un ou deux battements de cœur à l'avance. Il avait suffi à Eryne d'esquiver, de frapper au bon moment, laissant ses ennemis s'empaler d'eux-mêmes sur son glaive tendu, ou plonger dans le vide au moment où ils pensaient la transpercer !

Plusieurs décans étaient passés, depuis, et il arrivait à la damoiselle de considérer cette bataille comme un mauvais rêve, un événement qui ne se serait pas vraiment produit... Et pourtant, il lui suffisait de réveiller légèrement sa mémoire pour revivre chacun de ces instants de frénésie. Ses souvenirs étaient même d'une étonnante précision. Elle se rappelait de toutes les pensées des assassins, de leurs noms, de leurs émotions pendant le combat, et d'un tas d'autres choses sur leurs crimes précédents, qu'elle aurait préféré ne pas connaître du tout !

C'est ainsi, néanmoins, qu'elle avait appris l'identité de ces nouveaux ennemis. Ils se nommaient eux-mêmes les fidèles de Phrias. Membres d'une autre secte démoniste attachée à la Jurande, et lancés sur la piste des héritiers, à l'instar des Valipondes et les K'luriens... Ces précisions ne seraient peut-être pas d'une grande utilité au groupe, mais chacun de ses compagnons avait affiché son étonnement quand Eryne les avaient soudain fournies ! Aux « Comment le savez-vous ? » et autres « Tu en es sûre ? », la damoiselle avait seulement répondu, dans un murmure : « J'ai entendu leurs pensées. Mais nous en reparlerons quand Zejabel sera rétablie. »

La Züe, malheureusement, ne bénéficiait pas de capacités de récupération comparables à celles de Kebree. Cinq jours plus tôt à peine, le Wallatte était entre la vie et la mort... Cette nuit même, il avait écopé d'une méchante entaille à la cuisse... Mais il était toujours debout, nonchalamment appuyé contre le mur à côté de l'entrée, sa lowa prête à partir dans le visage du premier assassin qui franchirait la porte. De nouveau prêt à la bagarre ! Alors que Zejabel gisait sur un autel brisé, une compresse affreusement rougie sur le ventre, et avec des traits étonnamment pâles sur sa peau d'ordinaire si hâlée...

Eryne ne savait que faire pour la jeune femme, à part garder les yeux sur elle en lui caressant la main. Après avoir méprisé la Züe, à leur première rencontre, puis continué à la considérer avec méfiance, elle songeait désormais qu'elle pourrait perdre une amie dévouée jusqu'à la mort ! Une combattante farouche, n'hésitant pas à se jeter au-dessus du vide, pour courir au devant d'un ennemi quatre fois supérieur en nombre ! Une personne, enfin, qui avait réussi à ébranler suffisamment la damoiselle... la poussant à accepter et à utiliser des pouvoirs dont elle s'obstinait jusque-là à nier l'existence.

Oui, Eryne devait beaucoup à Zejabel, ainsi qu'à tous les autres. Depuis le début de cette tragédie, depuis cette nuit affreuse où ses parents avaient disparu, la jeune femme était la seule à ne pas avoir été meurtrie dans sa chair... Même la petite Niss avait frôlé la mort, dans les eaux glacées de la mer Médiane. Et Bowbaq aurait pu se rompre le cou dans sa chute depuis les hauteurs de la ville ! Et que dire du pauvre Cael, à peine un adolescent, dont le flanc avait été déchiré par les poignards barbelés des K'luriens... Et Nolan... Amanón... Keb... Tous, ils avaient livré bataille en payant de leur sang. Avec à l'esprit la volonté de ne pas périr sans lutter, et le désir de protéger l'Adversaire, quel qu'il fût !

Sur ce point précis, les pensées d'Eryne avaient également beaucoup évolué. Après ce combat trop facile contre les assassins, la damoiselle devait bien se rendre à l'évidence... Elle n'était pas tout à fait comme les autres. Comme les autres *mortels*. Et cela lui apportait beaucoup plus d'angoisse que d'orgueil.

Alors, la jeune femme serrait la main de la Züe, priant pour que se réveille la seule personne capable de lui expliquer qui elle était *vraiment*.

*

Comme la chapelle n'abritait plus aucun meuble, en tout cas plus aucun qui ne soit brisé ou vermoulu, les héritiers avaient dû allonger Bowbaq à même le sol. Ils avaient toutefois choisi la pièce la moins exposée aux courants d'air et à l'humidité, à savoir une sorte d'ancienne salle de prière, à quelques pas de l'autel où reposait Zejabel. C'est là que Niss veillait sur son grand-père, allongée et serrée contre la grande silhouette depuis déjà plusieurs décans...

Malgré ses inquiétudes quant à l'état de santé du malheureux, et la crainte de l'arrivée de nouveaux assassins, la jeune fille s'était assoupie à plusieurs reprises. Le rythme paisible et familier de la respiration de son aïeul, alors qu'elle gardait une main sur sa poitrine, n'y était certainement pas étranger... mais la fatigue qui s'était emparée de l'adolescente à la fin des combats constituait certainement la meilleure explication ! Après une si longue pause dans l'utilisation de ses pouvoirs d'erjak, Niss avait oublié à quel point ils plongeaient son corps dans une profonde langueur, après un usage prolongé. Et cette fois, l'usage avait été franchement excessif !

Alors qu'elle repensait à ces instants de frénésie, la jeune fille jugea pourtant s'en être plutôt bien tirée. Après une telle expérience, cette nuit, elle aurait dû s'écrouler comme une poupée de chiffons, vidée de toute énergie et incapable d'esquisser le moindre mouvement... En lieu et place, elle avait bondi sur ses pieds pour courir jusqu'à la silhouette inanimée de Bowbaq, trois étages plus bas ! Et elle avait encore trouvé la force de trotter jusqu'à cette chapelle, en aidant Keb et Manó à soutenir le géant, tandis que les autres s'occupaient de Zejabel.

Elle s'étira doucement, étonnée de se sentir aussi reposée. Comment était-ce possible ? Était-elle simplement devenue plus résistante, parce que vieillie de trois ans ? Ou bien la fureur des combats avait-elle temporairement décuplé ses forces ? À moins que ses capacités d'erjak n'aient récemment gagné en puissance...

Niss considérait cette éventualité avec beaucoup de sérieux. La rapidité avec laquelle elle avait touché *l'esprit profond* de l'assassin, prenant le contrôle complet de ce corps étranger, l'avait elle-même surprise. Mieux encore, elle avait maintenu cette domination pendant de très longues décilles, dirigeant le meurtrier comme une marionnette dans des acrobaties périlleuses... Tout cela avec une aisance qu'elle n'avait jamais ressentie dans ses expériences passées. Pourtant, après trois années sans pratique, elle aurait dû avoir les plus grandes peines à user de son art ! Si cette maîtrise nouvelle n'était pas due à la tension de l'instant, alors, cela signifiait que *quelque chose* avait changé en elle. Quelque chose qui, elle en était sûre, ne pouvait venir que du Rêve. Cet état presque végétatif où elle était restée si longtemps enfermée...

Un certain malaise la gagnait à chaque fois qu'elle songeait à cette période de sa vie, et elle s'efforça donc de la chasser de ses pensées. Dressée sur un coude, elle scruta longuement le visage de son grand-père. Il semblait paisible, mais il avait plusieurs fois exprimé sa souffrance par des grimaces, lors de brèves reprises de conscience. Nolan et Keb l'avaient examiné avec attention, sans déceler de fractures ou traumatismes graves, mais seul Bowbaq pourrait indiquer avec précision les maux qu'il endurait. Il suffisait d'attendre qu'il se réveille pour de bon... avec, comme une aigreur dans le ventre, la crainte que cela n'arrive jamais. À quel point le gentil Arque avait-il été choqué ? Niss ne voulait *pas* que son aïeul passe lui-même dans le Rêve !

Avec un soupir, elle se laissa retomber sur son manteau. Deux petites fenêtres en ogive, haut placées, jetaient dans la pièce les lueurs d'une aube de plus en plus avancée... Elles dévoilaient également les peintures du plafond, tellement usées que personne ne les avait remarquées avant cet instant. La jeune fille s'abandonna dans leur contemplation en rêvassant. Il s'agissait d'une représentation de Mishra-à-la-tête-d'Ours, réputée comme la déesse des causes justes. *Les causes justes*. De là à songer que leur retraite dans cette chapelle n'était pas le fruit du hasard, il n'y avait qu'un pas ! Après tout, les dieux existaient réellement, non ? Mishra, Eurydis et les autres enfants de Dara pouvaient s'intéresser au sort de leur petite bande de fugitifs...

Mais Niss échouait à se convaincre avec ses propres arguments. Même si les éternels voulaient se mêler de leurs affaires, ils n'avaient aucun moyen d'intervenir. Les gweloms que portaient les héritiers les rendaient invisibles aux yeux des puissants ! La jeune fille était bien seule avec ses amis, et l'âme qui les avait guidés jusqu'à cet endroit n'était autre que Kebree, qui se souvenait seulement d'y avoir roupillé après une nuit d'ivresse... Aucune aide ou bienveillance divine là-dessous !

Depuis qu'elle était sortie du Rêve, et devant la gravité de leur situation, Niss en venait parfois à oublier ses treize ans. Elle se considérait alors comme une adulte... mais ne l'était-elle pas devenue ? Cette nuit, à travers le corps emprunté d'un ennemi, elle avait tué pas moins de *sept* personnes. Sept êtres pensants, alors que jusqu'alors elle n'avait jamais pu ôter la vie à plus gros qu'une truite saumonée !

Pire encore : elle avait à chaque fois frappé en lâche, dans le dos ou par surprise ! Avec le seul souci de faire disparaître ceux qui menaçaient ses amis et son grand-père... sans s'émouvoir un instant des silhouettes qui se crispaient dans la douleur, du sang qu'elle répandait, ou des gémissements qui s'échappaient de sous les masques lorsqu'elle retirait son glaive des chairs meurtries.

Même au lendemain de ce carnage, elle n'éprouvait ni honte, ni regret. Il lui semblait s'être simplement battue avec ses propres talents... Et comment faire autrement que frapper en traître ? Emprunter un corps ne lui conférait pas une soudaine maîtrise de l'escrime, pas plus que des aptitudes pour la sculpture ou l'équitation, par exemple. Dans un combat loyal, elle n'aurait eu aucune chance... Bref, elle n'avait fait qu'essayer de défendre les siens dans la mesure de ses moyens. Mais alors, pourquoi craignait-elle autant de partager ce secret avec les autres ? Tout le monde paraissait s'imaginer que Keb avait, seul, vidé cet escalier de leurs ennemis. Pourquoi Niss ne rétablissait-elle pas la vérité ?

Peut-être parce que, derrière sa nouvelle puissance d'erjak et ces meurtres commis de sang-froid, elle pressentait quelque chose de *menaçant*. Elle était bien incapable d'expliquer de quoi il s'agissait, mais c'était bel et bien *là*. Quoiqu'elle pût prétendre ou imaginer pour se rassurer.

Le fil déroulé de ses pensées devait bientôt l'amener à songer à Cael. Malgré la discrétion dont les autres entouraient l'épisode, Niss avait appris le soudain emportement du Kaulien contre son propre cousin... Une nouvelle fois, l'étrange Voix qui habitait l'adolescent lui avait fait perdre ses esprits. Comme s'il se trouvait alors, pendant quelques dangereux instants, incapable de différencier ses alliés de ses ennemis !

La jeune fille ressentit subitement le besoin d'aller le trouver. Avec précaution, elle quitta donc la silhouette de Bowbaq et rejoignit la nef, non sans avoir vérifié une dernière fois l'état de santé de son grand-père. Il ne semblait, malheureusement, pas encore prêt à se réveiller.

Keb était toujours en place près de l'entrée, à mâchonner un bout de cuir pour tromper l'attente. Eryne continuait à veiller sur Zejabel... Niss fit un détour près d'elles, eut un nouveau pincement au cœur quand son regard se posa sur les pansements rougis de la Züe, puis adressa un sourire encourageant à la Lorelienne avant de s'éloigner dans la pièce opposée.

Cael s'était retranché là toute la nuit, seul, sans en sortir ne serait-ce qu'un instant. Il se contentait de remercier avec morosité ceux qui lui apportaient des nouvelles des blessés... Niss elle-même n'était pas encore allée à sa rencontre. Une certaine anxiété s'empara d'elle quand elle poussa la porte entrebâillée, mais toute son appréhension fondit comme neige lorsqu'elle découvrit le pauvre Kaulien assis dans un coin, les genoux repliés contre le torse et le visage enfoui au creux des coudes. Comment pouvait-on avoir l'air plus malheureux !

Alors qu'elle faisait un pas dans sa direction, elle remarqua la rapière encore noire de sang qui traînait de l'autre côté de la pièce. L'avait-il volontairement éloignée de lui ? Probablement...

— Comment ça va ? demanda-t-elle de sa voix la plus douce.

Le garçon redressa lentement la tête, révélant des traits fatigués et des yeux rougis. S'il avait dormi, même un peu, son sommeil avait dû être empli de cauchemars ! Il dévisagea un moment la jeune fille, avec une expression désabusée, puis se pencha sur le côté pour jeter un œil vers la nef.

— Pas terrible, finit-il par avouer. Et ton grand-père ?

— Pas mieux, ni pire... Tout comme Zejabel.

Cael acquiesça tristement, puis replongea son visage dans l'abri de ses membres. Après un instant d'hésitation, Niss prit place à côté de lui, dans une position semblable. Elle se laissa même aller un peu contre l'épaule du Kaulien... Ce dernier n'eut ni commentaire ni réaction, à part oublier, sur le coup, deux ou trois respirations. Ils restèrent ainsi pendant un temps indéfinissable, au point que Niss se sentit près de s'endormir à nouveau. Le murmure du garçon la ramena bientôt à la réalité, de manière aussi douce dans le ton, que douloureuse dans le propos...

— Ma mère me manque, avoua-il, presque avec honte.

Aussitôt, une foule de souvenirs du pays arque, de ses parents, de sa grand-mère Iulane, envahirent les pensées de Niss... Et là-dessus vint s'incruster une vision d'horreur : celle de l'étrange boule de lumière qui lui avait retiré les siens, alors qu'ils se baignaient dans la rivière avec insouciance.

— La mienne aussi, acquiesça-t-elle d'une voix tremblante. Et mon père, et tous les autres... En plus... c'est comme si j'en avais été éloignée pendant trois ans. Ils ne m'ont même pas vue *guérie*.

Un nouveau silence s'installa autour d'eux, tandis que Niss s'efforçait de chasser des idées noires sur l'état de santé de Bowbaq. Il était le dernier membre de la famille à lui rester. Elle avait besoin de lui, alors plus que jamais.

— Et ton père, tu y penses souvent ? demanda-t-elle en relevant la tête. J'en ai beaucoup entendu parler... Il semble très aimé de tout le monde.

Cael garda bouche close pendant un moment, paraissant ne pas vouloir répondre... La jeune fille en vint même à se reprocher sa propre indiscrétion.

— Je ne sais plus quoi penser, finit pourtant par avouer le Kaulien. Il m'a caché tellement de choses. Le fait qu'il soit magicien, et aussi erjak, et puis quoi d'autre, encore... Même tante Corenn me mentait sur ses pouvoirs.

— Tous nos parents l'ont fait, rappela Niss avec douceur. Ils voulaient nous protéger...

— Oui, mais même *toi* qui habites loin, tu connaissais des choses sur lui qu'on ne m'avait jamais confiées !

Cael s'était soudain redressé pour manifester sa rancœur, peut-être une pointe de jalousie... La jeune fille était bien en peine de trouver les mots justes pour le réconforter.

— Il t'aurait sûrement parlé de tout ça un jour... Tu disais toi-même que... qu'il ne fallait pas perturber ta Voix, en y mêlant de la magie ou autre chose...

— De toute évidence, c'était une erreur ! s'exclama-t-il en présentant ses paumes ouvertes.

Bien malgré elle, Niss eut un réflexe de recul. Les mains du garçon portaient encore des traces noirâtres de sang séché ; le sang d'une créature surnaturelle, peut-être même un démon, qu'Amanón, Nolan et l'adolescent avaient vaincu au terme d'une lutte acharnée...

— On aurait dû m'expliquer tout ça plus tôt, s'emportait le garçon. Essayer de résoudre mon problème, plutôt que faire comme si de rien n'était ! Ça m'aurait peut-être empêché de devenir une espèce de... de...

— Mais tu n'es pas *fou*, Cael ! Et tu n'as rien à te reprocher ; nous le savons tous...

Le Kaulien lui rendit un regard d'une telle intensité que Niss en fut saisie.

— Oui, mais quand il sera *trop tard* ? répliqua-t-il. Quand j'aurai blessé ou mutilé l'un de vous, ou pire encore ? Il sera bien temps de pleurer. Il sera bien temps de s'occuper du monstre qui est en moi !

Il se détourna, soupira bruyamment, puis jeta un œil vers la porte entrebâillée. Quand il s'adressa de nouveau à la jeune fille, c'était d'un chuchotement si faible qu'elle dut se concentrer pour n'en pas perdre un mot.

— Tu es la seule à avoir vu le *vrai visage* de ma Voix. J'ai besoin que tu m'aides à le combattre. Ou tout au moins à le comprendre.

— Oui, mais je ne vois pas ce que...

— S'il te plaît, insista le garçon. C'est peut-être ma dernière chance. À ma prochaine crise, il y aura un drame, j'en suis sûr. Promets-moi d'essayer de m'aider.

Niss contempla l'expression désespérée du Kaulien, ses traits fatigués, les contusions et les égratignures laissées par le monstre sur sa peau... Et il lui revint brusquement, comme une image dans la lumière d'un éclair, la vision de ce même Cael en train de lever son arme sur elle. Un jour passé, dans un autre port. De nouveau, elle eut l'étrange intuition que leurs destins étaient liés. *Tragiquement* liés.

La chapelle résonna soudain du bruit de sa porte d'entrée, faisant sursauter les deux adolescents. La jeune fille bondit aussitôt sur ses pieds, prête à défendre le repos de son grand-père par tous les moyens... mais Cael la retint d'une main douce et pressante à la fois.

— Promets-le moi, répéta-t-il avec gravité.

— Bien sûr, énonça-t-elle avec franchise. Compte sur moi.

Elle quitta la pièce juste après, tandis que le Kaulien dépliait ses jambes pour lui emboîter le pas. L'idée de refuser n'avait même pas effleuré l'esprit de Niss.

Quelles que soient les conséquences, elle aiderait Cael à dénouer les intrigues de son esprit.

*

Amanón redoutait de trouver une scène de drame en rentrant à la chapelle : le décès d'un des blessés, ou même une embuscade tendue par les fidèles de Phrias... Par bonheur, il n'en fut rien. Il le comprit à peine le seuil franchi, en lisant la curiosité et le soulagement sur les visages d'Eryne, de Niss et même de Keb.

— Qu'est-ce que vous avez fabriqué ? s'indigna le barbare. Il ne faut pas *un décan entier* pour faire un aller et retour jusqu'au port ! Vous vous êtes perdus, ou quoi ?

L'interprète attendit que Nolan ait refermé la porte derrière eux, après avoir vérifié que personne ne les filait, pour résumer la situation au prince Wallatte. Ce début de matinée avait déjà été suffisamment tendu, et le Kaulien n'avait aucun désir de se lancer dans une nouvelle dispute avec le barbare !

— Le bateau est en sécurité, mais la sortie du chenal est surveillée, annonça-t-il. Il est probable que des hommes nous attendent à toutes les portes de la ville. Avec cette collection de murailles et de chemins de ronde, contrôler les accès est un vrai jeu d'enfant pour qui dispose d'une troupe suffisante...

La nouvelle imprima évidemment son masque de déception sur les visages. C'est à cet instant que Cael se joignit au groupe, en adressant un timide signe de tête à son cousin. Amanón lui répondit de la même manière, rassuré par le regain d'énergie de son cadet. L'état de prostration dans lequel l'adolescent était resté plongé toute la nuit faisait partie des sources de tracas de l'interprète... Au moins, le garçon semblait avoir digéré ses émotions.

— Alors, qu'allons-nous faire ? s'inquiéta Eryne. Nous ne pouvons tout de même pas attendre qu'ils renoncent pour quitter la cité !

— Je connais quelques coins des fortifications où on pourrait passer en force, avança Ke'b'ree. Pas plus de deux ou trois gardes à bousculer, un grappin, une corde, et on serait de l'autre côté... Mais là...

D'un signe de tête, le barbare désigna la silhouette étendue de Zejabel, vers qui Nolan s'était précipité dès son retour. Le Wallatte n'avait pas besoin d'en dire plus : un tel plan était irréalisable avec des blessés à transporter.

— On pourrait se cacher dans un autre bateau... proposa Cael. Personne n'a fouillé le nôtre, quand nous sommes arrivés...

Tous les regards se tournèrent vers l'adolescent aux membres engourdis. Il fallait se réhabituer à le voir prendre la parole !

— Nous y avons pensé, mais je doute que Bowbaq et Zejabel soient en état de marcher avant quelques jours, soupira Amanón. Et à transporter des civières, nous ne passerons de toute façon pas inaperçus... Autant nous réinstaller dans le *Rubicant* dès que possible.

— Mais puisque le chenal est surveillé ! s'alarma Eryne. Ils nous prendront en chasse aussitôt que nous quitterons les murailles ! Et si ce n'est pas avant, encore. Nous avons bien été attaqués sur les quais, à Lorelia !

— C'est un risque à prendre... Avec Nolan, nous avons réfléchi à plusieurs possibilités. Il y en a une qui semble réalisable.

Avec autant de détails que possible, l'interprète décrivit le plan qu'ils avaient échafaudé pendant leur escapade matinale. Comme il s'y attendait, les réactions furent plutôt frileuses...

— Vous nous demandez là de gros sacrifices, et des changements plutôt radicaux, commenta Eryne, songeuse.

— Croyez bien que j'en suis désolé. Mais nous n'avons pas vraiment le choix.

— Je m'inquiète plutôt de savoir où tu comptes nous mener *ensuite*, intervint Keb. C'est pas la première question à se poser ?

Amanón se retourna sur le barbare, portant sur lui un regard nouveau. Jusqu'à la veille, il avait toujours tenu le prince Wallatte à l'écart des projets d'avenir des héritiers... L'intéressé lui-même avait assez souvent clamé son empressement à rejoindre Goran pour quitter le groupe au plus vite ! Mais les événements de la nuit avaient profondément bouleversé son destin. Comme ses compagnons de route, il se retrouvait sans abri ni allié.

— Rien ne t'oblige à nous suivre encore, annonça très sérieusement l'interprète. En ce qui me concerne, tu as fait plus que rembourser la trahison de Che'b'ree. Tu as le droit de rentrer chez toi et de reprendre ta vie.

— Et regarder ma mère vous envoyer des assassins ? ricana le barbare. Impossible. Je ne le supporterai pas. Sombre a fait plier la reine wallatte ; la seule façon pour moi de rentrer au pays est de renvoyer ce démon dans ses enfers !

À son habitude, Keb habillait ses mots d'une bonne part de dérision et d'indifférence, mais ce qu'Amanón lut dans ses yeux était bien plus proche de la vérité. Désormais, l'interprète n'aurait plus à douter du prince renégat.

— Bien... Alors, tu es en droit de savoir. Nous projetons d'aller à la rencontre d'Usul.

— Quoi ? s'exclama Cael.

— Heureuse de l'apprendre ! Mais on ne m'a pas consultée ! s'indigna Eryne.

La petite Niss ne fit aucun commentaire, mais sa bouche béante manifestait aussi bien sa surprise. Pourtant, c'était surtout la réaction de Keb qu'Amanón était curieux de connaître... Le barbare ne semblait guère impressionné, lui.

— C'est le dieu que vos parents sont allés voir il y a vingt ans ? vérifia simplement le Wallatte. Celui qui a la réponse à toutes les questions, ou soi-disant ?

— C'est ça, confirma Nolan. Il pourrait nous confier le nom de l'Adversaire, la manière de vaincre Sombre, ou d'autres informations utiles... C'est la meilleure chose qu'il nous reste à faire. Pratiquement la seule, en fait.

— Ça me va, acquiesça le Wallatte. J'étais certain que vous aviez quelque chose en tête, tous les deux, ajouta-t-il avec un sourire étrange.

— Mais c'est à l'autre bout du monde, rappela Cael en réfléchissant. Comment allons-nous...

— C'est surtout extrêmement dangereux ! renchérit Eryne. N'avez-vous donc pas lu le journal de Corenn ? Cet endroit est infesté d'horribles rats ! Amanón, votre propre père a failli y laisser la vie !

— Nous aviserons sur place, soupira l'interprète. Sincèrement, que pouvons-nous faire d'autre ? Fuir toujours plus loin ? Signer la paix avec Sombre et la Jurande ? Attendre un signe des dieux ? Tout cela est irréalisable, vous le savez. Sans compter que ça ne nous ramènerait pas nos parents.

Un silence attristé accueillit la remarque, mais les fronts se relevèrent bientôt, alors que chacun se faisait la même réflexion.

— Usul pourrait nous dire ce qu'ils sont devenus, comprit Eryne. Il sait peut-être même où ils sont retenus prisonniers !

Amanón acquiesça en se forçant à sourire, mais il avait peine à partager ce nouvel enthousiasme. Le dieu omniscient les renseignerait probablement sur leurs parents, certes... mais ses réponses pouvaient s'avérer très désagréables à entendre. De même que celles sur l'Adversaire, ou sur leurs capacités à vaincre Sombre. Mieux valait se montrer pessimiste, pour prévenir une éventuelle et cruelle déception...

— Usul pourrait aussi nous aider à alerter d'autres éternels, rappela Nolan. Il est le seul dieu, dans ce monde, dont nous connaissons le refuge. Le seul vers qui se diriger avec la certitude de le trouver. Par son intermédiaire, nous aurons une chance de parler à Eurydis et aux autres... Tous ceux qui gagneraient à protéger l'Adversaire, en fait. Ce qui représenterait les alliés les plus puissants imaginables !

— En somme, l'avenir repose sur cette visite à un poisson qui parle, résuma Ke'b'ree. Plus qu'à se mettre en route, alors, et ce sera bientôt fini.

— Il y a encore une chose que vous devez savoir, intervint Amanón.

Son ton grave lui apporta aussitôt l'attention qu'il escomptait.

— Nous ignorons si Usul est un enfant de Dara... *ou de Karu*. En allant au-devant de lui, nous courrons peut-être tout droit dans les griffes d'un allié de Sombre. Il n'a d'ailleurs pas une réputation de dieu bienveillant ou miséricordieux. Ce serait même plutôt le contraire.

Personne n'apportant de commentaire, l'interprète poussa un long soupir avant de reprendre la parole.

— *Mais*, si nous avons de la chance, nous repartirons de là-bas en connaissant le nom de l'Adversaire, le sort de nos parents, et même la manière de vaincre le démon. Je pense que ça vaut la peine d'essayer.

Les autres finirent par acquiescer. Lentement. Avec plus ou moins de spontanéité.

*

Les deux jeunes hommes avaient rapporté du *Rubicant* beaucoup de choses utiles, dont ils firent une distribution très appréciée. Eryne enfila son gilet comme s'il s'agissait d'une véritable cape brodée d'or. Niss but de longues goulées d'eau fraîche, avant d'aller étendre une couverture épaisse sur Bowbaq. Keb arracha un bon morceau de pain-sciure pour y mordre à belles dents... Après cette nuit de froid, d'humidité et de privations, les héritiers accueillaient chacune de ces choses communes comme autant de trésors revigorants.

Bien entendu, le plus important était de pouvoir enfin soigner les blessés de manière convenable ; et surtout Zejabel. Nolan s'appliqua à user des onguents, cataplasmes et pansements en sa possession avec beaucoup de patience, suivant l'enseignement des Maz guérisseurs auquel il avait été initié. Le novice eut bien quelques sueurs froides en recousant la plaie de la Züe, mais les conseils expérimentés de Keb eurent raison de ses réticences. Le Wallatte avait déjà souffert de tellement de lésions, dans des escarmouches contre les Thalittes ou lors de bagarres d'ivrognes, qu'il en savait long sur l'art de raccommoder les chairs ! Nolan avait cependant tenu à prodiguer lui-même les soins à la jeune femme, et personne n'y avait trouvé à redire.

Le cas de Bowbaq était bien différent. Faute de pouvoir déceler où le géant était meurtri, le novice tenta de forcer son réveil en lui faisant respirer des sels particulièrement forts en arômes. L'effet fut presque immédiat sur l'Arque, qui grimaça, repoussa le flacon tendu sous son nez et replongea aussitôt dans l'inconscience... non sans avoir porté une main à son épaule gauche. À la suite de cette précieuse indication, Nolan dénuda partiellement le torse du grand-père avec l'aide de Niss, puis inspecta cette zone plus en détail. Il ne lui fallut guère longtemps pour deviner que le bras du malheureux était déboîté !

Les décilles qui suivirent furent alors l'occasion de nouveaux moments de tension. Tous convenaient qu'il valait mieux replacer l'os au plus vite ; d'autant que Bowbaq devrait moins en souffrir dans son état de somnolence... Les hommes se préparèrent donc à cette manipulation particulièrement délicate, tandis que Niss se réfugiait contre Eryne pour ne pas y assister. Mais l'organisation elle-même s'étira en longueur ; on discuta beaucoup de la meilleure manière de placer le malheureux, de l'angle selon laquelle il faudrait tirer le membre, et de la place de chacun pendant l'exercice. Finalement, les héritiers s'en remirent une nouvelle fois à l'expérience de Kebree, qui prétendait avoir déjà réalisé pareille opération sur lui-même, avec une corde attachée à son poignet !

Cela se passa beaucoup mieux que chacun ne le craignait. Au moment convenu, le barbare exerça une violente traction sur le bras de Bowbaq, qui lâcha aussitôt un véritable grognement d'ours ! Les héritiers eurent tout de même le temps d'entendre le grincement de l'os reprenant sa place, et le géant n'eut guère l'occasion de souffrir davantage : il replongea dans l'inconscience dès l'instant suivant, évanoui pour le compte. Après avoir appliqué une épaisse couche de baume apaisant, Nolan n'eut plus qu'à recommander à Niss de faire respirer les sels à son grand-père toutes les décimes. Son prochain réveil devrait être le bon !

Une fois ces tâches primordiales accomplies, les héritiers purent réfléchir à leur prochain départ. Keb et Cael cherchèrent à fabriquer au moins une civière, mais la chapelle désolée n'offrait définitivement pas assez de matériaux. Le Wallatte se proposa donc de trouver le nécessaire dans les commerces environnants, ce à quoi Amanón finit par consentir, avec toutefois une certaine réticence... Cette sortie devait pourtant se dérouler sans incident ; du moins selon les dires du barbare. Il en revint avec un rouleau de corde épaisse, deux solides draps en toile de jute, ainsi que deux paires de rames, idéales pour constituer la base des objets. L'interprète fit tout de même remarquer que ces rames n'avaient pas l'air neuves, et qu'il se demandait combien Keb avait pu les payer... si toutefois il l'avait fait ! Ce à quoi le Wallatte ne répondit que d'un sourire entendu et satisfait de lui-même.

À la fin du deuxième décan, en milieu de matinée, les civières étaient prêtes à accueillir Bowbaq et Zejabel. Les héritiers débattirent alors du meilleur moment pour quitter la chapelle. Entre le danger qu'il y avait à transporter leurs blessés, celui de rester sur place trop longtemps, et la nécessité d'agir avec le plus de discrétion possible, la décision n'était pas facile à prendre et les avis de chacun se révélaient nuancés ou même contradictoires. Après une longue discussion, ils convinrent de partir après l'apogée, au moment où une bonne partie des Goranais aurait quitté les rues pour se mettre à table. Une petite pluie aurait également pu aider les fugitifs, en repoussant dans les bâtiments un contingent supplémentaire de badauds et de curieux... Par malchance et contrairement à la nuit précédente, le ciel restait bien dégagé.

Ce dernier décan d'attente ne fut pas moins long et pénible que les précédents. L'inquiétude des héritiers augmentait notamment quand une patrouille de l'armée impériale passait devant leur refuge, martelant le pavé de plusieurs paires de talons d'acier... Après tout, les hautes sphères du pouvoir goranais pouvaient avoir été infiltrées par la Jurande, tout comme la Légion Grise à Lorelia ou Grand'Maison à Kaul !

Par ailleurs, la petite troupe de fugitifs ignorait ce qu'il était advenu des corps de leurs ennemis. Ceux qui avaient pris la fuite étaient peut-être revenus pour ramasser leurs complices, et même la dépouille du monstre, mais dans le cas contraire ? Les prévôts de la cité cherchaient-ils les responsables de toutes ces morts ? Allait-on les arrêter sur le chemin du port ? Une solution prudente était de ne regagner le *Rubicant* qu'après la tombée de la nuit, mais le plan d'Amanón nécessitait d'embarquer avant le crépuscule... Les héritiers se rongeaient donc les sangs, dans l'attente du moment de vérité.

Le réveil pour le moins agité de Bowbaq leur donna au moins une raison de se réjouir. Niss lui faisait renifler les sels pour la sixième fois quand le géant se mit à battre de tous les membres, en aveugle, revivant probablement l'instant de sa chute... Ces grands gestes lui firent malencontreusement frapper Niss, qui poussa un petit cri sous la douleur et la surprise. La voix de la jeune fille acheva de ramener le grand-père à la réalité, et c'est avec des yeux ronds qu'il accueillit, hébété, le reste du groupe qui accourait aux nouvelles. Après quelques instants de stupeur, Bowbaq tenta de se redresser, grimaça en portant la main à son épaule et à sa nuque, puis se laissa recoucher par la pupille qui se serrait contre lui avec tendresse !

On laissa au malheureux le temps de recouvrer totalement ses esprits, et même sa voix, étonnamment faible et enrouée pour quelqu'un disposant d'un tel coffre. Mais ces premiers moments d'émotion passés, le géant demanda à ce qu'on l'aide à se relever.

— Ce n'est pas une bonne idée, commenta Nolan. Tu ferais mieux de te reposer encore... Nous avons de quoi te transporter.

— Mes jambes vont bien, grommela l'intéressé. J'ai seulement... mal à l'*arjak*...

Il avait probablement employé la langue arque sans s'en apercevoir, mais tout le monde comprit, en le voyant se masser le crâne, de quoi il voulait parler. Avec des gestes lents et maladroits, il réussit à se mettre sur un coude, puis sur le flanc... et avant même que ses amis n'aient pu s'y opposer, il était déjà à moitié debout ! Amanón, Nolan et Cael n'eurent d'autre choix que de l'aider à se redresser totalement, alors qu'il vacillait comme un margolin sur un fil tendu.

Après quelques instants à assurer son équilibre, le grand-père put enfin se tenir à peu près droit, sans l'aide de personne. Il s'étira avec précaution, aussi loin que lui permit la douleur de sa clavicule et de sa nuque, mais finit par capituler devant la souffrance qui lui arrachait une nouvelle grimace. Nolan n'attendit pas sa permission pour commencer à lui enrouler une étoffe rigide autour du cou, assez large pour faire office de minerve.

— Qu'est-ce qui s'est passé ? demanda-t-il, hagard, pendant que le novice officiait. Où est Zejabel ? enchaîna-t-il avec une pointe d'affolement.

Comme pour lui répondre, la Züe fit entendre une faible plainte depuis la nef voisine. Pratiquement au même instant, les trois coups marquant l'apogée étaient sonnés dans la cité.

*

Un feu intérieur semblait la consumer, comme lorsque Zuïa avait tenté de brûler son esprit. La jeune femme crut revivre ces instants de terreur, quand la fausse déesse lui faisait payer sa trahison en une torture des plus douloureuses, et contre laquelle elle ne pouvait pas lutter... Puis l'origine des flammes se précisa, et Zejabel comprit que sa souffrance partait de son ventre pour se répandre dans tout son corps. Quelques battements de cœur encore, et elle sentit le contact rugueux de la pierre sous son dos, l'air froid qui pénétrait ses narines, le bandage qui comprimait la plus grave de ses blessures... Elle voulut appeler, mais seul un gémissement monta de sa gorge pour franchir ses lèvres. Comme un dernier soupir.

Cela fut suffisant, cependant. Plusieurs visages vinrent bientôt l'entourer ; on caressa son front, on saisit sa main... La Züe n'avait pas l'habitude de sourire, mais elle s'y essaya. Sans savoir si ses efforts projetaient vraiment une émotion sur ses traits. Puis son regard croisa celui de la Lorelienne nommée Eryne, et de nouveaux sentiments l'envahirent, repoussant la douleur à l'arrière-garde de ses préoccupations... L'ancienne Kahati était plus fière que jamais. Elle avait réussi. Réussi à sauvegarder une *véritable* déesse.

Plusieurs voix s'adressaient à elle, mais Zejabel peinait à les différencier, à les comprendre. Sa langue naturelle était le ramzü. Pour l'ithare, qu'elle avait appris à quinze ans, il lui fallait se concentrer un peu. Ça lui était impossible, pour l'instant. Trop de sensations, d'émois, de pensées fugaces. Trop de souffrance.

Les tiraillements de son ventre déchiré revenaient d'ailleurs au premier plan. La jeune femme se rappela quoi faire. Elle voulut se mettre sur un coude, mais plusieurs mains l'en empêchèrent. Alors, elle ferma les yeux un instant, rassemblant ses forces, puis les utilisa toutes pour prononcer un pénible « Mon sac ».

Il s'écoula alors un temps difficile à mesurer. La Züe pensait s'être endormie de nouveau, sans en être certaine. Il y avait toujours autant de visages autour d'elle, mais elle put y discerner celui de Nolan. Le beau prêtre avait trouvé les potions ! Il lui en présentait une, qu'elle refusa en secouant la tête. Surtout pas celle-là...

Le novice lui montra alors deux autres des petites fioles colorées, l'une après l'autre, avant d'enfin mettre la main sur la bonne. Zejabel acquiesça avec toute la vigueur possible, sans même sentir les larmes de soulagement qui coulaient le long de ses joues.

Pendant qu'une main inconnue lui soutenait la nuque, elle accueillit le précieux liquide dans sa gorge, avec un apaisement sans pareille. Puis les visages s'écartèrent, sans s'éloigner vraiment... Les effets, bien connus de la jeune femme, ne se firent pas attendre. C'était comme une douce chaleur descendant jusqu'à son estomac, avant de remonter jusqu'à son cœur. Puis le flux miraculeux suivit les voies de son sang, répandant sa magie dans les moindres parties de son corps... Après quelques instants seulement, elle commença à moins souffrir de ses membres lourds, de sa faiblesse, et même du froid agrippé à sa peau. Un peu d'attente encore, et elle put prendre une vraie inspiration, avant de contempler le plafond qui la surplombait. Son esprit se réveillait également. Où pouvaient-ils bien être ? Toujours à Goran ?

Une nouvelle décille s'écoula, et la Züe put se redresser sur les coudes, si vite que les héritiers n'eurent pas le temps de l'en empêcher. Sa douleur n'était déjà plus qu'une gêne, comme une masse pesante et collante sur la peau de son ventre. Zejabel put néanmoins juger de la taille impressionnante de son pansement. Elle connaissait aussi les dangers de cet élixir. Effacer la souffrance n'était pas guérir les blessures... Elle devait agir avec prudence, se mouvoir à gestes lents.

— Mais qu'est-ce que tu fais ? lui répéta Nolan, éberlué.

— Je me lève, répondit-elle dans un souffle.

Avec souplesse, en usant de la force d'un seul bras, elle parvint à se redresser en position assise... pour constater qu'elle se trouvait dans une sorte de temple. Et, précisément, sur l'autel.

— Vous me croyiez morte ? commenta-t-elle sobrement, les pensées encore troublées.

— Tu le seras si tu ne te montres pas prudente, répliqua Amanón, surpris malgré tout.

— Allons, recouchez-vous ! pressa Eryne, en lui appuyant doucement sur les épaules.

La Züe la repoussa avec la même délicatesse, mais sans faiblesse. Alignés sur deux rangs, les héritiers la contemplaient avec autant de paires d'yeux ronds... La jeune femme fut heureuse de retrouver le géant Bowbaq parmi eux. Quand elle avait perdu conscience, la nuit précédente, le sort du grand-père n'était pas encore fixé.

— Mais qu'est-ce qu'il y avait, dans cette fiole ? demanda Cael. C'est miraculeux...

Zejabel acquiesça, tout en se laissant doucement glisser au bas de l'autel. Le simple fait de poser les pieds au sol lui donna l'impression d'aller mieux... mais elle savait que c'était faux. Elle se souvenait très bien, par exemple, s'être tordue la cheville en bondissant sur un toit éloigné.

— Un extrait de suc de *jarala*, révéla-t-elle ensuite. C'est une plante qui ne pousse qu'au

Lus'an... En tant que Kahati, je ne dois... Je ne *devais* montrer aucune souffrance. Quelles que soient les circonstances. Ça aurait terni le prestige de Zuïa...

— Mais cette potion ne te guérit pas vraiment ? supposa Nolan.

— Non... Ça muselle simplement la douleur.

— Alors reste tranquille, et allonge-toi ! insista le novice. Je vais t'aider à te coucher sur la civière...

La jeune femme pencha la tête en direction de l'objet indiqué, s'étonnant d'en compter deux, alors que tous les membres du groupe étaient debout.

— Le moment est venu de partir ? comprit-elle.

— Nous retournons au port, confirma Amanón.

Zejabel esquissa un premier pas en avant, puis deux autres... Elle accepta le bras que Nolan lui offrait, puis trotta ainsi jusqu'à la petite lucarne d'où Ke'b'ree espionnait la rue. Après une surveillance de quelques instants, elle se retourna vers les fugitifs encore médusés par son rétablissement.

— Je ne peux pas traverser la ville en restant allongée sur cet engin, commenta-t-elle. Je vais attirer tous les curieux.

— Mais il n'y a rien d'autre à faire... expliqua Eryne.

— Si. Vous m'aiderez simplement en portant mon sac et mon arc, indiqua-t-elle en ouvrant la porte.

Sans attendre, elle commença à descendre la rue, vers le fleuve que l'on voyait au loin, en contrebas. *Il suffisait d'aller doucement et de serrer les dents*, se répétait-elle, un pas après l'autre. Elle avait surmonté des épreuves bien pires, pendant toutes ces années au service de Zuïa. Et pour des enjeux pas très reluisants.

*

Comme tous les autres, Cael ne pouvait qu'éprouver du respect pour le courage de Zejabel. La jeune femme avait plusieurs fois blêmi au cours du trajet, et le bras de Nolan n'avait pas été de trop pour surmonter quelques vertiges, mais elle avait tenu bon jusqu'au port, et même jusqu'au *Rubicant* où ils grimpaient enfin... Pas une fois les Goranais ne les avaient inquiétés, ni même approchés. Du moins, si des assassins avaient espionné le groupe, ils ne s'étaient pas montrés !

Le chemin avait été long, cependant, et la Züe affaiblie ne montra aucune opposition quand Eryne lui *ordonna* littéralement de gagner sa cabine. Tous descendirent d'ailleurs pour aider la pauvre blessée à s'installer, exceptés Keb et Amanón qui s'attardèrent un moment sur le pont pour surveiller leurs arrières.

Devant l'héroïsme de Zejabel, Cael se sentait pourtant encore plus méprisable. Il ne se passait pas un décime sans qu'il repense à cet instant d'horreur, quand il avait levé sa rapière sur son cousin en se demandant s'il n'allait pas frapper pour de bon ! *Frapper la seule famille qui lui restait !* Sous l'unique prétexte qu'Amanón avait achevé l'horrible créature à sa place...

Cette fois encore, la Voix qui s'invitait parfois dans son esprit avait pris le pas sur sa volonté. Même si, pendant un moment, il avait cru pouvoir la contrôler... Même si le fait *d'accepter* cette intrusion, plutôt que de la combattre, avait aidé un peu à en gérer les conséquences... Mais au final, il n'était resté en lui que ce monstre conquérant, habile au combat et surtout cruel, attaquant ennemis ou alliés sans distinction !

L'adolescent refusait de revivre une scène semblable, et dont l'issue pourrait être bien plus grave.

Au comble de la tristesse et de l'angoisse, il était prêt à tout essayer pour avoir la moindre chance de bouleverser son désordre intérieur !

Il avait déjà franchi un premier pas, en trouvant le courage de demander l'aide de Niss. La jeune fille l'avait surpris en acceptant sans hésiter... À leur dernière discussion, Cael ne s'était pas montré tendre avec la petite Arque, et il s'était plutôt attendu à essuyer un refus bien senti. Par chance, il s'était trompé, une fois encore. Et il ne songeait désormais plus qu'à un prochain moment de solitude avec la jeune fille. Ensemble, ils pourraient commencer à défier le démon qui habitait son esprit... et voir qui en sortirait vainqueur.

Il devait pourtant différer ces projets, puisque les héritiers semblaient d'humeur à improviser une nouvelle réunion, ou un conseil de guerre, selon le nom que l'on voulait donner à leur petite assemblée. Eryne et Nolan s'étaient déjà installés au chevet de Zejabel, tandis que Niss avait carrément choisi de s'allonger à côté de la Züe aux traits tirés. Bowbaq s'encastra dans un coin de la cabine, sa silhouette encore agrandie par la minerve improvisée par le novice. Cael lui-même prit place sur un petit tabouret, sans bien savoir pourquoi... Quelques instants plus tard, Amanón et Keb complétaient le groupe en s'adossant à la paroi. Les regards se portaient plutôt vers la blessée, mais l'adolescent reconnut dans ce bref moment de silence l'expression du soulagement général : malgré les épreuves de la nuit, ils étaient tous rentrés au *Rubicant*. Plus ou moins indemnes, certes, mais *vivants*. Goran n'avait été qu'une étape sur le chemin de leur destinée... les aventures à venir pouvaient s'avérer bien pires.

— Dommage que l'on doive quitter ce bateau, commenta machinalement le garçon. Je l'aimais bien.

— Ah bon ? On va quitter le... s'étonna Bowbaq.

Zejabel n'intervint pas, mais son regard las se montrait tout aussi curieux. Amanón leur expliqua donc le détail de ses plans, devant lesquels les deux intéressés se contentèrent d'acquiescer. Puisque tout avait été réglé et mis en place, inutile d'en débattre encore !

— Et où comptes-tu nous emmener, ami Manó ? demanda le grand-père. Je ne vois pas ce que nous pouvons tenter...

L'interprète chercha le soutien des autres, mais personne n'osait annoncer la nouvelle au géant, aussi le cousin dut-il s'y résoudre.

— Nous projetons de rencontrer Usul, avoua-t-il d'un air désolé.

C'était comme si un fantôme venait soudain d'apparaître dans la pièce, ou que Bowbaq vieillissait brutalement de dix ans. Pendant un instant, Cael crut voir les cheveux de l'Arque blanchir d'un coup... mais ce n'était bien sûr qu'une illusion. En revanche, le trouble du malheureux était bien réel, lui !

— Nous ne pouvons pas aller là-bas, refusa-t-il d'une voix mal assurée. C'est la mort qui nous attend ! Je le sais ; je m'en souviens très bien !

Patiemment, Amanón refit donc la liste des choses que les héritiers avaient à gagner dans l'aventure, et il fut assez honnête pour rappeler également les dangers qu'ils encouraient... Mais, tout comme Eryne un peu plus tôt, le géant se laissa entraîner par le seul espoir d'avoir des nouvelles de sa famille. Pas *convaincre*, non, car son angoisse restait intacte, mais il fut juste assez stimulé pour étouffer ses peurs.

— Nous n'arriverons peut-être même pas jusqu'à son île, remarqua-t-il néanmoins. La dernière fois, nous avons été aidés par un ami de Grigán au Beau-Pays... mais qui sait s'il est seulement en vie ?

— *Moi,* je sais, intervint Cael. Enfin, je suppose... Mon père a encore reçu une lettre de Zarbone, il y a quatre ou cinq décades.

— Le mien aussi, confirma Amanón. Ils correspondent souvent. Et j'ai déjà eu l'occasion de rencontrer le bonhomme dans son petit paradis, il y a quelques années. Il nous recevrait sans hésiter, si besoin... Mais il serait plus sage de ne pas l'impliquer. Comme tous nos amis et connaissances, il peut être sous la surveillance de la Jurande, ou même des démons.

— Espérons seulement que les fidèles de Phrias ne se mettront pas sur notre chemin jusque là-bas, soupira Nolan. Nous ne sommes pas encore sortis de Goran, après tout...

Cael aurait alors pu trouver l'expression d'incompréhension chagrinée de Bowbaq presque comique, si le moment n'avait pas été aussi grave.

— Heu... qui ça ? demanda le grand-père avec un regard perdu.

— Les hommes qui nous suivaient... résuma Amanón. C'est vrai que tu n'as pas assisté à la bataille...

Avec un détachement remarquable, l'interprète fit donc le récit des affrontements qu'ils avaient menés sur les toits de la cité. Le géant arque trembla à l'évocation de ces silhouettes masquées et déterminées, fondant sur ses amis et sa petite-fille comme une armée de corbeaux géants... mais il fut plus troublé encore par la description de la créature monstrueuse !

— Une horrible tête de singe, tu dis ? Et avec des poils de loup sur tout le corps ? Et des bras énormes ?

— Oui... confirma simplement Amanón, un peu surpris.

— C'était un *Lémure* ! s'exclama Bowbaq. Une de ces bêtes du Jal'karu ! Grigán en avait tué un, et... et un autre avait blessé Corenn, ajouta-t-il d'un air plus triste.

— Je connais l'habileté de mon père avec sa lame, mais ça ne peut pas être le même genre de monstre, réfuta l'interprète. Même à trois contre un, le nôtre était difficile à vaincre. Nous aurions pu tous y rester.

Il ne jeta qu'un bref regard en direction de Cael, sans que l'adolescent puisse lire une émotion quelconque dans les yeux de son cousin. Depuis que la discussion portait sur ce sujet, le garçon se sentait très mal à l'aise.

— Il s'agissait peut-être d'un grand représentant de cette espèce ? avança Eryne.

— Une espèce, quelle espèce ? intervint Keb. Jamais je n'ai entendu parler d'un monstre pareil. Ils ont ramené ça des enfers !

— Il pourrait très bien s'agir d'un démon, confirma Nolan. Une bête échappée du Jal, parce qu'enfin *aboutie*, selon les lois qui régissent cet endroit... Il disposerait donc d'une force et d'une résistance que ses semblables, encore en gestation à Karu, ne posséderaient pas.

Sa réflexion fut suivie d'un silence aussi bref que pesant, avant qu'Amanón n'acquiesce d'une moue pensive.

— Ça se tient, commenta l'interprète. C'est à envisager, en tout cas.

— Ça voudrait dire que nous avons *tué un démon* ? souligna Niss.

— Nous ne sommes sûrs de rien, tempéra Nolan. C'était peut-être aussi, et seulement, un grand singe dégénéré...

— Mais si tu as raison pour le Jal, ça voudrait dire que l'Adversaire est *vraiment* parmi nous ! Puisqu'il est le seul humain à pouvoir souffler la vie d'un éternel !

Niss se voulait sûrement porteuse d'espoir, mais sa théorie eut plutôt pour effet de plonger les héritiers dans la perplexité. Cael, lui, préféra garder les yeux baissés. Il se souvenait parfaitement de la manière dont il avait taillé le Lémure en pièces, jusqu'à ce que...

— C'est *Amanón* qui a donné le coup fatal, rappela Nolan d'une voix empreinte de gravité.

— Mais ça aurait pu être n'importe lequel de nous trois, s'empressa de lancer l'interprète. La bête tenait à peine debout quand je l'ai frappée. Et même en supposant que ce monstre vienne effectivement du Jal, j'ai peine à croire en son immortalité... Maintenant, plus que jamais.

— Oui, mais si Nolan avait raison ? insista Niss. Ça ferait de toi l'Adversaire !

Cael releva la tête juste à temps pour voir le voile d'effroi qui passa un instant sur le visage de l'interprète. Il n'aurait pas aimé être à la place de son cousin !

— Je... Vous... Ça ne prouve rien, se reprit enfin l'intéressé. Cette bête n'était pas une divinité, au sens où nous le comprenons généralement. Ma mère a bien laissé entendre, dans son journal, que Karu est également habité de créatures inférieures aux démons... Comme ce lutin, Lloïol, ajouta-t-il à l'intention de Bowbaq. Celui qui vous a guidés jusqu'aux Ondines.

— C'est vrai, acquiesça le grand-père. Et Grigán a bien réussi à tuer un Lémure, lui aussi... Pourtant, il n'est pas non plus l'Adversaire.

— Mais comment les Phrias ont-ils pu dompter un monstre pareil ? demanda Eryne. Et même, où l'ont-ils trouvé ?

— Sombre leur en a peut-être fait cadeau, lança Kebree.

Le Wallatte affichait son éternel sourire goguenard, mais il semblait très sérieux dans sa déclaration.

— Après tout, la Jurande et lui sont alliés pour le pire et le meilleur, poursuivit-il. Et il ne peut pas se faire obéir de ce tas de types en robes et en manteaux simplement en leur faisant peur. Quelques promesses, deux ou trois bienfaits... et le voilà avec la plus grande armée de cinglés du monde !

— À vous entendre, fomenter une telle conspiration semble presque facile... soupira Eryne.

— Ça l'est, sûrement. La recette n'est pas nouvelle. Saat l'a déjà utilisée, il y a une vingtaine d'années, conclut-il en perdant son sourire.

— Je n'aime pas ça, avoua soudain Bowbaq. Si Sombre a donné un Lémure aux Goranais, alors il en a peut-être d'autres sous ses ordres !

— Nous ne sommes sûrs de rien, rappela l'interprète. Pour ce que nous en savons, et comme le disait Nolan, il s'agissait peut-être seulement d'une espèce de grand singe qui les accompagnait.

— Mais vous, Amanón, quelle est votre opinion ? pressa Eryne. Nous manquons cruellement d'éléments de réponse, certes, mais que vous dit votre intuition ?

Cael lui-même attendit la réponse de son cousin avec intérêt... L'adolescent avait depuis longtemps reconnu en l'interprète la même sagesse que la grand-tante Corenn, et il ne semblait pas le seul dans ce cas ! Tous étaient suspendus aux lèvres du jeune homme aux cheveux noirs et à la tempe d'un jaune douloureux.

— Je pense que... cette créature n'était pas naturelle, avoua-t-il enfin. Il est fort probable que Sombre l'ait asservie, comme il a rallié Zuïa et d'autres démons sous ses ordres. Et on peut s'attendre à ce qu'il y en ait plusieurs, lâcha-t-il en hochant la tête vers le grand-père. Peut-être même beaucoup...

Les héritiers n'eurent pas le temps d'encaisser le choc de cette confession, qu'Amanón reprit aussitôt la parole.

— Je pense aussi ne *pas* être l'Adversaire, annonça-t-il. Je suis moins efficace au combat que Ke'b'ree, Zejabel ou même notre gentil Bowbaq. Je n'ai pas la foi de Nolan, qui lui permet d'accomplir des miracles. Et je ne dispose pas de pouvoirs particuliers comme Niss, Eryne, ou... Bref, je suis sûrement le moins à même de l'emporter contre Sombre.

— Tu es le fils de Corenn et Grigán ! rappela Bowbaq, sous forme de protestation.

— Je sais, sourit Amanón. Il faut croire que ça ne suffit pas. Et toutes nos lignées sont prestigieuses, du moins à mes yeux... J'espère seulement que ce sauveur tant attendu est l'un d'entre vous. Je ferai de mon mieux pour le protéger jusqu'au bout.

Alors que les héritiers échangeaient des regards embarrassés, Nolan leur indiqua d'observer Zejabel. La jeune femme s'était endormie, peut-être depuis un long moment déjà... Elle n'avait même pas pris part à la conversation. En quelques instants, les membres du groupe quittèrent donc la cabine, sur la pointe des pieds. Chacun restait sur une impression triste ; celle des confessions d'Amanón... mais Cael devait aussi en voir sa motivation renforcée.

À mots couverts, son cousin avait laissé entendre que la Voix qui errait dans son esprit pouvait s'avérer *utile* dans leur quête. Au même titre que les illuminations d'Eryne, ou les capacités d'erjak de Niss.

Aussi et plus que jamais, Cael voulait découvrir ce qui se cachait derrière son *autre* conscience.

*

Leur retour dans la cambuse rappela aux héritiers la faim qui commençait à tirailler leurs estomacs. Le festin de Che'b'ree était déjà loin derrière eux, et les quelques morceaux de pain grignotés à la chapelle ne suffisaient plus à contenter les ventres d'ogres tels que ceux de Bowbaq et Keb. Le Wallatte surprit même ses compagnons en s'attelant à la cuisine, plaisantant comme s'il ne venait pas de trahir sa propre mère, ou de se porter volontaire pour une aventure à l'issue plus qu'incertaine. Ses efforts finirent pourtant par payer, et ses pitreries avec des coquilles d'œufs, par exemple, réussirent même à dérider Niss et Eryne. Le prince barbare concentrait d'ailleurs tous ses efforts de séduction sur la belle courtisane ; du moins, lorsqu'elle n'était pas occupée à aller vérifier l'état de santé de Zejabel.

Cette vigilance de la Lorelienne s'avérait inutile, puisque Nolan ne quitta pas la Züe un seul instant, même pour manger... Le novice ne demanda qu'un peu d'aide pour changer le pansement de la blessée, vers le quatrième décan. Tandis que la plupart de ses compagnons s'efforçaient de prendre un peu de repos après cette nouvelle nuit blanche, l'apprenti Maz veilla sur sa protégée tout en se replongeant dans l'étude du *Livre de la Sage* d'Eurydis, chose qu'il n'avait pas faite depuis longtemps. Il en profita pour comparer certains passages avec les précieuses révélations du journal de Corenn, à la recherche de la moindre piste pouvant les aider... en vain, malheureusement. Seule la trentaine de pages en langue etheque restait mystérieuse, et comportait peut-être quelques éléments de réponse, mais sa traduction était impossible ! Le dernier alphabet du plus ancien peuple connu semblait se trouver dans le palais de Zuïa elle-même... c'est-à-dire, dans un endroit plus dangereux encore que l'île d'Usul. Nolan espérait donc que cette visite au dieu omniscient suffirait à les guider dans leur quête !

Pendant que le novice méditait sur ces écrits, Cael s'ennuyait fermement. À ses yeux, la journée ne semblait jamais devoir finir ! L'adolescent regrettait surtout l'absence de Niss, partie s'allonger à côté de son grand-père dans la cabine d'Eryne. La Lorelienne avait d'ailleurs surpris tout le monde en proposant d'elle-même sa chambre ! Il faut dire que le spectacle de l'Arque aux articulations endolories, essayant de se caser dans une couchette trop petite pour lui, aurait apitoyé n'importe quelle âme un tant soit peu charitable. Le garçon se demandait néanmoins si la damoiselle pousserait sa générosité jusqu'à la nuit, au point de venir s'installer dans la cambuse avec les hommes ! En attendant, Cael tentait de tromper son impatience en cherchant à dormir un peu... mais sans y parvenir.

Amanón, Keb et Eryne passèrent un long moment sur le pont, surveillant les allées et venues du quartier tout en discutant de choses et d'autres. L'interprète voulut en apprendre davantage sur la manière dont la jeune femme avait aussi facilement vaincu deux des assassins, mais la Lorelienne refusait d'en parler en l'absence de Zejabel. Cela ne fit qu'attiser encore la curiosité du Kaulien, qui soupçonnait un secret d'une importance capitale... Son insistance se révéla inutile, et même regrettable, puisque Eryne en vint à menacer de se fâcher. Doublement désolé, Amanón finit par aller s'allonger en bas, avec dans les oreilles l'écho des plaisanteries du barbare et des rires de la courtisane. Après un décime, le jeune homme se mit carrément un oreiller sur la tête en maudissant son naturel trop sérieux !

Zejabel se réveilla vers le milieu du sixième décan, alors que le port commençait à accueillir les bateaux en halte pour la nuit. La Züe se sentait déjà bien mieux, mais réclama malgré tout sa collection de potions, dont elle vida deux petites fioles. Elle en fit porter une troisième à Bowbaq, promettant que l'élixir allait aider le grand-père à soulager ses articulations. Et l'intéressé lui donna raison en se levant à peine deux décimes plus tard ! Il se débarrassa même de sa minerve, contre l'avis de Nolan, en expliquant que le tissu qui frottait contre sa barbe lui causait d'horribles démangeaisons. Devant un tel argument, le novice ne put que lever les yeux au ciel, sa grimace arrachant au moins un faible sourire à Zejabel.

Désireux de se dégourdir les jambes, Bowbaq sortit de l'entrepont pour gagner le grand air... Il entama ensuite une conversation avec Keb, et Eryne en profita pour quitter la compagnie du Wallatte. Le barbare avait multiplié les efforts pour la faire rire, avec des anecdotes dont la moitié au moins devaient être inventées, tandis que certaines autres étaient déplacées, voire vulgaires... mais il avait atteint son but, et la damoiselle en revenait avec le sourire aux lèvres. C'était cela même qui la faisait fuir : à plusieurs reprises, elle s'était sentie si bien qu'elle n'aurait pas repoussé un baiser de ce prince exotique ! Keb n'avait heureusement rien tenté de semblable. Malgré tout, Eryne crut lire un certain reproche attristé, dans le regard qu'Amanón lui adressa depuis sa couchette. Désarmée, elle se contenta d'ignorer l'interprète, tout en sachant qu'il allait en souffrir davantage... Mais que pouvait-elle faire d'autre ?

Cet échange muet fut pourtant comme un signal dans le *Rubicant*. Amanón bondit soudain sur ses pieds, décidant qu'il était temps de passer à l'action. Suivant le plan qu'ils avaient décidé, les héritiers s'activèrent donc à déplier les voiles et larguer les amarres, au grand étonnement des curieux... Personne ne se lançait sur le fleuve au crépuscule ! Il fallait être fou, ou apprécier les fantômes !

Quand la gabière s'engagea dans le chenal de sortie de la cité, le soleil était déjà bas sur l'horizon. La nuit n'allait pas tarder à s'étendre sur les Hauts-Royaumes. Avec son cortège d'assassins, de monstres et même de démons.

*

Che'b'ree leva un bras autoritaire, indiquant à la colonne de cavaliers de s'arrêter. Ses hommes s'immobilisèrent dans un bel ensemble, guidant leurs chevaux comme s'ils étaient nés en selle. C'était là l'une des fiertés de la reine barbare. Les Wallattes avaient tellement souffert du massacre du Montfleuri, que les survivants et leurs enfants mettaient un point d'honneur à se serrer les coudes et à se surpasser. Chacun voulait exceller dans son domaine pour être utile au peuple qui l'avait vu naître. Ainsi, à l'est du Rideau, il n'était pas meilleurs monteurs que la vingtaine de guerriers qui accompagnaient la souveraine, et tout autre membre de sa garde ou de sa petite armée pouvait s'enorgueillir de talents semblables... Ils restaient malheureusement trop inférieurs en nombre, face aux Thalittes et aux Solenes.

— Nous nous arrêtons ici pour la nuit, annonça-t-elle en mettant pied à terre.

Ce seul ordre suffisait. Habitués aux voyages et aux bivouacs, les barbares s'attelèrent aussitôt à l'établissement d'un camp provisoire. Chacun connaissait sa tâche, ou s'en voyait assigner une par ses camarades, et le chef de troupe n'avait que rarement l'occasion de secouer un tire-au-flanc. Quant à la reine, cela ne lui était pas arrivé depuis très longtemps... Les manquements à son autorité étaient systématiquement punis de la carène, ce qui faisait réfléchir même les plus abrutis des soudards.

Après quelques pas sur la terre dure du Grand-Empire, Che'b'ree ressentit toute la fatigue de cette longue journée de voyage. Elle était toujours une guerrière redoutable, mais sa résistance à des efforts prolongés s'était émoussée avec le temps... Et pourtant, elle ne devait rien en montrer. Tout juste si elle osa soupirer en retirant son casque, avant de se masser le visage et de porter un long regard vers l'est.

— Ma Reine, voulez-vous choisir l'emplacement de votre tente ?

Perdue dans ses pensées, elle n'avait pas entendu le chef de troupe s'avancer. C'était le plus ancien de sa garde personnelle ; l'un des derniers vétérans de l'assaut sur la Sainte-Cité. L'homme grisonnant y avait perdu un œil, arraché par une lame courbe ramgrithe... Il était également sourd d'une oreille, et plutôt lent dès qu'il descendait de sa selle. Pourtant, malgré les exigences qu'avait Che'b'ree pour ses hommes, elle n'avait jamais eu le cœur à le renvoyer. C'était l'un des premiers compatriotes qu'elle avait retrouvés, après la débâcle de l'armée de Saat. Et ce guerrier, borgne, affaibli, s'était de lui-même jeté aux pieds de la souveraine en lui jurant allégeance ! Ce jour-là, il aurait brandi sa lowa devant n'importe quel ennemi, alors que lui-même tenait à peine debout... Depuis, Che'b'ree faisait son possible pour le ménager. C'est ainsi qu'elle lui avait confié la surveillance de leurs chevaux, loin des murs de Goran, alors qu'elle-même et le gros de la troupe attendaient Lana dans la capitale impériale.

— Peu importe, répondit-elle. Agis pour le mieux, Dei'n'an.

Elle n'avait tourné la tête qu'un instant... Toutes ses préoccupations se trouvaient là-bas, dans cette cité qu'ils avaient quittée aux premières lueurs de l'aube, dès l'ouverture des portes. Pour la centième fois ce jour, elle fut tentée de lâcher son talisman, de laisser Sombre la retrouver, pour essayer de lui arracher des informations... mais le démon en profiterait pour lire dans son esprit, ce qui pouvait encore empirer les choses. Elle ne devait *pas* le laisser à nouveau fouiller dans ses souvenirs. Mieux valait qu'il ignore tout du secret qu'elle venait de confier... Si ce n'était pas déjà trop tard.

— Vous pensez qu'il nous rejoindra ?

La question claqua comme un coup de fouet, dans l'esprit de la reine, mais en croisant le regard du vétéran elle comprit qu'il ne parlait pas du monstre de ses cauchemars.

— Keb... Le prince, se reprit Dei'n'an. Les hommes m'ont raconté ce qui s'est passé, avoua-t-il avec embarras. Enfin, ce qu'ils en ont compris... Peut-être voudrez-vous attendre votre fils quelques jours ? Quoi qu'il ait à faire avec ces étrangers, cela aura une fin, et il repassera bientôt par ici...

— Je pense que ce sera beaucoup plus long que quelques jours, soupira Che'b'ree.

Malgré tout, elle ne pouvait s'empêcher de fixer l'horizon... Le vétéran lui avait donné un nouvel espoir. Keb pouvait-il avoir des regrets, tourner le dos aux héritiers et galoper jusqu'aux Wallattes ? Allait-elle le voir apparaître, petit point grossissant sur la lande goranaise ? Non, décidément pas... Ce n'était pas dans son caractère. Il ne se remontrerait qu'avec la tête de Sombre sous le bras ; ou bien... jamais.

— S'il est vivant, il viendra à Wallos, affirma-t-elle. Il y sera obligé, un jour ou l'autre. Et cette Lorelienne ne peut tout lui faire oublier de son passé.

Il n'y avait rien d'autre à ajouter. La reine devait seulement se préparer à faire un nouveau choix.

*

Le *Rubicant* attirait évidemment tous les regards. Badauds, marins, et soldats impériaux gardant le port, n'avaient d'yeux que pour cette gabière qui semblait bien décidée à quitter la capitale au crépuscule. Cela n'était pas défendu, mais ceux qui s'y risquaient avaient de fortes chances de naviguer à la lampe jusqu'au petit matin, sans trouver le moindre ponton pour les accueillir !

Cette légende de l'armée des morts hantant le fleuve était si ancrée dans les esprits goranais qu'aucune bourgade n'acceptait de bateaux à la nuit tombée. Pire, ceux qui accostaient de force pouvaient être lynchés par des riverains aussi furieux que paniqués ! Cela s'était produit plusieurs fois, sans qu'aucun des malheureux passagers n'en réchappe. Et ces incidents étaient à chaque fois déformés par la rumeur : on disait que les téméraires avaient *vrai-*

ment été massacrés par des âmes monstrueuses échappées des enfers...

Nolan connaissait bien ces histoires, également répandues à Ith où l'Alt prenait sa source. Il existait même plusieurs versions du récit : dans l'une, les fantômes avaient leurs propres navires ; dans une autre, ils remontaient des profondeurs pour envahir les berges... Cela n'avait jamais impressionné le novice. Du moins, pas avant qu'il ne soit projeté dans le drame sans fin qu'il vivait depuis la disparition de ses parents ! Mais il avait de toute manière une autre bonne raison de s'inquiéter. Elle se résumait en un seul mot : *pont*. Le pont sous lequel la gabière devait obligatoirement passer, et où les attendaient les fidèles de Phrias !

Cael et Amanón assuraient la manœuvre, mais sortir du port à ce moment de la journée n'était guère difficile, presque tous les autres bateaux étant à quai. Et ce fut avec le cœur serré que Nolan vit le *Rubicant* dépasser la double porte gardant l'entrée de la rade... Même si Goran s'était montrée une ville plutôt dangereuse pour les héritiers, c'était tout de même un endroit civilisé, qu'ils quittaient pour une destination beaucoup plus aventureuse.

Alors que la gabière se dirigeait doucement vers l'ouvrage fortifié, les fugitifs s'étaient rassemblés à la proue, cherchant à reconnaître les masques effrayants derrière les meurtrières. Il n'aurait servi à rien de se cacher dans la cambuse en espérant échapper à leur surveillance : la Jurande semblait tout connaître du signalement de chacun d'entre eux. Par ailleurs, cette sortie nocturne n'avait aucune chance de passer inaperçue ! Les héritiers se présentaient donc à visage découvert devant leurs ennemis, attendant de découvrir leur réaction... Et c'était bien là l'étape cruciale. Amanón et les autres avaient envisagé diverses possibilités, mais ces fidèles de Phrias pouvaient se montrer *dangereusement* surprenants.

Ils ne le furent pas, en tout cas, au point de manquer le rendez-vous. Nolan repéra bientôt une silhouette en manteau long, en même temps qu'Eryne lâchait un petit cri d'effroi... Presque aussitôt, le passage fortifié au-dessus de l'arche connut une agitation inquiétante. Au moins cinq ou six hommes couraient d'un bout à l'autre de l'ouvrage, s'échangeant des informations ou des consignes dont les héritiers n'avaient pas la moindre idée. Le novice décida de ne pas attendre plus longtemps...

— Tu dois redescendre, indiqua-t-il à Zejabel. Ça peut devenir dangereux, ici.

La Züe lui retourna un regard fatigué, mais sa seule réponse fut d'encocher une flèche. Elle n'avait demandé nulle permission pour se joindre au groupe, dès le début de la manœuvre. Nolan admirait son courage, bien sûr, mais ces imprudences allaient finir par achever la jeune femme ! Le novice savait également n'avoir aucune chance de la raisonner... Faute de mieux, il tira lui-même sa canne-épée, déterminé à assister et à défendre la malheureuse blessée, en cas de besoin.

Il était cependant peu probable que les assassins se jettent sur la gabière depuis une hauteur de quinze pas, même en usant de cordes et de filins. Et ils auraient affronté un comité d'accueil plutôt hostile, en supposant que les flèches de Zejabel ne les fauchent pas carrément avant leur arrivée ! Les héritiers redoutaient plutôt une forme d'attaque bien plus lâche, comme des projectiles incendiaires... Après tout, ce pont avait été conçu pour déverser des chaudrons de feu liquide sur les navires ennemis de Goran. Les hommes aux masques pouvaient remettre cette « tradition » au goût du jour !

Alors que le *Rubicant* glissait doucement sous le tablier de l'ouvrage, masquant pour un temps les mouvements des Phrias, tous les regards se fixèrent sur les ouvertures inférieures de l'arche... autant de percées d'où risquaient de tomber les pires ennuis. Mais le navire laissa bientôt l'une de ces trouées derrière lui, puis une deuxième, avant d'émerger tranquillement de l'autre côté du pont ! Soit les assassins s'étaient mal préparés, ce qui semblait improbable, soit ils préféraient une offensive plus discrète que l'incendie d'un navire aux portes de la ville... ce que les héritiers avaient escompté.

Ils n'étaient pas tirés d'affaire pour autant. Alors que le sommet de l'arche se montrait de nouveau à leurs yeux, les fugitifs eurent la surprise de ne plus y voir leurs ennemis ! Nolan les retrouva, groupés sur la rive gauche, en train de grimper sur autant de chevaux ramenés par un complice. Le novice ne fut pas surpris de voir cinq des hommes se lancer au petit galop et remonter bientôt à hauteur de la gabière. Ils adoptèrent ensuite le pas de trot, suivant l'allure modérée du voilier dans le chenal... Puis l'un d'eux se détacha pour foncer en avant, probablement porteur d'un message dont les héritiers devinaient facilement la teneur !

— Je peux encore l'avoir, indiqua Zejabel, arc en mains.

— Pas ici, refusa Amanón. Il y a des soldats tout le long de ces murailles. Il n'est pas certain qu'ils cherchent à comprendre la situation avant d'utiliser leurs catapultes.

— Les Phrias se sont sûrement tenus tranquilles pour la même raison, acquiesça Nolan.

Dans le jour finissant, le novice regardait s'éloigner l'assassin avec l'angoisse au ventre, s'inquiétant déjà des ennuis que cet homme allait leur ramener... Alors que sur la berge, au hasard de l'architecture du chemin de ronde, apparaissaient parfois les silhouettes des quatre cavaliers aux manteaux longs. Des fanatiques dévoués à la perte des héritiers, et qui avançaient en gardant leurs masques tournés vers le fleuve. Sans manifester doute, peur, ou même impatience... Comme si tout était déjà joué.

Pendant un moment, le *Rubicant* glissa ainsi entre les murailles verdâtres du canal, tandis que les ténèbres se resserraient autour des lanternes suspendues de la gabière. Quand le bateau laissa derrière lui le dernier contrefort, il faisait nuit pour de bon ; au grand dam de Zejabel, qui ne distinguait plus ses cibles potentielles.

— Je peux essayer au jugé, proposa-t-elle néanmoins. D'après ce qu'on entend, ils sont à peu près là...

— Ça ne servirait pas à grand-chose, remarqua Keb d'une voix amère. À part te soulager d'une petite vengeance. Ce que je comprends parfaitement, d'ailleurs... Finalement, t'as raison, tire !

— Ils vont s'éloigner du chemin dès ta première flèche, réfuta Amanón. À moins qu'ils ne décident de nous rendre la pareille, ce qui nous compliquerait sérieusement la tâche. Nous ne pouvons pas naviguer sans garder quelques lampes allumées, ni en restant bouclés dans la cambuse. Mieux vaut donc ne pas les harceler.

— Il faudra quand même s'en débarrasser à un moment ou à un autre, insista le Wallatte. Sinon, ton fameux plan si parfait va tomber à l'eau !

— Je n'ai jamais prétendu que ce plan était *parfait*, se piqua l'interprète. Nous savions tous qu'il y aurait des risques. Et il était presque certain que des Phrias nous suivraient, si tu réfléchis un peu !

— Ils ne sont que quatre, s'impatientait le barbare. Sautons à terre et allons à leur rencontre ! Ce sera vite fait !

— Ils ont des chevaux, peut-être des armures, et la moitié d'entre nous n'est pas en état de se défendre, rappela Amanón d'un air agacé. *Sakkar*, ce n'est pas en fonçant droit devant comme un taureau en rut que nous avons réussi à survivre jusqu'ici !

Nolan devinait que la conduite des opérations n'était pas la seule raison de cette dispute... Il s'empressa d'intervenir avant que la conversation ne dégénère davantage.

— Nous avons encore deux décans de navigation jusqu'à Lodacre, annonça-t-il. Et même plus, à cette vitesse ralentie... Donc, inutile de se précipiter à prendre une décision. Beaucoup de choses peuvent arriver, d'ici là.

— Leurs chevaux vont finir par se fatiguer, ou refuser d'avancer dans l'obscurité, acquiesça Eryne. Ne vous chamaillez pas, je vous en prie...

Davantage encore que les arguments du novice, la demande de la damoiselle ramena les deux hommes à plus de retenue. Keb s'éloigna tout de même vers la poupe en bougonnant de frustration. Amanón devait bientôt l'imiter, en allant aider Cael à tirer une voile supplémentaire. Puis Niss chuchota quelque chose à l'oreille de son grand-père, et tous deux regagnèrent l'entrepont avec un mot d'excuse... En quelques instants, Nolan se retrouva seul à la proue, en compagnie de sa sœur et de Zejabel.

Ils gardèrent le silence un bon moment, perdus dans leurs pensées respectives. Celles du jeune homme reflétaient surtout l'aspect fantastique de leur situation ! Dans cette nuit désormais profonde, rien d'autre ne semblait exister que ce voilier et ses passagers... Pourtant, c'est toute une faune qui se révélait parfois dans la lumière des lanternes : grenouilles, poissons, et même quelques serpents, attirés par les insectes ou ceux qui s'en repaissaient. Sur la berge, quelques lueurs témoignaient de la vie des riverains, probablement tremblants de frousse s'ils jetaient un œil à leurs fenêtres ! Enfin, les ténèbres semblaient amplifier le bruit de la cavalcade des Phrias, comme une malédiction à laquelle on ne pouvait échapper.

— J'espère vraiment qu'ils renonceront, avoua Eryne en frissonnant. Nous n'avons pas besoin d'une autre bataille.

— N'ayez crainte. Ils ne peuvent *pas* vous atteindre, commenta Zejabel très sérieusement. Il vous suffit de faire comme la nuit dernière.

Nolan étudia le visage de sa sœur avec beaucoup d'intérêt, mais sans réussir à lire ses sentiments. En revanche, il fut surpris de déchiffrer soudain le comportement de la Züe ! Comment cela avait-il pu lui échapper ? Depuis qu'elle avait abandonné son lit, l'ancienne tueuse ne quittait pas la Lorelienne d'une semelle, se maintenant toujours un pas dans son dos, ou à ses côtés lorsque Eryne s'approchait du bastingage... Exactement comme la Kahati aurait fait pour protéger et servir Zuïa !

Pour Zejabel donc, la nature divine de la courtisane ne semblait plus faire de doute. Alors que Nolan peinait encore à *seulement* envisager l'idée avec sérieux... Quand il posait les yeux sur Eryne, il ne voyait que sa sœur, celle qui soulevait ses robes de fillette pour lui donner des coups de pieds, et à qui il répondait en tirant les cheveux ou en cachant ses jouets ! Ou encore, cette damoiselle qui refusait de sortir deux fois dans la journée avec les mêmes vêtements... Elle, une déesse ? Difficile à avaler, surtout pour un apprenti du Temple.

Pour autant, l'aînée était revenue indemne d'un duel au glaive, contre des assassins déterminés et supérieurs en nombre. Et le novice connaissait parfaitement la maladresse de sa sœur avec n'importe quel instrument, ne serait-ce qu'un tisonnier... Cette victoire était donc aussi incroyable que ces manifestations de pouvoirs étranges !

En observant les deux femmes, côte à côte et silencieuses dans l'obscurité, Nolan eut soudain peur de ce qu'elles pourraient bientôt révéler.

*

Bowbaq aurait préféré rester sur le pont avec les autres... D'autant que descendre, puis remonter plus tard l'escalier étroit du *Rubicant* était une vraie torture pour ses vertèbres ! Mais il n'imaginait pas refuser la demande chuchotée de Niss. Il était même si curieux d'entendre ce qu'elle avait à lui confier qu'il oublia une nouvelle fois de se baisser en entrant dans la cambuse. Le choc de sa tête contre l'encadrement ne fut pas vraiment douloureux, mais le réflexe de contraction du géant réveilla désagréablement ses articulations endolories. En retenant un juron, le grand-père prit alors place sur l'un des deux bancs... Il passa quelques instants à se masser les reins et le front, tout en regrettant l'effet déjà lointain des potions de Zejabel. Si seulement la jeune femme avait possédé une plus grande provision de ces élixirs miraculeux !

Niss s'installa à ses côtés, attendant poliment que son aïeul ait retrouvé ses esprits. Elle se présentait alors aussi silencieuse et passive qu'elle l'avait été pendant ces trois années de « maladie »... Parfois, quand elle n'était pas sous son regard, Bowbaq se surprenait même à oublier sa récente guérison. Il avait tellement l'habitude de cette silhouette morose, coiffée à la garçonne, et à qui on ne pouvait arracher ni un mot, ni un sourire ! Mais il suffisait à la jeune fille de montrer son joli minois pour que le souvenir de cette période s'évapore comme un filet de brouillard.

En cet instant, et même si sa pupille se montrait sous son jour le plus sage, Bowbaq lui trouvait une expression plutôt fébrile. La même qu'elle avait présentée, quelques années auparavant, en lui demandant la permission d'accueillir une paire de louveteaux dans son chalet ! Après la curiosité, l'inquiétude s'empara à son tour du grand-père, et ce fut d'une voix mal assurée qu'il invita Niss à parler enfin.

— C'est à propos des hommes qui nous suivent... commença-t-elle avec embarras.

— Il ne faut pas avoir peur, réagit son aïeul. Amanón est aussi malin que son père et sa mère réunis ; il trouvera sûrement une solution.

— Oui, mais... Si personne n'a d'idée ? Si les Phrias nous suivent jusqu'au bout ?

Bowbaq haussa les épaules, incapable de mentir. Il était d'autant plus troublé que sa petite-fille ne semblait pas vraiment inquiète, mais plutôt pressée d'étudier le problème.

— Alors, je suppose que nous devrons nous battre, reconnut-il enfin. Mais n'y pense pas trop, ce sera vraiment en dernier lieu. Et puis, nous avons Ke'b'ree pour nous défendre, et Zejabel peut encore utiliser son arc...

Sa réponse ne parut pas convaincre la pupille, ainsi qu'il s'en doutait. Il la connaissait assez bien pour deviner qu'elle attendait autre chose ! Le tout était de savoir quoi... Ce qu'elle finit par avouer, du bout des lèvres.

— Ces hommes sont bien montés sur des chevaux, non ?

Le premier détail qui étonna Bowbaq fut l'emploi de la langue arque. En plus de chuchoter, Niss se réfugiait derrière l'idiome maternel, comme pour diminuer l'effet d'une confession honteuse... et, troublé par ce détail, il mit quelques instants à comprendre de quoi il était question !

— Qu'est-ce que tu veux faire à ces chevaux ? bondit-il avec un début de chair de poule.

— Mais *rien*, enfin, rien de mal en tout cas ! promit Niss en s'agitant. Mais, quand même... nous pourrions utiliser notre pouvoir pour les dévier de leur route, les perdre quelque part, ou peut-être faire tomber les Phrias à terre ! Juste en touchant l'esprit profond des chevaux un petit moment...

Le grand-père en restait sans voix. Un peu de lui-même ressentait de l'admiration pour la jeune fille capable d'échafauder un tel plan, mais tout le reste de son être tremblait d'angoisse à l'idée qu'elle puisse prendre ce risque, quelques jours à peine après sa guérison. Pire : elle ne semblait pas avoir conscience du péril !

— *Non*, s'entendit-il dire à mi-voix.

— Quoi ? Mais pourquoi ? se contraria Niss.

— C'est trop dangereux, naïok... Tu devrais le comprendre ! Et on ne sait même pas si ton pouvoir fonctionne toujours !

— Je suis sûre que si, annonça-t-elle avec aplomb. Ça marche au moins aussi bien qu'avant. Je le sens.

Bowbaq était de plus en plus chagriné. Il avait la vague impression que sa pupille ne lui disait pas toute la vérité, mais tant que ça n'était qu'une *impression*, il pouvait s'efforcer de l'ignorer... En revanche, il souffrait beaucoup de la rébellion de la jeune fille. Ils étaient si complices, depuis sa naissance, qu'un désaccord sur un sujet aussi grave ne pouvait que l'attrister ! Il devait pourtant se rendre à l'évidence : si Niss n'était peut-être pas encore tout à fait une adulte, elle n'était déjà plus une enfant... et il faudrait compter avec cette vérité.

— De toute façon, ils sont trop loin, maugréa le grand-père. On ne les voit plus, dans ce noir.

— *Si*, quand ils passent devant une maison, insista la jeune fille. Tu sais que c'est suffisant ! Et même, si on voulait se concentrer un peu sur le bruit des sabots...

— Non, répéta Bowbaq. Pas question.

Les traits de sa pupille se durcirent soudain, en une expression qu'il ne lui connaissait pas. En revanche, il l'avait déjà vue sur celle de son fils Prad, le propre père de Niss. C'était un visage qui voulait dire : « Ça m'est égal, je le ferai quand même ! » Paniquant à l'idée d'avoir précipité les choses, le géant chercha un moyen de les réparer... et il n'y avait pas cent manières possibles.

— Pas question de toucher encore à l'esprit profond, reprit-il. Je ne veux pas te revoir prendre le corps d'un animal. En revanche... on peut essayer d'effrayer ces chevaux, en leur envoyant quelques mots simples ?

Le sourire lumineux qui accueillit la proposition détendit de beaucoup le pauvre grand-père !

— Ça ne marchera pas aussi bien, objecta tout de même la jeune fille. Et peut-être, pas du tout...

— Mais au moins, c'est raisonnable. Et tu vas voir, quand on s'invite brutalement dans l'esprit d'une bête, sans la douceur qui s'impose, ça produit toujours son petit effet !

Niss sourit encore, avec toutefois une ombre de regret, mais elle n'attendit pas plus longtemps pour lancer ses bras autour du cou de Bowbaq. Le géant reçut l'étreinte avec beaucoup d'émotion, ignorant totalement la douleur qu'elle réveillait dans sa nuque.

— Je vais prévenir tout le monde ! lança ensuite la jeune fille, avant de disparaître dans l'escalier.

Le temps que le grand-père se retourne, Niss était déjà sur le pont à alerter les héritiers. Désormais seul dans la cambuse, Bowbaq ressentit soudain le poids de ses années... Ce projet lui rappelait un souvenir bien ancien. Celui du Petit-Palais de Lorelia, où il avait mis en déroute les dogues des Jelenis pour couvrir la fuite de ses amis. Une époque où il était le seul du groupe à avoir des enfants ! Une époque, aussi, où ils n'avaient même pas encore entendu parler de Sombre... Quasiment une autre vie.

En soupirant, il déplia ses longues jambes et remonta à son tour vers la fraîcheur de la nuit. Avec un peu de chance, il allait être utile à cette bande de gamins sur qui reposait le sort du monde connu.

*

Plus que les autres, peut-être, Cael accueillit l'idée des deux Arques avec un espoir doublé de soulagement. Depuis qu'ils avaient quitté Goran, il s'était de nouveau muré dans le silence, ruminant avec angoisse sur la perspective d'une nouvelle bataille... où l'adolescent avait plus peur de ses propres réactions que de leurs adversaires ! Tant qu'il n'en aurait pas appris davantage sur sa Voix, il redoutait de devoir manier encore sa rapière. Bien évidemment, leurs ennemis ne lui en laisseraient pas le choix... d'où l'enthousiasme qui montait en lui à l'écoute du plan de Niss, elle-même si exaltée que leur réussite ne semblait faire aucun doute.

— Ça mérite d'être tenté, acquiesça Amanón. Si ça éloignait ne serait-ce qu'un seul homme, ce serait toujours ça de pris...

— Je pensais qu'il ne fallait pas les harceler ? remarqua Keb avec un sourire mauvais.

— Ils ne pourront pas savoir que ça vient de nous, expliqua Bowbaq. Ils verront seulement des chevaux qui s'emballent sans raison... Au pire, ils les calmeront et recommenceront à nous suivre. Je ne crois pas qu'ils se vengeraient à coups de flèches.

— Je suis d'accord, annonça Nolan. Ils semblent seulement vouloir nous escorter jusqu'à Lodacre. Le vrai comité d'accueil sera là-bas.

Cael était arrivé à une conclusion identique depuis un moment, puisque ces Phrias n'avaient rien tenté pour les attaquer, ni pour les distancer.

— Bon, de quoi avez-vous besoin ? enchaîna Amanón, en s'adressant aux erjaks. Quand pouvez-vous commencer ?

— Tout de suite ! proclama Niss.

— Heu, il faudrait se préparer un peu, tempéra Bowbaq. Choisir le meilleur moment, agir en même temps...

— On peut déjà se mettre en place, insista la jeune fille. Là, c'est bien, non ? On a la meilleure vue sur la berge, et on ne risque pas de tomber à l'eau en cas de malaise.

— Pourquoi, tu ne te sens pas bien ? paniqua aussitôt le grand-père.

Ce à quoi la pupille répondit d'un simple clin d'œil amusé... Cael observait la scène d'un regard un peu envieux. Niss semblait tellement à l'aise avec tout, et tout le monde ! Même son pouvoir d'erjak, qui lui avait pourtant volé trois années de sa vie, ne semblait pas l'intimider.

— Il faudra attendre de bien les voir, prévint Bowbaq. Et se mettre d'accord avant, pour ne pas choisir le même cheval.

— Vous pourrez en... « influencer », deux chacun ? demanda Eryne.

— Ce serait difficile, regretta le grand-père. Ça va aller trop vite... En fait, j'espère que les deux chevaux paniqués effraieront les autres.

— On pourrait demander à Cael d'essayer avec nous ! lança soudain Niss, d'une voix pleine d'enthousiasme.

Les regards des adultes se partagèrent entre les deux adolescents, allant de l'un à l'autre avec une surprise manifeste. Cael avait également du mal à croire ce qu'il venait d'entendre !

— C'est vrai que son père est aussi erjak, reconnut Bowbaq. Il peut avoir le don... Mais, je ne sais pas si c'est une bonne idée.

— Je ne pense pas non plus, acquiesça Amanón. Pas maintenant, en tout cas.

Ces deux remarques suffirent à plonger le garçon dans un abîme de honte et de frustration. Il se savait lui-même potentiellement dangereux, mais d'en constater ainsi les conséquences lui donnait une furieuse envie de révolte ! Et après tout, n'avait-il pas décidé de démasquer sa Voix par n'importe quel moyen ? Ce qui permettait d'ébranler la mystérieuse construction de son esprit était bon à prendre, quels que soient les risques !

— Dis-moi ce que je dois faire, demanda-t-il à Niss.

Devant le ton qu'il avait employé, personne n'osa élever d'objection, mais le garçon put sentir la tension générale monter d'un cran.

— D'habitude, la première fois, on essaye avec un petit animal, expliqua la jeune fille. Un chien qu'on connaît bien, ou un lapin... Là, il faudrait plutôt demander conseil à grand-père.

Cael se tourna donc vers Bowbaq, dont l'embarras était évident... Le géant se gratta la barbe un moment, évitant de croiser les regards posés sur lui, avant de prendre sa décision.

— Je ne sais pas trop comment te guider, annonça-t-il en soupirant. Normalement, les erjaks passent par un apprentissage d'au moins deux ans... mais ton père avait réussi en quelques jours, alors, pourquoi pas ? Tu n'y arriveras sûrement pas cette fois-ci, mais ce sera un début.

— Que dois-je faire, alors ? répéta Cael.

Maintenant que l'affaire était lancée, le garçon ne voulait pas perdre de temps ! Et toutes ces mentions des succès de son père commençaient à l'oppresser. Jamais il ne serait à la hauteur d'un *si grand magicien*, puisque tel était décrit Yan d'Eza ; mais il se languissait de pouvoir au moins essayer.

— Eh bien... Pour cette première fois, tu dois surtout te concentrer sur toi-même. C'est difficile, mais il faut tenter d'oublier ce qu'est exactement un homme, ou un animal. Comme si nous n'étions pas différents.

Keb émit un alors un petit sifflement à deux tons, entre admiration et moquerie. Cael partageait ce sentiment : comment pouvait-on renier soudain toute une partie de la réalité ?

— Et ensuite ? demanda-t-il néanmoins.

— Quand tu arriveras à faire ça, ce sera déjà beaucoup, commenta Bowbaq. Après, il faudrait te concentrer sur l'idée de parler à ce cheval, comme tu le ferais avec n'importe qui... sauf que tu devrais n'utiliser que ton esprit.

— Mais encore ?

— Je ne peux pas être vraiment plus clair, s'excusa le grand-père. Ceux qui ont le pouvoir finissent par passer la dernière étape, c'est tout. Ça ne s'explique pas. Moi, j'y vois une espèce de brouillard... Mais ton père parlait d'une chose beaucoup plus compliquée, comme une sculpture dans une bulle. Je n'y comprenais pas grand-chose.

Cael le remercia d'un hochement de tête, avec l'impression toutefois de ne rien avoir appris. Seul le sourire encourageant de Niss le poussa à prendre place près du bastingage, complétant ainsi la ligne d'attaque des erjaks.

— Tu choisiras le troisième cheval, lui souffla la jeune fille. Grand-père et moi prendrons les deux premiers. Envoie seulement un message court, comme « Danger » ou « J'ai faim ».

— *J'ai faim ?* répéta l'adolescent interloqué.

— Pour un animal, c'est la pire des menaces. Ça devrait suffire à les rendre nerveux un moment.

Elle se tourna ensuite vers la berge, signe que l'attente commençait. Il tomba alors un silence absolu sur la gabière, tandis que le trot des Phrias résonnait plus que jamais dans l'obscurité... Sans y croire un instant, Cael s'efforça d'appliquer les consignes de Bowbaq. *Ainsi, hommes et bêtes étaient semblables. Tous pouvaient communiquer.* Mais l'adolescent avait beau se répéter ces phrases encore et encore, il n'entendait que les sabots de ces chevaux qu'il considérait toujours comme inférieurs en évolution.

— Il y a beaucoup de lumière, là-bas, prévint Zejabel qui scrutait en aval.

— Prêts ? vérifia Bowbaq. Faites attention à ne pas épuiser vos esprits !

La remarque s'adressait à sa pupille, bien sûr, mais Cael se sentit aussitôt plus fébrile. Et sa tension augmenta encore, à chaque instant qui les rapprochait du cercle de lumière jeté par les fenêtres d'une grande chaumière ! Bientôt, on crut deviner les silhouettes des Goranais, puis on les discerna pour de bon... cela n'allait durer que le temps de quelques battements de cœur.

— Maintenant ! annonça Bowbaq de sa grosse voix.

À peine eut-il prononcé la dernière syllabe que la cible de Niss se cabrait brusquement, faisant chuter son cavalier avant de s'enfuir au galop ! Le cheval de tête s'ébroua de la même manière, emportant son propriétaire dans une course folle à travers les bois... C'est tout juste si Cael avait pu cligner des yeux entre-temps. Soudain conscient de l'urgence, crispé à l'idée de décevoir ses amis, il lança toute la force de sa concentration en direction du troisième animal !

Ce fut une expérience horrible, écœurante, même. L'adolescent eut l'impression d'écraser jusqu'à *l'âme* de la pauvre bête, de la pénétrer en la déchirant, en un viol des plus abjects ! Il s'en retira aussitôt, mais le mal était fait... Fou de terreur, et peut-être à jamais, l'animal se dressa soudain en une posture invraisemblable, avant de s'écrouler sur le flanc et de rouler sur son cavalier. Il se releva presque aussitôt en hennissant de manière affreuse, l'écume aux lèvres et les membres tremblants ! C'est pourtant avec une terrible puissance qu'il pilonna le Goranais à terre, avant de faire subir le même sort à l'autre homme désarçonné et hurlant.

Les propriétaires de la chaumière toute proche avaient ouvert leur porte aux premiers cris, mais ils l'avaient bien vite refermée ! De même, le Phrias encore en selle, après avoir contenu tant bien que mal sa propre monture, la laissait maintenant fuir selon sa volonté... Il jurerait probablement avoir croisé les fantômes du fleuve, du moins si sa bête n'allait pas lui fracasser le crâne dans une chute en pleine obscurité.

Toujours piloté par Amanón, le *Rubicant* s'éloignait doucement des lieux du drame, où le cheval déchaîné s'acharnait sur ses victimes. Cael n'avait pas besoin de tourner la tête pour savoir qu'il était de nouveau au centre de tous les regards. Lui-même se faisait horreur.

À travers la folie du cheval, il avait vu son propre visage. Celui qu'il présentait quand la Voix le changeait en un véritable démon.

*

Niss ne supportait pas de voir le garçon dans un tel état de tristesse. D'autant qu'elle s'en sentait partiellement responsable. Si elle n'avait pas proposé... Enfin, ça ne servait à rien de regretter le passé. Elle n'avait plus qu'à essayer de réparer les dégâts.

Pourtant, cela faisait déjà plus de deux décans qu'elle méditait sur la question, et elle n'avait toujours pas dit un mot à Cael. Son grand-père avait bien essayé, et Amanón, ainsi que Nolan, mais le Kaulien restait plongé dans une profonde mélancolie. Tous étaient revenus sans même la certitude d'avoir été entendus... L'adolescent était resté assis à la poupe, le regard perdu dans les ténèbres, comme s'il y cherchait encore le cheval qu'il avait rendu fou. Les adultes s'étaient même relayés pour surveiller discrètement le garçon, redoutant qu'il ne commette soudain une folie telle que se jeter à l'eau !

Cette pensée seule tourmentait la conscience de la jeune fille, mais chaque fois qu'elle faisait un pas vers la silhouette immobile, elle songeait soudain qu'elle pouvait elle-même précipiter le drame. Après tout, l'aide qu'elle avait voulu apporter à Cael s'était révélée pire que le mal... En croyant bien faire, elle venait peut-être de tuer le peu d'espoir qui restait au garçon.

Le petit signe que lui adressa Nolan, juste avant de descendre dans l'entrepont, la décida tout de même à agir. Car il serait bientôt trop tard ! La plupart des héritiers s'étaient déjà regroupés dans la cambuse, et Amanón, seul adulte encore sur le pont, ne tarderait pas à les rejoindre en emmenant son cousin. Puis, tout le monde ou presque s'endormirait jusqu'à l'aube, tel que le plan le prévoyait... et Cael resterait seul avec sa détresse. Cela, Niss ne pouvait l'accepter ! Elle marcha donc vers l'adolescent d'un pas résolu, contournant l'interprète qui finissait de replier les voiles.

L'intervention des erjaks avait au moins eu cela de bon : le *Rubicant* avait pu poursuivre sa route sans être inquiété, ni suivi par la Jurande. Et comme prévu, ils avaient jeté l'ancre au beau milieu du fleuve... quelques milles avant la cité de Lodacre, près d'une petite île dominée par un chêne et remarquée à l'aller. Il ne restait plus qu'à attendre le lever du soleil, en croisant les doigts pour que la suite se déroule sans accroc !

Le cœur de la jeune fille battait vite quand elle prit place à côté de Cael, mais lui-même ne montra pas la moindre réaction. Désarmée par son silence, elle commença par poser la tête sur son épaule, tout comme elle l'avait fait dans la chapelle... Il ne fallut que quelques instants avant que le garçon ne s'abandonne enfin à lâcher un sanglot, probablement retenu depuis des décans.

— Pauvre bête... Pauvre bête, répétait-il, larmoyant.

Niss le laissa évacuer sa tristesse, attendant que les pleurs s'espacent pour le consoler.

— Tu n'as rien fait de mal, promit-elle. Personne ne pouvait se douter que ton don était si *puissant*... Mais on t'apprendra à le contrôler. À le doser comme il faut.

— Je pense aux poulains de ma mère, poursuivait Cael, comme s'il n'avait pas entendu. J'en ai vu si souvent venir au monde... Et moi... Moi, je...

— Tu lui as seulement fait peur, insista la jeune fille. Une très grosse peur, d'accord, mais il s'est sûrement déjà calmé...

— Non, non, refusa le garçon. J'ai *détruit* son esprit. J'en ai fait un monstre, tout comme moi !

Niss aurait voulu mentir encore, mais ça lui était impossible. Elle aussi pensait que le cheval serait sûrement incurable. Ses réactions n'avaient pas du tout été celles que les erjaks connaissaient. Bowbaq lui-même, malgré son expérience en la matière, ne pouvait expliquer ce qui s'était passé. On supposait que la bête était déjà mentalement dérangée, voire violente, et que cette intrusion dans son esprit avait seulement empiré les choses... La jeune fille ne partageait pas cet avis, mais elle s'était jusqu'alors gardé de le signaler aux autres.

— Quoi qu'il soit arrivé, ce n'est pas de *ta* faute, annonça-t-elle avec sérieux. Ce ne sont pas *tes* pensées qui ont effrayé le cheval. Tu comprends ce que je veux dire ?

Cael ne répondit pas tout de suite, s'essuyant les yeux du dos de la main. Quelques larmes ayant coulé sur les cheveux de Niss, il les sécha d'une caresse maladroite, mais qui communiqua à la jeune fille une chaleur troublante.

— Je crois que oui, avoua-t-il d'un ton plus calme. C'est ma Voix qui... Pourtant, je n'étais pas en pleine crise. *Il* n'aurait pas dû sortir.

— Non, mais vos esprits sont en relation, rappela Niss. Quand tu fais appel à tes pouvoirs d'erjak, il s'exprime aussi, je suppose... C'est lui qui a terrifié la bête, pas *toi*.

— Peut-être, acquiesça Cael. Mais je n'ai rien senti... C'était trop rapide, trop étrange.

— Ce cheval pourrait même redevenir normal de temps en temps, poursuivit la jeune fille pensive. Quand la Voix reculera dans son esprit, comme pour toi... Heu, je ne voulais pas dire que tu n'es pas normal ! bredouilla-t-elle en se redressant vivement.

Elle s'attendait à affronter une mine fâchée, mais le garçon lui présentait un visage songeur, en proie à une intense réflexion. Il resta ainsi quelques instants, fixant Niss comme s'il regardait à travers elle, avant de s'animer à nouveau.

— C'est sûrement ce qui m'est arrivé, annonça-t-il enfin. C'est comme ça que j'ai « attrapé » cette Voix. Quelqu'un a essayé de toucher à mon esprit, tout de suite après ma naissance, et m'a rendu aussi hystérique que ce pauvre cheval. Et ce *quelqu'un*, c'était Sombre.

— Pourquoi aurait-il fait ça ? Il t'aurait plutôt tué dans l'instant, s'il t'avait trouvé !

— Je n'en sais rien, avoua Cael. Mais je suis sûr que c'est lui. D'après le journal de la tante Corenn, j'ai arrêté de crier le jour où ma mère m'a donné son pendentif. Sombre ne pouvait plus m'atteindre.

Niss ne savait que répondre à cela ! À ses yeux, l'idée était plus effrayante que tout ce qu'elle avait imaginé... mais le garçon, au contraire, semblait trouver du réconfort dans le fait d'avoir enfin identifié la source de son mal.

— Il pourrait s'agir d'un autre démon... avança-t-elle, faute de mieux.

— Non. C'était Sombre, répéta Cael. C'est comme si je l'avais toujours su. Et mes parents le pressentaient aussi, j'en suis sûr.

— Mais qu'est-ce qu'il te voulait ? Heureusement qu'il n'a pas réussi !

Le regard du garçon se durcit soudain. Même dans la pénombre, Niss pouvait lire la colère sur son visage...

— *Rien* ne prouve qu'il n'a pas réussi, lança-t-il amèrement. Peut-être qu'il attend quelque chose de moi. Peut-être qu'il espère que je finirai par tuer l'Adversaire à sa place, par exemple.

— Ça fait beaucoup de *peut-être*, remarqua Niss, décontenancée.

— Oui... Il reste au moins une chose certaine. Mon esprit a été modifié. Je ne suis pas *vraiment* celui que j'aurais dû être, insista-t-il en serrant les poings.

Voyant qu'Amanón s'approchait de leur banc, il se pencha vers la jeune fille pour ajouter quelques mots à voix basse.

— Il faut que j'étouffe cette Voix de fantôme dans ma tête. Et la meilleure manière de la faire sortir est de continuer à étudier ces pouvoirs d'erjak ! Tu m'expliqueras tout ce que tu sais, demanda-t-il d'un ton pressant.

Avant que Niss n'ait pu répondre, l'interprète arrivait pour leur conseiller de prendre un peu de repos. Les jours prochains seraient fatigants, et il ne restait qu'une moitié de nuit avant l'aube... Les deux adolescents regagnèrent donc l'entrepont, tandis qu'Amanón prenait le premier tour de garde.

Keb et Nolan dormaient déjà. Zejabel avait invité Eryne à partager sa cabine, et la damoiselle ne s'était pas faite prier pour échapper aux ronflements des hommes. Niss n'avait plus qu'à aller s'allonger à côté de son grand-père... Elle s'efforça de sourire en saluant Cael, mais le garçon avait éveillé en elle tellement d'images affreuses qu'il lui fallut un long moment avant de trouver le sommeil.

*

— Ils sont en retard, commenta Kebree d'un air morose.

Amanón ne se retourna même pas vers le Wallatte impatient. Depuis que le jour était levé, le barbare avait dû prononcer cette phrase au moins une trentaine de fois. L'interprète en venait à souhaiter qu'il redescende faire le paon autour d'Eryne, au lieu de rester accoudé au bastingage à scruter les berges et à lui casser les oreilles ! D'autant que son exaspération était contagieuse : Amanón lui-même commençait à trouver le temps long... Le rendez-vous avait bien été fixé à l'aube, pourtant, et le soleil grimpait dans le ciel depuis déjà un demi-décan.

Le *Rubicant* était toujours ancré près de la petite île au chêne, suscitant la curiosité des quelques bateaux qui commençaient à circuler. Le jeune homme se crispait à chaque fois qu'une embarcation les approchait de trop près... Les Goranais abandonnés par leurs chevaux ne s'étaient pas remontrés, mais celui qui était parti en éclaireur avait probablement rempli sa mission en alertant des complices à Lodacre ! Toute une troupe d'assassins, peut-être accompagnés de Lémures, attendait sûrement les héritiers dans la cité proche, et Amanón redoutait de les voir soudain venir à leur rencontre.

Ce retard n'avait qu'un avantage, celui de permettre aux fugitifs de rassembler consciencieusement leurs possessions : bagages, provisions, équipement, tout ce qui pouvait être utile à leur voyage jusqu'au Beau-Pays. Cela représentait une masse déjà impressionnante de sacs et de besaces sur le pont, mais Eryne venait régulièrement en grossir encore le nombre, au grand étonnement de l'interprète ! Peut-être faudrait-il faire un nouveau tri dans ces affaires... Le jeune homme ne se sentait pas le courage d'aborder déjà le sujet. C'était l'un de ces moments où sa lassitude de réfléchir pour le bien du groupe l'emportait sur son désir d'agir pour le mieux. Et il lui pesait de devoir jouer les rabat-joie en permanence, tandis que d'autres, comme le Wallatte, récoltaient sourire sur sourire par leurs pitreries insouciantes ! Il laissa donc la damoiselle vider le navire de tous ses draps et casseroles, en formulant des vœux pour qu'on leur amène réellement les chariots tant espérés...

À son grand soulagement, ce souhait devait être exaucé moins d'un décime plus tard. Tous les héritiers se rassemblèrent sur le pont pour contempler le spectacle : une véritable écurie en marche ! Deux attelages arrivaient en longeant la rive, chacun composé d'une voiture tirée par quatre chevaux, et mené par un seul homme. Ces conducteurs firent s'arrêter le convoi à hauteur de la gabière, dont ils saluèrent les passagers à grands gestes du bras.

— Ouf, lâcha Amanón.

— Bien d'accord, appuya Nolan. Je commençais à me faire du souci !

L'interprète rendit leur bonjour aux Goranais, puis aida Cael à rapprocher la gabière de la berge. Il se sentait déjà bien mieux ! Cette partie du plan était la dernière à pouvoir encore échouer. Tout cela avait été mis en place si rapidement... La veille, après avoir constaté que les voies de sortie de Goran étaient surveillées, Nolan et lui-même avaient convenu d'une chose : il leur serait impossible de s'échapper avec discrétion. En tout cas, pas avec des blessés dans leurs rangs. Et le *Rubicant* en devenait un refuge bien dangereux, puisqu'il suffisait aux Phrias de descendre le fleuve pour finir par le retrouver !

Les fugitifs s'étaient donc mis en quête d'hommes pouvant leur amener chevaux et voitures à ce lieu de rendez-vous. Trouver ces marchands n'avait pas été difficile, la cité impériale étant réputée, parmi d'autres choses, pour sa tradition et son commerce équestre. En revanche, rien n'assurait que les commerçants respecteraient leurs engagements... Pire : ils pouvaient être liés de près ou de loin à la Jurande, et leur tendre un piège !

Cette pensée occupait encore l'esprit du jeune homme, alors que le bateau se rangeait doucement le long de la rive. Mais aucune escouade d'assassins ne bondit hors des roulottes de bois ; les deux négociants ne semblaient même pas porter d'armes. Amanón jugea que c'était d'une terrible imprudence, avant de se souvenir que lui-même se contentait de transporter un simple poignard dans ses bagages, *avant*... Sa vision du monde et de ses dangers avait bien changé.

Tandis que les héritiers échangeaient des commentaires sur les voitures, l'interprète sauta à terre et s'avança à la rencontre des marchands rencontrés la veille. Ils paraissaient encore plus étonnés qu'au moment où il leur avait fait cette proposition.

— On se demandait si vous seriez là, avoua le premier en serrant la main du jeune homme. On ne s'attendait pas à vous trouver sur un bateau, surtout !

— Justement, enchaîna Amanón. Vous accepteriez la gabière en guise de paiement ?

— Vous rigolez ? bondit l'homme.

Mais l'interprète était bien sérieux, et une petite flamme d'enthousiasme s'alluma dans les yeux des marchands. Le *Rubicant* valait deux fois le prix initialement convenu ! Ils demandèrent tout de même à le visiter de fond en comble, tandis que les héritiers répartissaient leurs bagages dans les roulottes.

Après un petit décime seulement de discussion, l'affaire était entendue... Il ne resta plus à Cael qu'à grimper au mât pour y récupérer le gwelom accroché.

— Je vous conseille fortement de faire demi-tour et de rentrer à Goran, prévint l'interprète. Dans tous les cas, évitez Lodacre dans les prochains jours. Nous n'avons pas que des amis, là-bas...

— On s'en doutait un peu, répliqua le marchand avec un clin d'œil réjoui. Ne vous inquiétez pas pour nous !

Peu de temps après, Amanón descendait, le dernier, du navire qui avait été leur seul refuge pendant presque une décade. D'autres partagèrent sûrement cette pensée, car les fronts se firent bas, et les mines sombres, alors que le bâtiment retournait vers la capitale... Quand leurs chariots s'ébranlèrent en direction du Beau-Pays, Eryne laissa même échapper quelques larmes silencieuses. Elle resta ensuite le visage enfoui dans les mains, assise sur l'un des bancs rugueux de la roulotte, secouée et ballottée par les cahots en une poignante image de courtisane déchue...

L'interprète aurait aimé la consoler, trouver les mots justes, ceux qui font croire à un avenir meilleur... Mais tout ce qui lui venait à l'esprit se résumait à : « Nous ne sommes pas au bout de nos sacrifices. »

*

Cette première journée de route fut fatigante. Pour Zejabel, en tout cas... Même si la Züe avait somnolé la moitié du temps, récupérant de ses blessures et de ses efforts de la veille, les décans lui avaient semblé interminables. Il fallait bien sûr parcourir la plus grande distance possible pour cette étape, et s'éloigner de Goran et Lodacre à la meilleure allure, mais Amanón était peut-être allé un peu loin en poussant le groupe à continuer après la tombée de la nuit. Les héritiers pouvaient certes se réjouir de la distance déjà parcourue, mais la jeune femme n'était pas fâchée de s'arrêter enfin dans une auberge ! D'autant que les couchettes de la roulotte étaient pire encore que celles du *Rubicant*.

Les héritiers n'avaient aucune idée de l'identité des anciens propriétaires des voitures, mais ils devinaient facilement que le confort n'était pas l'une de leurs priorités. L'aménagement intérieur était réduit au strict nécessaire... Quatre planches à replier contre les parois faisaient office de lit d'appoint. Les bancs n'étaient que les couvercles de larges coffres courant sur toute la longueur. Et une table unique, fixée au plancher, pouvait servir aux repas des voyageurs pendant les intempéries... Car toutes les autres activités, jusqu'aux nécessités les plus naturelles, devaient être pratiquées en pleine nature ! La vétusté des lieux réduisait la charge imposée aux chevaux, certes, mais les douleurs de l'ancienne Kahati l'amenaient parfois à regretter le luxueux palais du Lus'an.

Elle avait passé cette première journée en compagnie de Nolan, Niss et Bowbaq, le grand-père se chargeant de diriger l'attelage. En posant enfin le pied à terre, la jeune femme put contempler les visages des passagers de l'autre roulotte... Elle songea alors que leur voyage avait dû être plus pénible encore ! Amanón affichait une mine ouvertement agacée. Eryne présentait des traits fatigués, et semblait ne même plus entendre ce qu'on lui disait. Cael était aussi mélancolique qu'au départ ; tandis que Keb ne masquait pas sa joie d'échapper enfin à cette longue promiscuité... La Züe imaginait sans mal les échanges entre piques et jalousies qui avaient dû ponctuer leurs discussions !

Cela contribuait sans doute à la décision de l'interprète de s'arrêter dans une hôtellerie, plutôt que de passer la nuit dans les voitures. Ainsi, c'est le dos cassé et les membres engourdis, mais avec un nouveau sourire aux lèvres, que les héritiers abandonnèrent leurs attelages aux garçons d'écurie pour s'enfoncer dans la douce chaleur de l'établissement.

Celui-ci était assez grand pour que l'arrivée d'un groupe aussi disparate passe presque inaperçu. Située dans un hameau sur la route de Cyr-la-Haute, la ville la plus septentrionale du royaume lorelien, l'auberge semblait un lieu de passage fréquenté aussi bien des Goranais, des Arques, que des négociants du sud. Zejabel se félicita tout de même d'avoir ôté les symboles religieux de ses vêtements rouges. Chaque fois qu'ils allaient au devant d'inconnus, l'ancienne tueuse craignait de se voir montrée du doigt ou même prise à partie. Non pas qu'elle redoutât la bagarre qui s'ensuivrait, mais elle rechignait à apporter de nouveaux ennuis à ceux qui étaient désormais ses amis !

Leur hôtesse, une Goranaise forte en proportions, commença par leur attribuer des chambres à la demande. Ainsi, Bowbaq annonça qu'il tenait à garder Niss en sa compagnie. Les autres hommes ayant pris l'habitude de partager la cambuse du *Rubicant*, aucun ne fit d'objection quand Amanón leur proposa de se regrouper encore. Ils s'imaginaient s'écrouler de sommeil, de toute façon ! Eryne, en revanche, obtint le privilège d'avoir une pièce pour elle seule... et par la force des choses, la même courtoisie fut accordée à Zejabel, sans qu'elle en fasse le souhait.

Après avoir monté leurs affaires personnelles, les héritiers se retrouvèrent dans la salle commune pour un repas bien mérité. L'interprète avait réservé une table à l'écart, repérée dès leur entrée dans les lieux, et chacun y prit place en avouant son appétit. Comme les autres probablement, la Züe repensa à leur dernière expérience similaire... Le repas s'était terminé par une querelle entre Keb, Amanón et Eryne, la damoiselle finissant même par quitter la compagnie de ses amis. Il ne restait qu'à espérer ne pas revivre pareil moment, même si le sujet de cette discorde allait être de nouveau abordé... Du moins, Zejabel espérait que l'on étudierait pour de bon la nature divine de la Lorelienne !

Les héritiers n'eurent guère l'occasion d'attendre, puisqu'on leur apporta presque aussitôt d'énormes assiettes emplies de légumes cuits au bouillon de viande, et couvertes de fromage fondu. Le tout étant servi avec trois grands pichets de la fameuse bière de Cyr... La jeune femme n'avait jamais goûté pareille boisson et elle la trouva très agréable, mais elle renonça à prendre un deuxième godet en constatant que la tête lui tournait déjà. Les autres, en tout cas, firent honneur aux spécialités maison, et tous se montrèrent de plus en plus détendus. Comment ne pas l'être, au moins un peu ? Ils avaient échappé à la mort, aux Phrias, et même à un démon mineur ! Comment ne pas profiter de ces quelques décans de tranquillité ?

Le repas terminé, Ke'b'ree réussit même à convaincre les autres de trinquer au-dessus d'un vin junéen particulièrement liquoreux. Zejabel ne fit qu'y tremper les lèvres, mais l'alcool lui troubla aussitôt les sens. Alors que les héritiers se montraient plutôt d'humeur légère, elle se voyait soudain envahie d'une sourde tristesse... Ses souffrances physiques, son impossibilité à retourner chez elle, à Zuïa, ainsi que la menace de Sombre pesèrent deux fois plus lourd sur ses épaules. Suivant son caractère combatif, elle décida que le moment était venu de passer aux choses sérieuses !

— Il faut que nous parlions de l'autre nuit, annonça-t-elle avec gravité.

Eryne baissa aussitôt la tête, avant de la relever avec un petit sourire forcé. La damoiselle savait bien sûr de quoi il s'agissait. D'ailleurs, les regards des autres alternaient entre les deux jeunes femmes, avec une impatience évidente.

— Vous savez que vous êtes différente, poursuivit la Züe. Vous n'auriez pas pu vaincre les Phrias, sans cela. D'ailleurs, nous ne connaîtrions même pas leur nom... Il faut que vous développiez ces pouvoirs. Et je peux vous y aider.

— Ça n'est pas si extraordinaire... commenta Eryne, sans y croire elle-même. Je n'ai rien fait de particulier... En vérité, je ne sais pas ce qui s'est passé. J'ai seulement commencé à entendre les pensées de ces hommes, comme s'ils me prévenaient des attaques qu'ils allaient porter.

— Comme un erjak ? vérifia Nolan.

— Non, démentit Zejabel. Ce qu'elle décrit, c'est *l'Esthésia*. La capacité d'écouter les esprits des mortels, sans qu'eux-mêmes ne s'en aperçoivent.

— Les animaux avec qui je parle le sentent toujours, acquiesça Bowbaq. Donc, ce n'est pas la même chose.

— Non, répéta la Züe. L'Esthésia est un pouvoir *divin*. C'est ce qui permet aux éternels d'entendre les prières qu'on leur adresse, entre autres choses. On peut y être initié, comme je l'ai été, mais on ne peut pas l'apprendre. Seuls les dieux en connaissent la véritable maîtrise.

La jeune femme savait être un peu brutale, mais l'alcool et la fatigue la poussaient à continuer. D'ailleurs, son discours semblait être accepté de la majorité. Même par la principale intéressée, exceptionnellement grave et concentrée, à l'opposé complet de l'image de courtisane superficielle qu'elle présentait d'ordinaire...

— Comment ce pouvoir peut-il être développé ? finit par demander Amanón. Pratiquement, quelle pourrait être son étendue ?

— La plus large possible, affirma Zejabel. En théorie, tous les hommes et femmes du monde connu.

— T'es en train de dire que la belle dame peut lire dans mes pensées ? ricana le Wallatte. Il y aurait de quoi rougir un bon moment !

— Pas dans *nos* pensées, expliqua la Züe. Nous portons les pierres de Dara, donc on ne peut pas nous atteindre. Mais elle pourrait très vite lire dans n'importe quel esprit des gens de cette auberge, oui. Il lui faudrait seulement un peu d'entraînement.

Les héritiers buvaient ces paroles avec le plus grand respect, affichant des airs pensifs, incrédules, ou hésitants selon les cas. Eryne, elle, gardait son attention fixée sur son verre de vin. Comme si tout cela ne la concernait pas. Elle n'avait pourtant pas bu une goutte depuis le début de ces révélations...

— Il reste un détail qui ne colle pas, rappela Nolan. Pendant que Niss se noyait, Eryne l'a entendue appeler, directement dans son esprit. C'est déjà ahurissant en soi, mais ça l'est plus encore si l'on considère que Niss portait son médaillon ?

— Je ne peux pas l'expliquer, reconnut Zejabel. Les pierres sont censées nous rendre invisibles aux yeux des éternels... On peut imaginer que ce jour-là, Eryne n'était *pas encore* une déesse. Ses pouvoirs commençaient tout juste à se réveiller... D'ailleurs, ils semblent de plus en plus présents avec le temps.

— Mais pourquoi maintenant ? réfléchit Amanón.

— Je ne sais pas, avoua la Züe. Le sentiment d'être en danger a peut-être accéléré les choses... Elle a bien réussi à se mettre en état d'Esthésia sans en connaître les principes, ni même l'existence. L'urgence a pu faire ressortir sa véritable origine.

— Et toi, tu peux lire dans les pensées ? demanda Niss.

— Non. En tout cas, pas sans Zuïa, précisa la jeune femme. Elle m'avait appris à utiliser son esprit comme un... une sorte de courant porteur, si tu veux. Mais je ne suis plus la Kahati, maintenant. Ma seule possibilité d'atteindre encore l'Esthésia est d'être acceptée d'une autre déesse.

Tous les regards se tournèrent évidemment vers Eryne, qui saisit doucement son verre avant d'en faire couler tout le contenu entre ses lèvres. Quand elle le reposa, ses yeux brillaient de manière singulière.

— Que va-t-il m'arriver ? demanda-t-elle dans un murmure.

Zejabel chercha la meilleure réponse possible, mais seule la vérité lui venait à l'esprit.

— Je ne sais pas, annonça-t-elle avec gravité. Personne ne peut deviner quelle déesse vous deviendrez.

La Lorelienne n'eut qu'un petit rire étrange, avant de reprendre une expression que l'on aurait dit endeuillée.

— Dans combien de temps ?

La Züe hocha négativement la tête, désolée, avant d'être inspirée par une nouvelle idée.

— À chaque jour qui passe, vous serez plus forte, encouragea-t-elle. Et vous allez voir et entendre des choses qu'aucun de nous ne connaîtra jamais. Imaginez, nous n'avons même pas idée de ce que seront vos *autres* pouvoirs... Vous aurez l'occasion d'aider beaucoup de monde, et je ne parle même pas de barrer le chemin à Sombre ! Ce qui vous arrive est une vraie bénédiction.

De nouveau, Eryne émit un petit rire blasé... Elle promena son regard sur les visages qui l'entouraient, puis repoussa sa chaise à gestes lents.

— Considérant tous les exploits qui m'attendent, il vaut mieux que j'aille prendre un peu de repos, annonça-t-elle avec un sourire froid. Passez une bonne nuit.

Elle fit ensuite deux pas vers Zejabel, posant une main légère sur son épaule... La Züe en fut plus troublée qu'elle ne voulait le montrer.

— Pardonnez ma triste mine, demanda la Lorelienne à voix basse. Je sais que vous méritez ma gratitude, et elle vous est acquise. Ainsi que mon amitié.

Elle quitta la salle de banquet sur ces mots, laissant derrière elle les expressions embarrassées des héritiers... Mais Zejabel savait désormais ne pas s'être trompée. Eryne serait une grande, une magnifique déesse.

*

En passant le seuil de sa chambre, la Lorelienne eut l'impression de s'enfermer dans un tombeau. Elle s'empressa d'allumer les bougies d'un candélabre, puis osa seulement alors refermer la porte... Cette faible lumière ne suffit pourtant pas à repousser ses idées noires. Eryne ne put retenir plus longtemps un sanglot bouleversant, prolongé par autant de pleurs incontrôlables. *Une bénédiction*, prétendait Zejabel. Mais comment pouvait-on imaginer pire destin que celui-là ? Était-elle la seule à en comprendre toute la tragédie ?

Le pire n'était même pas de se voir désigner comme la meilleure candidate au titre de l'Adversaire. Même si la simple idée de l'affrontement contre Sombre, associée à l'énorme responsabilité qui allait de pair, avait de quoi la plonger dans des angoisses vertigineuses ! Mais que dire, encore, des changements qui s'opéraient en elle ? Que penser de ce corps, de cet esprit qui étaient siens et qui lui semblaient désormais presque étrangers ? D'ailleurs, *qui était-elle vraiment ?* Une sorte de monstre, engendré par la magie du Jal ? Une bâtarde, à la fois née des humains et des dieux ? Rien moins qu'une erreur de la Création ?

En supposant qu'elle survive seulement à la Jurande, aux Lémures et aux démons, que deviendrait-elle ensuite ? Pouvait-elle *vraiment* rejoindre les rangs des éternels ? Cette idée était la plus effrayante de toutes ! Dans d'autres circonstances, la jeune femme aurait peut-être souhaité garder à jamais ce beau corps de vingt-trois ans, mais l'idée était beaucoup moins séduisante une fois que l'on était confrontée à sa réalité. Eryne ne s'imaginait pas vivre sans vieillir ; cela demandait trop de sacrifices ! Comme fuir la compagnie des hommes, par exemple, pour ne pas éveiller leur attention... Changer constamment de nom, de royaume, d'existence... Et surtout, voir toutes les personnes qu'elle connaissait mourir les unes après les autres !

L'image de ses parents disparus s'imprimait sur chacune de ces pensées tristes, renforçant encore son sentiment de solitude. Elle ne s'imaginait déjà plus tout à fait humaine, comme exilée, isolée du groupe même des héritiers, qui représentaient pourtant son seul univers depuis une demi-lune ! Était-ce là son avenir ? L'errance, l'isolement et le chagrin, avec pour unique compagnie les pensées de milliers d'inconnus s'invitant dans son esprit ?

Elle ne pouvait, elle ne *voulait* y croire, tout en sachant déjà qu'elle n'y échapperait pas. Comme l'avait dit Zejabel, sa vraie nature avait commencé à se révéler. Rien n'arrêterait son évolution ; à chaque décan qui passait, elle devenait un peu moins humaine et un peu plus isolée ! Et aucun des soi-disant pouvoirs qu'elle allait développer ne la consolerait de cette tragédie... À moins qu'elle ne puisse faire couler le temps à l'envers, et empêcher tous ces drames de se produire, ce qui était une idée tellement absurde que la jeune femme se moqua d'elle-même avec un rire navrant.

Elle était tellement absorbée par ses pensées que le premier coup frappé à sa porte la fit bondir, tandis que les suivants accélérèrent les battements de son cœur. Sa première impulsion fut de ne pas répondre, mais elle avait, en définitive, tant besoin de compagnie... Après s'être essuyé les yeux et les joues, elle gagna le chambranle et ouvrit le passage d'un air aussi naturel que possible. Ke'b'ree se tenait sur le seuil, sourire enjôleur aux lèvres, une bouteille et deux godets dans la main.

— Je crois que j'arrive au bon moment, commenta-t-il en s'invitant dans la pièce.

Eryne regretta un instant sa décision ; elle ne se sentait pas d'humeur à supporter la cour assidue du prince Wallatte. Elle hésita à lui demander de sortir, mais accepta néanmoins le verre qu'il avait déjà versé... Dès la première gorgée, elle reconnut un grand cru des coteaux loreliens. Le goût même du vin lui rappela tant d'images familières, telle que la cave du manoir parental, qu'elle dut poser le godet pour se cacher le visage dans les mains, en proie à une nouvelle crise de larmes.

— Il est si mauvais que ça ? plaisanta Keb avec douceur. J'ai pourtant demandé la meilleure bouteille de l'auberge... Plus personne n'a peur des barbares, dirait-on. Les marchands nous escroquent à la moindre occasion.

Cela ne suffit pas à dérider la jeune femme, au dernier stade de la détresse. Elle avait pourtant déjà tant pleuré, depuis la nuit où Reyan et Lana avaient disparu... Puis elle tressaillit soudain en sentant les mains de Kebree sur ses épaules. Des mains larges et chaudes, dégageant une tendresse insoupçonnée... Des mains qui ne cherchaient qu'à la consoler, sans paraître vouloir profiter de la situation. Emportée par une soudaine bouffée de gratitude, Eryne se retourna pour se plaquer contre la poitrine du Wallatte. Comme une simple mortelle cherchant le réconfort d'un homme, fort et rassurant. Comme une femme de chair et de sang, soumise à des besoins bien humains, loin de ces histoires de déesse et d'exploits à accomplir...

Après un instant de surprise, Keb referma ses bras sur le dos de la Lorelienne. Eryne en ressentit un tel bien-être qu'elle se serra plus encore contre lui, la tête calée au creux du cou du prince barbare, voulant devenir une petite chose sous sa protection... Puis le guerrier commença à lui caresser les cheveux, en chuchotant des mots d'apaisement. Le seul timbre de sa voix fit naître un nouveau désir dans le ventre de la jeune femme, mais elle se refusa à y céder. Un court moment. Jusqu'à ce que Kebree ne s'enhardisse à lui embrasser le front, les tempes, les paupières, descendant doucement jusqu'à ses lèvres, qu'elle lui offrit sans résistance... Seulement désireuse de se voir humaine, de sentir le sang battre ses veines, et les ondes de plaisir parcourir son corps.

Elle avait déjà eu quelques amants... mais Keb se montra plus attentionné que bon nombre d'entre eux. Et plus chevaleresque que la plupart, finalement. Au cœur de la nuit, il ne protesta pas, ne jura pas, quand elle lui demanda d'oublier tout ce qui s'était passé dans cette chambre d'auberge. Il se contenta de lui embrasser le dos de la main et de sortir en souriant. Pas un de ces sourires narquois qu'il affichait en permanence, mais une vraie expression complice, qui pouvait tout aussi bien dire : « Je serai patient. »

De nouveau seule, Eryne se sentait enfin assez lasse et détendue pour dormir. Elle pensait beaucoup moins à son avenir de déesse, ou en tout cas parvenait à en occulter un peu les conséquences les plus tristes.

En revanche, ses rêves lui remontrèrent plusieurs fois le duel entre Kebree et Amanón... Et elle se revit crier et crier encore, quand l'interprète s'était écroulé avec la tempe en sang.

*

Nolan n'envisageait pas tout cela d'un très bon œil. Comme les autres, il avait vu Keb partir à la rencontre de sa sœur, la veille au soir. Et le novice s'était également réveillé quand le Wallatte avait regagné son lit, alors que la nuit était bien plus qu'avancée... Amanón s'était ensuite tourné et retourné sur son oreiller pendant un moment, mais il n'avait probablement pas dormi non plus avant cela. Pour finir, l'interprète s'était relevé pour s'installer dans un fauteuil de la salle commune, près de la cheminée et d'un pichet de vin. C'est en tout cas là que les héritiers l'avaient trouvé, d'humeur morose, alors qu'ils se rejoignaient au petit matin pour déjeuner.

L'ambiance à table était plus tendue que jamais. Keb s'efforçait d'attirer l'attention d'Eryne, qui ne répondait qu'avec embarras, occupée qu'elle était à scruter le front baissé d'Amanón. Il n'y avait guère que Bowbaq à ne rien remarquer ! Le grand-père était trop heureux d'avoir passé une bonne nuit, et engloutissait d'énormes tartines de fruits écrasés comme il aurait gobé de simples noisettes. En définitive, la seule chose qui ressortit de leurs discussions était la nécessité de parcourir un autre bon bout de chemin dans la journée. Si bien qu'à peine trois décimes plus tard, le petit groupe se lançait de nouveau sur les routes...

Leur convoi présentait un nouveau visage. Keb avait profité de sa fortune personnelle pour acheter une monture auprès de l'aubergiste, affirmant qu'il ne supporterait pas une nouvelle et longue journée d'ennui dans un chariot. Pour une raison semblable, ou peut-être pour une certaine envie de s'isoler, Amanón fit de même... Si bien que les voitures n'accueillirent que deux groupes réduits : Bowbaq, Cael et Niss d'un côté, et Eryne, Nolan et Zejabel de l'autre.

Par courtoisie, le novice se proposa bien sûr de guider l'attelage. Il éprouva même un certain plaisir, au début en tout cas, à tenir les rênes en contemplant le paysage... Leur allure était assez rapide pour que le jeune homme n'ait pas le temps de se lasser, et la campagne qu'ils traversaient alors, entre le pays arque et le royaume lorelien, offrait un spectacle en permanent renouvellement. Pourtant, même la beauté des forêts de sapins bleus sur ces collines ondulantes ne put retenir l'attention de Nolan, lorsque ses passagères entamèrent une discussion des plus sérieuses !

Il y était bien sûr question des pouvoirs d'Eryne, que Zejabel conseillait d'apprendre à maîtriser. Le novice fut surpris de trouver sa sœur plus disposée à en parler, voire même à coopérer ! Quoi qu'il se soit passé avec Keb, le Wallatte semblait avoir réussi à détendre la Lorelienne... Ainsi, et malgré quelques dernières réticences, l'aînée s'efforçait de suivre les explications de la Züe, posant même l'une ou l'autre question quand les choses devenaient trop abstraites. Zejabel devait néanmoins montrer des trésors de patience et de pédagogie, car il advenait aussi à Eryne de se perdre dans une expression soucieuse... Toujours, quand l'un des deux cavaliers solitaires se maintenait un moment à hauteur de la voiture, avant de s'éloigner à nouveau.

La tâche de la Züe n'était pas aisée, de toute manière. Comment décrire un élément aussi complexe que l'Esthésia, alors que la jeune femme elle-même n'avait fait que l'effleurer par l'intermédiaire de Zuïa ? L'oreille attentive de Nolan ne devait en retenir que les grandes lignes. Ainsi, l'Esthésia semblait le seul pouvoir, avec celui de l'immortalité, qui se retrouvait chez tous les dieux et les démons. On la considérait comme une perception supplémentaire, comparable à l'ouïe ou la vue : les éternels en sentaient les effets en permanence, et pouvaient encore les accentuer avec un petit effort d'attention. Exactement comme si un mortel au milieu d'une place bruyante se concentrait pour reconnaître dans le brouhaha la voix de ses enfants égarés, par exemple...

Suivant l'analogie, Eryne demanda s'il était envisageable *ignorer* l'Esthésia, de la même manière que l'on se coupait partiellement du monde en fermant les paupières. Zejabel devait décevoir la damoiselle, sans être catégorique. Se mettre les mains sur les yeux ou les oreilles finissait de toute manière par être handicapant... Mieux valait s'habituer à l'idée d'entendre des pensées étrangères, et en maîtriser les effets.

Les deux jeunes femmes abordèrent ensuite une partie plus pratique de ce qu'il fallait bien appeler une leçon. La Züe passa donc un long moment à conseiller Eryne sur des méthodes de concentration. Cela passait par un contrôle de la respiration, des sens, et de chacune des parties du corps humain... Nolan avait déjà participé à plusieurs séances de méditation de ce type, et il ne put s'empêcher d'en faire la remarque. Mais selon Zejabel, les éternels accédaient par ce biais à un état de recueillement bien supérieur à celui des hommes. Pour avoir parfois accompagné Zuïa dans ces voyages spirituels, elle jurait que les résultats étaient vertigineux !

Eryne fut malheureusement incapable d'y parvenir en ce premier jour. Ballottée par les déformations du chemin, distraite par les déplacements de Keb et Amanón, et surtout peu patiente de nature, la damoiselle abandonna assez vite en prétextant une forte migraine. Faute de mieux, Zejabel donna alors une description approximative de ce que l'exercice aurait dû produire... Un mélange d'images, d'émotions et de souvenirs, plus ou moins précis, entendus depuis les esprits de personnes pouvant se trouver à cent pas du bord de la route, comme à mille lieues de cette région !

— J'ai déjà vécu cela, en dormant, avouait l'aînée. Souvent même, lorsque je n'étais qu'une enfant... Et de nouveau, depuis quelques jours. Je m'obstinais à croire qu'il s'agissait de simples rêves un peu étranges.

— Ce n'en était pas, approuva Zejabel. Vous aviez glissé en état d'Esthésia, sans en avoir conscience.

— Mais comment pourrais-je jamais utiliser cela contre Sombre ? s'inquiéta la damoiselle. Enfin, si... Si... De quelle manière cela aidera-t-il l'Adversaire ?

— Vous apprendrez peu à peu à trier les images qui vous parviennent, promit la Züe. Vous pourrez en tirer l'essentiel et répondre à beaucoup de questions. Un jour prochain, vous serez même capable de retrouver vos parents, où qu'ils soient retenus ! Simplement en vous mettant en quête de leurs esprits...

Il n'était pas meilleur argument pour convaincre Eryne de faire un nouvel essai de méditation, malheureusement soldé par un échec. Nolan écoutait ces échanges avec un mélange d'espoir et de doute. L'aînée avait déjà quelques miracles à son actif, certes, mais le jeune homme ne pouvait croire que d'autres viendraient encore !

Zejabel s'était déjà beaucoup confiée et expliquée, mais elle poursuivit en détaillant ce qu'elle connaissait des *autres* pouvoirs de Zuïa. Telle que sa capacité à donner la mort par la seule pensée ; affreuse magie dont la jeune femme elle-même avait failli être victime... Ou encore, sa faculté à communiquer à distance avec ses grands prêtres, les Judicateurs. Cela semblait un privilège rare chez les divinités, puisque l'histoire retenait peu de témoignages *fiables* d'hommes inspirés par un éternel !

La Züe poursuivit cette liste aussi loin que possible, mais la plupart des points cités relevaient surtout de la description d'horribles tortures infligeables par *Celle-qui-Juge*. Le sujet le plus intéressant, aux yeux de Nolan, restait cette faculté de Zuïa à changer de corps de génération en génération. Cela amenait une réflexion intéressante sur les différentes natures des dieux... Chaque éternel semblait obéir à des règles qui lui étaient propres. Par exemple, Usul n'avait pas d'enveloppe charnelle bien définie, mais pouvait modifier son apparence pour prendre celle de n'importe quel animal marin. Eurydis était le plus souvent représentée en une fillette de douze ou treize ans, et peut-être était-ce là son vrai visage... Quand à Sombre, s'il possédait les traits d'un jeune homme bien bâti, il pouvait aussi adopter n'importe quelle forme monstrueuse, et même en projeter un dangereux avatar à l'autre bout du monde.

Zejabel cherchait surtout à découvrir quelles seraient les particularités de la future déesse Eryne. Ce qui se révéla finalement impossible... On pouvait tout imaginer, et le seul exemple de Zuïa et de sa panoplie de tourments ne représentait pas une bonne base de comparaison. Jusqu'alors, la damoiselle n'avait rien fait qui ne soit dans les capacités de n'importe quel éternel : entendre des esprits, trouver le chemin d'une porte vers le Jal... La Züe ne doutait pas que ses autres pouvoirs finiraient par se manifester. Il suffisait d'attendre et de rester attentif.

Après tout, ils étaient déjà arrivés à la conclusion qu'Eryne n'était *pas encore* une éternelle comparable aux enfants du Jal. Pour la même raison, elle était autant en danger sur ces routes, ou ailleurs, que ses compagnons d'aventure ! Zejabel eut le tact de ne pas énoncer cela à voix haute, mais la manière dont elle promettait son soutien et sa protection à la damoiselle était tout aussi parlante.

La dernière idée de Nolan sur ces discussions se rapporta finalement à Eurydis. Le jeune homme songeait que, si *réellement* sa sœur atteignait un stade supérieur, ou tout au moins si elle parvenait à maîtriser cette Esthésia... alors, elle serait capable de s'adresser directement à l'une des plus grandes divinités du monde connu. Et surtout de demander son aide.

Malheureusement, pour cela, Eryne aurait à enlever son gwelom. Ce qui les placerait tous dans une position si vulnérable que le novice s'efforça de ne plus y penser...

*

Cael trouva cette deuxième journée de voyage beaucoup plus satisfaisante que la veille. La compagnie de Niss et Bowbaq se révéla fort agréable, et le garçon en oublia même, pour un temps, ses inquiétudes à propos de la Voix laissée par Sombre dans son esprit. Les deux Arques avaient tant de souvenirs et d'anecdotes à partager avec le Kaulien ! Légendes, traditions, et même recettes de cuisine, se succédèrent les unes aux autres pour dresser un portrait plus poétique que réaliste du gigantesque Blanc-Pays. L'adolescent développa peu à peu l'idée d'apprendre la langue arque, retrouvant la curiosité qu'il manifestait dans ses classes à Grand'Maison... et cela devait lui donner un autre prétexte pour rester près de Niss, dont il appréciait plus que jamais la fraîcheur et la spontanéité.

Le grand-père et les cadets finirent bien sûr par aborder le sujet des erjaks, mais de manière si désinvolte, presque ludique, que Cael ne souffrit pas trop du souvenir du cheval furieux. Bowbaq se contenta d'exposer les grandes lois de son art... Par exemple, qu'il ne s'appliquait qu'aux espèces allaitant leurs petits. Ce qui incluait les humains, bien sûr, mais pas au point de pouvoir lire leurs pensées comme Eryne ou les dieux eux-mêmes. Tout juste les erjaks étaient-ils capables de voler un instant de réflexion à leur sujet d'expérience ; et encore, en rendant ce dernier fou de rage ! Cette pratique était d'ailleurs interdite par la confrérie entière, et Bowbaq la déclarait *impolie*. Même Niss semblait considérer ce jugement de manière très sérieuse.

Il ne fut pas question d'exercice pratique, mais le géant n'excluait pas la possibilité d'y recourir dans les jours prochains. Cette perspective suffisait amplement à Cael, trop heureux de cette aide inespérée ! Bien sûr, l'adolescent n'alla pas jusqu'à confier son désir de débusquer sa Voix par l'utilisation de cette « magie »...

Parfois, il regrettait même de s'en être ouvert à Niss, mais la jeune fille avait précieusement gardé ce secret. Et cela lui faisait au moins une confidente, quelqu'un avec qui partager le poids de la malédiction qui pesait sur lui ! Sans cela, il n'aurait pu supporter l'idée d'être l'instrument *potentiel* d'un démon, dévoué à la perte des héritiers et de leurs familles.

En d'autres temps, Amanón remplissait ce rôle d'ami dévoué auprès de son cousin... Trop de choses les avaient malheureusement séparés. Sous prétexte de prudence, l'interprète laissait de plus en plus souvent l'adolescent en arrière. Comme ce matin même, au départ de l'auberge, lorsqu'il avait acheté un cheval pour suivre le convoi en solitaire ! Le fils de Corenn et Grigán oubliait-il que Cael avait lui-même grandi dans un haras ? Qu'il préférait dix fois passer ses journées sur une selle, plutôt que sur le banc rugueux d'une roulotte ? L'adolescent s'était senti tellement frustré qu'il n'avait même pas pris la peine de protester ; et par chance, le voyage s'était avéré plutôt agréable. Mais la complicité des deux Kauliens en était d'autant plus écornée...

Cael voulait néanmoins lui reconnaître certaines circonstances atténuantes. La tension régnant entre Keb, Eryne et l'interprète était évidente pour tout le monde, et surtout pour le garçon qui avait passé la veille en compagnie du trio ! Ainsi, il comprenait parfaitement la mélancolie que traînait le jeune homme en noir depuis la nuit dernière... Amanón s'efforçait de faire bonne figure, répondait gentiment à quiconque lui adressait la parole, mais ne la prit pas une fois de lui-même de la journée. Leur bivouac de l'apogée s'était même transformé en une simple halte, dont seul le repos nécessaire pour les chevaux avait commandé la durée. Pendant tout ce temps, l'interprète s'était tenu à l'écart, apparemment plongé dans la lecture du journal de sa mère, sans pourtant jamais en tourner les pages !

La soirée s'annonçait sous les mêmes auspices. Toujours dans le souci de gagner leur destination au plus vite, les héritiers avaient allongé l'étape autant que possible, évitant même les grandes routes pour couper au plus court... Trop éloignés de la moindre auberge, ils se retrouvèrent donc forcés de camper sur le côté du chemin. Et à peine avaient-ils terminé de s'installer qu'Amanón déclara vouloir patrouiller dans les environs ! Il parcourut ainsi de grands cercles autour des roulottes, pour ne revenir qu'un demi-décan plus tard, l'air morose et fatigué.

Leur repas fut plus vite expédié encore que celui de l'apogée. Eryne et Niss frissonnaient, malgré le feu autour duquel ils s'étaient regroupés. Bowbaq avoua également sa lassitude. Seul Keb semblait prêt à prolonger la soirée... mais il prétendit bientôt le contraire, lorsque la Lorelienne gagna la roulotte attribuée aux femmes et au grand-père. En quelques décilles, il ne resta plus que les deux cousins silencieux devant les flammes dansantes.

— Tu veux en parler ? finit par demander Cael, dans un élan d'affection.

Après un moment de surprise, l'interprète lui rendit un sourire las, le premier de la journée.

— Mieux vaut aller dormir, déclara-t-il pourtant. Nous avons encore une longue distance à parcourir avant d'atteindre Usul. C'est la seule chose qui importe *vraiment*.

Le garçon acquiesça et gagna donc sa couchette, non sans avoir salué le jeune homme. Ce dernier allait probablement monter la garde une bonne partie de la nuit... Cael était prêt à parier qu'au moment de la relève, il ne choisirait pas de réveiller Ke'b'ree.

*

Ce voyage s'installait dans une monotonie prévisible, mais qui ne déplaisait pas à Amanón, en fin de compte. Au moins, cela permettait aux héritiers de reprendre des forces, et peut-être même du courage, avant les difficultés qui les attendaient probablement au Beau-Pays. Et chacun avait l'occasion de mettre ce temps de répit à profit... Comme Eryne et Zejabel étudiant l'Esthésia, par exemple, ou Cael développant à petites touches son pouvoir d'erjak. Ce dernier point ne plaisait qu'à moitié à l'interprète, mais il comptait sur Bowbaq pour ne pas pousser l'adolescent à commettre une imprudence. Et puis, il était toujours préférable de voir le garçon rire avec la petite Niss, plutôt que s'enfermer dans une prison d'angoisse au sujet de sa Voix intérieure !

Amanón lui-même s'efforçait d'employer ces journées de manière utile. Son esprit prévoyant lui commandait de réfléchir à la prochaine destination du groupe, en cas d'échec auprès d'Usul... Et ses pensées le ramenaient invariablement aux symboles etheques du journal de Corenn. Sa mère était persuadée que bon nombre des clés du Jal se trouvaient dans ces fragments de texte collectés aux quatre coins du monde connu. Et tout ce que les héritiers pouvaient apprendre sur les dieux et leur univers serait utilisable contre Sombre ! Malheureusement, ces pages restaient intraduisibles, et pour cause : il leur manquait la couleur... La couleur, qui faisait partie intégrante de l'alphabet et de l'écriture etheques, comme Bowbaq et ses amis l'avaient découvert lors de leur séjour au Jal'dara. Mais aucun des vestiges du plus ancien peuple du monde n'avait conservé ses teintes d'origine ; seule la bibliothèque personnelle de Zuïa semblait pouvoir en percer les mystères. En conséquence, l'idée d'une escapade sur l'île des assassins ne cessait de revenir à l'esprit d'Amanón !

Le jeune homme connaissait pourtant les dangers d'une telle entreprise, mais il ne voyait guère d'autres possibilités. Il faut dire que ses capacités de concentration et de réflexion étaient bien diminuées, depuis l'avant-veille... Depuis ce matin où Kebree s'était levé avec une étrange lumière dans les yeux, après avoir passé une partie de la nuit avec Eryne. Amanón faisait tout son possible pour réagir en adulte responsable, essayant de garder son groupe soudé dans l'adversité, mais il ne pouvait étouffer le feu qui brûlait dans son cœur et perturbait son sommeil. Tout comme il souffrait chaque fois que son regard croisait celui de la damoiselle ! En recherchant la solitude, l'interprète ne voulait ni bouder comme un enfant, ni cultiver sa tristesse... Seulement se mettre à l'abri de la douleur, en laissant au temps le soin de passer son baume apaisant sur ses blessures sentimentales.

La fin de cette troisième journée de voyage en roulotte lui en donnait justement l'occasion. Après une nouvelle longue étape, les héritiers s'étaient arrêtés dans une hôtellerie entre les villes loreliennes de Cyr-la-Haute et Le Pont. L'établissement était beaucoup plus austère que celui de leur première nuit, et ils avaient même hésité à s'y installer pour de bon... Les nuages lourds et noirs qui s'étendaient jusqu'à l'horizon avaient finalement eu raison de leurs réticences. Le petit groupe de fugitifs se tint néanmoins à l'écart des autres clients, dont la moitié semblait fraîchement sortie des prisons du royaume ! En fait d'auberge, l'endroit paraissait un vrai repaire de truands, et seul Keb trouva de l'intérêt à aller vider quelques godets avec ces soiffards. Amanón sauta plutôt sur ce prétexte pour annoncer qu'il passerait la nuit dans l'écurie, à surveiller leurs chevaux et voitures... ce qui restait à moitié vrai.

En découvrant l'endroit, il ne regretta pas sa décision. Pour commencer, les lieux étaient d'un calme reposant, comparés à la salle bruyante où les héritiers avaient pris leur repas. La pluie martelant le toit d'ardoises était regrettable, certes, mais Amanón y trouva plutôt du réconfort. Ce petit moment de solitude lui rappelait ses voyages dans les Bas-Royaumes, alors qu'il arpentait les routes pour son travail, et non pas pour sauver sa peau... Ce souvenir même semblait provenir d'une autre vie, tellement il était éloigné de sa réalité actuelle.

L'aubergiste n'avait pas non plus menti sur l'aménagement de son écurie. De nombreux voyageurs demandaient à passer la nuit près de leurs montures, ou, sans doute, loin des types louches qui hantaient la salle commune... En conséquence, l'homme opportuniste avait installé une véritable petite chambre dans un grenier à foin, trois pas au-dessus des stalles. Il faisait bien sûr payer ce lit au même prix que les autres, mais y assurait un minimum de confort : matelas, couvertures, lanterne, et même un petit poêle à bois étaient à la disposition du client. En définitive, Amanón pouvait passer là une soirée tranquille et reposante : il lui fallait seulement s'habituer à l'odeur des bêtes, ce qui demandait juste un peu d'effort.

Le jeune homme en était à charger le poêle de quelques bûchettes quand la porte s'ouvrit brusquement, laissant entrer un peu de froid et d'humidité... Il suffit à l'interprète de se pencher depuis son grenier pour reconnaître sa visiteuse : Eryne refermait déjà derrière elle, trempée de pluie, malgré le manteau jeté sur ses épaules. Amanón sentit aussitôt son estomac se nouer !

— Est-ce que tout va bien ? lança-t-il, inquiet. Où sont les autres ?

La Lorelienne chercha un instant autour d'elle, puis repéra le Kaulien dans son refuge. Elle vint jusqu'au bas de l'échelle et leva vers lui un visage très sérieux.

— Tout le monde va bien, assura-t-elle. Je voudrais vous parler.

Le premier réflexe du jeune homme fut de l'inviter à monter, mais la damoiselle n'était sûrement pas très à l'aise avec ce genre d'exercice. Amanón se lança donc sur les barreaux, espérant encore que la discussion porterait sur le sort de leurs parents, l'Esthésia, ou les projets du groupe... Mais en plongeant son regard dans celui d'Eryne, il sut qu'il n'en était rien.

— Et Keb ? demanda-t-il sans réfléchir.

Les mots étaient sortis bien malgré lui. Par chance, il n'avait mis ni agressivité, ni reproche dans son ton ! Eryne étudia tout de même son expression embarrassée un instant, avant de lui répondre.

— Trop de mauvais vin, expliqua-t-elle en haussant les épaules. Il est déjà à moitié endormi sur son banc. Les autres sont allés se coucher.

— Vous devriez en faire autant, acquiesça le jeune homme. Dans ce genre d'endroit, vous pourriez vous attirer des ennuis.

La damoiselle lui rendit une moue vaguement contrariée, mettant Amanón au supplice. Jamais une femme ne l'avait autant attiré... Et ce, depuis le premier jour ! Malgré les sautes d'humeur de la Lorelienne, son côté frivole et ses idées parfois bien arrêtées, elle dégageait une sorte de lumière à laquelle on se serait brûlé avec bonheur. Cette impression était pire encore depuis qu'on savait la belle apparentée aux dieux du Jal'dara...

— Je vous croyais plus courageux, lança-t-elle sans se démonter. J'arrive à peine, et vous cherchez déjà à me renvoyer !

— Ce que vous voulez m'annoncer peut sûrement attendre demain, insista Amanón. Et puis, je pense que nous nous sommes déjà compris, avoua-t-il sur sa lancée. Vous n'avez pas de compte à me rendre, et je n'ai pas l'intention de vous importuner. Tout est dit...

— Vous êtes trop présomptueux de vos intuitions, se fâcha la damoiselle. Pensez-vous que j'aurais bravé la pluie uniquement pour entendre *ça* ? Je voulais vous confier que votre silence me fait souffrir, *voilà*, annonça-t-elle à son tour. Vous vous isolez à la moindre occasion ! J'ai le sentiment d'avoir perdu votre amitié...

Le jeune homme accusa la surprise, mais ne ressentit qu'une joie modérée à être ainsi estimé de la Lorelienne. Cela ne changeait rien à la situation.

— J'en suis désolé, affirma-t-il. Croyez bien que ma sympathie vous est à jamais acquise. Et pour ce qui est de mes silences... J'ai seulement besoin de temps, finit-il par lâcher. Du temps pour accepter votre choix.

— Mais *quel* choix ? s'emporta Eryne. Pourrez-vous seulement énoncer à voix haute ce dont vous me parlez *vraiment* ?

Amanón observait le visage sans défaut de la jeune femme, ses cheveux dorés et brillants d'humidité, sa poitrine qui se soulevait au rythme de ses élans de contrariété... Il avait une telle envie de la prendre contre lui, de l'embrasser, comme s'il retrouvait un amour perdu depuis trop longtemps... mais cela lui était impossible.

— Mettre un nom sur une douleur ne suffit pas à la guérir, répondit-il à regret. Tout juste lui donne-t-on un peu plus de consistance ; et cela n'aiderait personne.

Eryne lui tint tête un instant encore, puis baissa le regard en reculant d'un pas.

— Il semble bien que je me sois trompée, donc, annonça-t-elle avec amertume. Passez une bonne nuit !

Elle lui tourna le dos dans le même mouvement, avant de s'enfuir sous une pluie redoublant d'intensité. Amanón resta un moment devant la porte laissée ouverte, décontenancé, puis finit par la refermer à gestes lents... Le dernier commentaire de la jeune femme ne cessait de résonner dans sa tête, comme un écho infatigable. *Se tromper ?* Mais se tromper sur quoi ? Qu'attendait-elle vraiment de l'interprète, en venant ainsi à sa rencontre ?

Les démons du remords commencèrent aussitôt à tourmenter le Kaulien. Peut-être avait-il eu tort, cette fois, d'écouter la raison plutôt que le cœur.

*

Eryne ne se souciait même pas de ses vêtements trempés, de la boue sur ses bottillons et sa jupe longue, ou de ses cheveux dégoulinants. Elle avait besoin de faire ces quelques pas au hasard, à l'air frais, avant de regagner une chambre qui ressemblait beaucoup à celle du tripot de Lorelia. Comme si la pluie pouvait noyer son chagrin, et laver l'affront qu'elle venait de subir !

La damoiselle se partageait en effet entre colère et tristesse. Elle regrettait amèrement son initiative. Quelle idiotie, de penser que quelques mots échangés avec Amanón suffiraient à ramener la paix dans leurs cœurs ! Leur conversation n'avait pas du tout pris la tournure imaginée. Il semblait même que l'interprète n'éprouvait finalement aucun sentiment pour elle ! Comment avait-elle pu être aussi naïve ? Jamais elle ne s'était ainsi humiliée devant un homme !

Cette constatation répondait d'ailleurs à sa question. Eryne n'aurait pas pu s'exposer ainsi à la déception, si elle n'avait elle-même ressenti quelque chose de fort pour le Kaulien... Une attirance aussi indéniable que celle qui l'attachait à Ke'b'ree, mais sous un visage tout à fait différent. Tout cela était si compliqué !

La damoiselle ne se reconnaissait plus elle-même. Elle regrettait de s'être ainsi donnée au beau prince Wallatte ; surtout, pourtant, parce que cela la privait de l'affection d'Amanón ! Elle méprisait son propre égoïsme, désapprouvait cette sorte de duplicité, et allait jusqu'à maudire sa nature sensible... Mais ces deux hommes si dissemblables avaient accepté tellement de sacrifices et de batailles, qu'elle ne supportait pas l'idée de faire de la peine à l'un ou l'autre. Pas plus qu'elle ne pouvait se résoudre à choisir entre eux, malgré cette nuit passée avec Keb...

Amanón semblait avoir décidé pour tout le monde, de toute manière. Qu'elle se soit trompée sur ses sentiments à son égard, ou que l'interprète se soit finalement résolu à renoncer à elle, le résultat était le même : Eryne l'avait bel et bien perdu ! C'était une expérience nouvelle pour la jeune femme, qui n'avait jamais eu à lutter pour conquérir le cœur d'un homme... Nouvelle, et cruellement douloureuse. La damoiselle oscillait désormais entre rancœur et détresse, honte et étonnement, au point de ne plus savoir ce qu'elle désirait *vraiment*, ni la manière d'y parvenir.

Un premier frisson devait bientôt mettre fin à ses méditations... Elle se retourna en direction de l'auberge, regrettant alors de s'en être autant éloignée. Et ce frémissement se transforma soudain en fièvre glacée, lorsque Eryne s'aperçut qu'elle était suivie !

Un groupe de trois silhouettes masculines se dirigeait vers elle, de manière trop silencieuse pour qu'on doute encore de leurs mauvaises intentions. Les jambes de la jeune femme faillirent se dérober sous elle ; ce n'était vraiment pas le moment ! Le cœur battant la chamade, elle songea à crier, à fuir, mais comment savoir si de telles réactions n'allaient pas précipiter un drame ? Fébrile, elle accéléra le pas et prit la direction des dépendances, espérant rallier l'écurie, plus proche que la pension... Sa peur augmenta d'autant quand elle vit les individus corriger leur route en fonction de la sienne ! Eryne comprit qu'elle n'aurait pas le temps de se mettre à l'abri, que sa seule chance était peut-être de cavaler le plus loin possible dans les ténèbres, mais un élan inexplicable la poussait au contraire à courir vers les lumières... Quelques instants plus tard, inévitablement, des mains brutales saisissaient ses épaules, ses poignets et même ses chevilles. La jeune femme n'eut le temps de pousser qu'un cri plaintif, avant qu'une paume malodorante ne vienne comprimer ses mâchoires !

Elle eut beau se débattre de toutes ses forces, les hommes n'eurent aucune difficulté à la maîtriser. Au comble de l'angoisse et de l'horreur, la damoiselle se vit soulevée de terre, puis transportée comme un vulgaire paquet... Elle connut un nouveau sursaut de révolte quand des doigts plus pressés que d'autres se crispèrent sur sa poitrine, en une caresse brutale et douloureuse ! Hurlant sous la main qui lui tenait le visage, tirant sur ses membres, Eryne ne réussit qu'à forcer le goujat à assurer sa prise sur leur prisonnière.

Des larmes de rage et de détresse montaient aux yeux de la jeune femme, et son sentiment d'impuissance augmenta encore quand elle se vit emmenée dans une sorte de grange à l'odeur de bétail et de paille pourrie... À tâtons, les hommes s'approchèrent l'une des poutres de soutien, avant de plaquer leur proie contre le sol et de tirer ses bras en arrière.

Eryne n'attendait qu'une chose ; avoir la bouche libérée pour les supplier de l'épargner ! Mais ces criminels ne parlaient peut-être même pas le lorelien ou l'ithare. Ils n'échangeaient entre eux que des phrases courtes et essoufflées, dans un argot que la pauvre damoiselle ne connaissait pas, et dont elle comprenait pourtant toutes les intonations lubriques et satisfaites.

Une ceinture fut solidement enroulée autour de ses poignets, derrière la poutre, et la jeune femme fut enfin délivrée des mains brutales qui retenaient ses membres. Seul celui qui la maintenait dos contre terre, en comprimant ses mâchoires, s'attarda pendant un temps qui faisait grimper toujours davantage la terreur de la captive... Elle comprit la raison de cette attente lorsqu'un de ses ravisseurs jeta une faible lumière sur l'horrible scène, faisant d'Eryne le témoin de son propre malheur. Les trois visages goguenards qui l'entouraient lui étaient inconnus ; probablement appartenaient-ils à la faune puante d'alcool et de crasse de l'auberge... Et la jeune femme était totalement en leur pouvoir, allongée dans la poussière, entortillée dans ses vêtements mouillés !

Elle franchit un nouveau degré de panique en voyant l'un des hommes ramasser un morceau de chiffon et s'agenouiller auprès d'elle. Dès qu'ils lui auraient mis ce bâillon, ce serait terminé ! Peut-être même ne verrait-elle pas le jour se lever ! Agitant la tête en tous sens, serrant les dents pour refuser l'étoffe dégoûtante, elle se sentit soudain plonger dans l'esprit de son agresseur ; sans l'avoir désiré. Mais cette fois, l'Esthésia semblait plutôt une malédiction ! Eryne eut un horrible aperçu des sévices que l'homme projetait de lui infliger, et cette évocation cauchemardesque fut près de faire vaciller la raison de la jeune femme. Pire, elle sut qu'il n'aurait aucune hésitation à aller jusqu'au bout : le souvenir de ses crimes passés ne laissait aucun doute sur la question !

Au dernier stade du désespoir, la damoiselle pria pour qu'advienne un miracle, pour que ses pouvoirs de déesse lui permettent de se libérer, ou simplement pour que quelqu'un entende les appels à l'aide qu'elle lançait de toute la force de son esprit... N'importe quoi, pour empêcher ces monstres de passer à la dernière partie de leur plan... Un tout petit prodige... Ne serait-ce que pour résister encore au chiffon qu'ils voulaient faire rentrer dans sa gorge...

Et quand ce miracle se produisit, elle ne parvint même pas à y croire.

Amanón venait d'apparaître à la porte de l'étable, ses vêtements noirs ruisselants de pluie. En cet instant, le jeune homme n'avait plus le visage de l'interprète réfléchi et pondéré qu'il présentait d'habitude... Ses traits n'exprimaient plus que la fureur des guerriers Ramgriths, ceux pour qui un affront ne peut se laver que dans le sang ! Alors qu'il s'avançait d'un pas vers le groupe, sa lame courbe prolongeant son bras en un angle menaçant, Eryne le confondit brièvement avec le souvenir qu'elle gardait de Grigán.

Elle ne songea même pas à crier, lorsque ses agresseurs l'abandonnèrent enfin pour faire face au nouvel arrivant. Elle sursauta seulement quand un trait de liquide chaud éclaboussa son visage, dans le sillon de l'acier dansant du Kaulien... Le tortionnaire blessé s'écroulait à peine qu'Amanón plongeait déjà sa lame dans d'autres viscères, sans se soucier du pauvre coutelas qu'on osait lui opposer en défense.

Entre pleurs et rires, choquée au plus haut point, Eryne se tint la tête droite juste assez longtemps pour voir le dernier brigand fauché dans sa fuite par une frappe brutale entre les omoplates... Puis la pauvre s'abandonna à l'inconscience, sans savoir si la scène reflétait la réalité, ou les rêves de la mourante qu'elle était peut-être.

*

Ce fut l'un des plus longs décans de sa vie. Pénible, mais précieux également. Amanón avait beau se reprocher cette pensée, il goûtait chacun de ces instants où *elle* semblait n'appartenir qu'à lui. Dans cette nuit noire, ce silence, et cette chambre installée à l'étage d'une écurie. Comme si Eryne et lui étaient seuls au monde.

Son état l'inquiétait, pourtant, et il ne se détendit vraiment qu'en la voyant battre des paupières, puis ouvrir les yeux. Son visage exprima d'abord toutes ses frayeurs, mais elle s'apaisa bientôt en se découvrant en sécurité. Elle goûta la douce chaleur du poêle et des bougies, examina le lit où on l'avait allongée, puis rendit un faible sourire au jeune homme qui la veillait depuis une chaise. Ses traits ne se figèrent qu'un instant, alors qu'elle remarquait ses propres vêtements en train de sécher sur le côté... Un rapide coup d'œil sous les draps lui confirma l'évidence.

— Vous m'avez déshabillée ? demanda-t-elle avec une pointe d'effroi.

— Le moins possible, s'excusa l'interprète. Vous risquiez d'être malade, et je ne pouvais pas demander de l'aide à l'auberge... Ces types peuvent y avoir des amis ou des complices.

Comme il fallait s'y attendre, l'évocation de ses agresseurs plongea la damoiselle dans le trouble. Elle porta machinalement la main à son pendentif, pour en vérifier la présence, à coup sûr.

— Je ne pense pas qu'ils fassent partie de la Jurande, commenta-t-il pour la rassurer. Personne d'autre ne viendra. On... On ne les trouvera pas avant demain matin, au pire. Et j'ai même barré la porte de l'écurie.

Eryne lui rendit alors un regard si profond qu'il crut se perdre dedans. Pendant un instant, il pensa y lire quelque chose d'important... mais cela n'était probablement que le reflet de ses propres souhaits.

— Comment m'avez-vous trouvée ? demanda-t-elle en se redressant, dévoilant peu à peu ses épaules.

— Je... J'étais ressorti pour vous parler, avoua le jeune homme. Puis j'ai entendu les bruits de lutte, et... voilà.

— Et que vouliez-vous me dire ?

La réponse brûlait les lèvres d'Amanón, mais il se força à garder le silence. Le moment n'était pas approprié. Pas après ce qu'*elle* venait de vivre.

Ces quelques instants muets furent lourds de tension... mais moins encore qu'au moment où Eryne se glissa doucement hors du lit, avant de s'avancer vers le jeune homme et de l'embrasser avec un mélange de tendresse et d'inquiétude. Lui-même tremblait quand elle saisit sa main, lui indiquant de se lever...

Dans les moments qui suivirent, il ne fut plus question de désarroi ou d'anxiété. Ils se donnèrent l'un à l'autre avec une sorte d'innocence adolescente, comme si chacun découvrait l'amour charnel pour la première fois. Pendant tout ce temps, rien ne compta plus que les frissons, les soupirs et les étreintes complices à la lumière des bougies...

Cela donna même à Amanón une nouvelle, une *ultime* raison de réussir la quête qu'ils avaient entreprise. Car il devinait que, au petit matin, Eryne cesserait d'être son amante pour reprendre le visage de la déesse devant sauver le monde. Tant que Sombre menacerait les héritiers, aucune histoire, aucun projet à long terme n'était envisageable... Et même ensuite, la jeune femme pouvait très bien porter sa préférence sur le prince Wallatte.

Par bonheur, le jeune homme réussit à ne pas y penser de la nuit.

*

Tout le monde fut tiré du lit aux premières lueurs de l'aube, et une fois quelques explications données, le petit groupe ne s'attarda pas dans les environs de ce lieu si mal famé. À la fin du premier décan, les héritiers avaient déjà parcouru plusieurs dizaines de milles. Largement le temps, pour chacun, de se faire raconter les mésaventures d'Eryne plus en détail, et d'en digérer les conséquences...

Bien entendu, les deux amants n'évoquèrent pas un instant ce qu'ils avaient partagé. Ils avaient tacitement décidé de n'en rien montrer à personne ; comme si cette nuit n'avait été qu'une parenthèse dans le cours de leurs vies, ou peut-être un échantillon de ce que serait l'avenir... Ils continuaient même à se vouvoyer. Les visages de leurs compagnons ne s'en montrèrent pas moins suspicieux ou dubitatifs, mais personne n'eut l'indélicatesse de les interroger. Keb lui-même respecta leur silence. Après toutefois avoir adressé à Amanón un regard qui se voulait complice, mais que l'interprète trouva fort déplacé !

Zejabel fut la plus mortifiée par le drame. La Züe avait bien vu Eryne rentrer dans sa chambre, la veille au soir, mais jamais elle n'avait imaginé que la damoiselle ait pu ressortir pour aller parler à l'interprète... L'ancienne Kahati se jugeait coupable d'une terrible faute, et aucune des dénégations de la Lorelienne ne put la faire changer d'avis. Elle finit même par jurer de coucher en travers de la porte de sa déesse ! Il fallut qu'Eryne le lui interdise littéralement pour qu'elle accepte d'y renoncer. Dans les jours qui suivirent, pourtant, on vit Zejabel faire des patrouilles systématiques à chaque fois qu'ils s'arrêtaient dans une nouvelle auberge. Et même quand ils campaient et se reposaient dans les roulottes, la Züe ne dormait plus que d'un œil, son poignard toujours à portée de main...

Elle avait retrouvé assez de forces pour recommencer à s'entraîner, aussi. À chacun de leurs bivouacs nocturnes, quand ils avaient un peu de temps, elle s'appliquait à des exercices de souplesse qui ne lassaient pas d'impressionner ses compagnons. De même, elle donnait volontiers quelques cours de tir à l'arc ou de lancer de couteau à qui en faisait la demande : Amanón, Nolan, Cael, Niss... Chacun progressait à un rythme plus ou moins rapide, mais Zejabel ressentait une grande fierté à se rendre ainsi utile. Cela l'aidait à compenser son grave manquement à la sécurité d'Eryne !

La Lorelienne elle-même était plus motivée que jamais pour étudier l'Esthésia. S'il y avait la moindre chance pour que ce pouvoir, ou un autre, l'empêche de revivre pareil cauchemar, elle était prête à tout faire pour y accéder ! Elle suivait donc chacune des indications de la Züe avec beaucoup de sérieux, mais sans parvenir encore à atteindre un niveau de concentration satisfaisant. C'était d'autant plus contrariant que, devant le danger, ses capacités s'étaient manifestées d'elles-mêmes... Eryne ne perdait toutefois pas espoir de réussir prochainement. Elle avait frôlé la mort de si près cette fois, que l'idée de devenir bientôt une éternelle, ou quelque chose d'approchant, semblait beaucoup moins angoissante. Et après ces nuits passionnées avec deux hommes différents, la damoiselle considérait sa prétendue nature divine comme un concept des plus abstraits, voire ridicule : jamais elle ne s'était sentie aussi *femme* !

Keb en était bien conscient, et les doutes qui planaient sur une possible aventure entre Eryne et Amanón ne freinaient pas l'ardeur du Wallatte à séduire la Lorelienne. À la moindre occasion, il lui parlait du pays dont il serait le roi, du palais des B'ree, de ses serviteurs, des coutumes les plus attachantes de son peuple... Ce n'était ni plus ni moins qu'une invitation à partager tout cela ! La damoiselle se gardait bien de répondre autrement que par des sourires, fidèle à la réserve qu'elle s'imposait désormais. Elle ne pouvait empêcher, malgré tout, la rivalité grandissante entre ses deux amants... Elle s'en savait la seule responsable, et s'était juré de ne pas alimenter encore leur jalousie en privilégiant l'un ou l'autre de ces cœurs amoureux.

Amanón se montrait beaucoup moins pressant, même si ses sentiments pour la belle étaient plus forts que jamais. Le jeune homme respectait les choix d'Eryne avec une civilité et une réserve typiquement kauliennes. Il n'en souffrait pas moins pour autant, et quand son regard se perdait sur l'horizon, il était difficile de deviner à quoi ou à qui il songeait vraiment...

Progressivement, jour après jour, l'interprète convainquit ses compagnons de l'importance de traduire les cahiers etheques. Le peuple qui avait bâti les portes vers le Jal disposait forcément de connaissances très élevées, parmi lesquelles celles concernant les dieux eux-mêmes, leur véritable nature, et leurs éventuels points faibles... Chacun reconnut le bien-fondé de sa réflexion, mais personne ne se montra emballé à l'idée d'aller chercher ces réponses dans le repère de Zuïa elle-même. Et surtout pas Zejabel, qui refusait d'y entraîner Eryne, tout comme elle rechignait à abandonner sa nouvelle déesse pour accomplir cette mission en solitaire. Amanón ne bâtissait encore aucun projet, de toute manière... Il espérait seulement que les réponses d'Usul seraient suffisantes à les aider, et qu'ils n'auraient pas à entreprendre un nouveau voyage jusqu'au Lus'an.

Les jours se succédaient ainsi dans un calme relatif, chacun rapprochant davantage les héritiers de la côte romine où ils pourraient embarquer pour le Beau-Pays. L'un des moments les plus douloureux, pour Cael, fut la traversée furtive du Matriarcat... En infléchissant leur route de seulement quelques milles, les roulottes seraient passées au beau milieu de Kaul ! L'adolescent connut alors un regain de mélancolie, partagé évidemment par Amanón, mais ils résistèrent à l'envie de se signaler à Grand'Maison. Rien ne laissait espérer que leurs parents soient réapparus entre-temps ; tandis que la vigilance des Valipondes, elle, ne faisait aucun doute.

Ce moment de nostalgie fut heureusement de courte durée. Le garçon n'avait pas entendu sa Voix depuis l'épisode du cheval, et ce souvenir même commençait à se faire moins douloureux dans son esprit. En conséquence, Cael était d'humeur plus légère... Les deux erjaks continuaient de l'abreuver de toute la théorie de leur art, ponctuant leurs discours d'anecdotes amusantes qui lui donnaient davantage envie de passer à la pratique ! Mais Bowbaq repoussait toujours ce moment au lendemain, et Niss elle-même conseillait d'attendre encore un peu. Par amitié et gratitude pour la jeune fille, l'adolescent prenait donc son mal en patience. Il lui fallait bien admettre que ces cours magistraux, allant de la compréhension de l'esprit animal aux règles de sécurité élémentaires, en passant par la définition de l'esprit de clan, du rapport proie-prédateur, et même de la *politesse* arque, donnaient à Cael une confiance toujours plus grande dans la réussite de sa prochaine tentative. Cela valait bien un peu de persévérance.

De tous les membres du groupe, Nolan se révéla finalement le plus tendu. Le novice voyait son appréhension augmenter à chaque nouvelle étape, au point qu'il ne dormit pratiquement pas les deux dernières nuits. Il avait beau être parfaitement d'accord avec leur projet, il n'en restait pas moins qu'ils allaient au-devant d'un véritable *dieu* ! L'affrontement avec Zuïa n'avait pas suffi à habituer l'étudiant en théologie à de telles rencontres ; et la proximité d'Eryne n'avait, à ses yeux, pas grand-chose en rapport. Dix fois au moins, le jeune homme relut le récit de Corenn à ce sujet, cherchant à définir si Usul avait grandi à Dara ou à Karu... Ce qui ferait toute la différence. À leur ultime soirée dans les roulottes, le jeune homme n'y tint plus et demanda à Bowbaq de leur refaire le récit complet de son expérience.

Le géant ne pouvait malheureusement pas dire grand-chose à propos du dieu omniscient, si ce n'est que Yan avait vu une mèche de ses cheveux blanchir, au sortir de leur rencontre. En revanche, il put décrire parfaitement la bataille que l'ancienne génération avait dû livrer contre les hordes de rats gardant l'endroit. Une bataille à laquelle ils n'avaient survécu qu'en prenant la fuite, et qui avait laissé Grigán entre la vie et la mort pendant plusieurs décades... « Cela remonte à plus de vingt ans », commentait Amanón pour remonter le moral de ses troupes. « Les choses ont pu changer, depuis. »

Nolan acquiesça avec les autres ; ils avaient de

toute façon convenu de se renseigner avant d'embarquer. Ce qui n'avait certainement pas changé, en revanche, c'était le caractère de froide cruauté de l'éternel prisonnier. *Personne ne quitte Usul sans souffrir les tourments de l'incertitude*, racontait-on jusqu'à Ith. *Se voir délivrer une partie de son savoir inhumain n'est qu'une forme terrible de malédiction.*

Le novice se coucha avec ces réflexions en tête, incapable de les démentir ou de les ignorer. À la nuit suivante, peut-être, tout serait dit... Même s'il ne dévorait pas lui-même ses visiteurs, même s'il ne les livrait pas à Sombre, Usul pouvait leur annoncer les plus affreuses des vérités. Comme la mort déjà effective de leurs parents, par exemple. Ou la certitude que les survivants n'avaient aucune chance de l'emporter contre Sombre.

*

Manive était le port le plus important de la région, au carrefour des Hauts et des Bas-Royaumes, et phare principal du détroit entre les mers Médiane et de Romine. Pour cette même raison, les héritiers avaient choisi d'embarquer depuis un autre endroit ! Sombre et la Jurande pouvaient avoir anticipé leur démarche auprès d'Usul, ou tout simplement avoir étendu leur influence dans cette capitale de province, comme à Kaul, Lorelia ou Goran. Afin de minimiser les risques, les fugitifs avaient donc poussé leur voyage jusqu'à Leidjill, cité de moindre importance et par ailleurs plus rapprochée du Beau-Pays. C'est là qu'ils arrêtèrent leurs roulottes, après avoir traversé quatre frontières en neuf jours...

Le rythme soutenu souhaité par Amanón s'était montré payant, même pour cette dernière étape. Les trois coups marquant l'apogée n'avaient pas encore sonné que les héritiers mettaient déjà pied à terre en s'étirant ! Tous passèrent un moment à contempler les flots paisibles, derrière lesquels les attendait leur destin... puis il fut décidé de fêter leur arrivée par un repas digne de ce nom. Après presque une décade de bivouacs et de nourriture d'auberge, personne ne s'opposa à l'idée d'un bon plateau de fruits de mer !

La bourgade n'avait rien de particulièrement touristique, mais les fugitifs n'eurent aucun mal à trouver leur bonheur, à quelques dizaines de pas seulement de la place où ils s'étaient arrêtés. La taverne où ils s'installèrent se révéla justement tenue par un homme d'origine guorie. Rares étaient ceux qui quittaient le Beau-Pays pour s'installer sur le continent, mais Leidjill semblait en abriter un certain nombre... Le maître des lieux se révéla par ailleurs un incorrigible bavard. Pendant que ses clients se régalaient de *crabes-taureau*, de *passenelles* et de chapelets de *trittons de rocaille*, l'ancien insulaire expliqua que la ville avait en réalité été fondée par son peuple, avant d'être rattachée à la province de Manive au temps des Deux Empires. Ce qui expliquait la présence importante de la communauté et des traditions guories... Tout le ravitaillement du Beau-Pays passait d'ailleurs par Leidjill, au détriment des autres ports romins. Ici comme sur leur territoire, le peuple insulaire cherchait la plus grande autarcie.

Les héritiers n'eurent pas besoin de se consulter pour décider de profiter de cette source gratuite de renseignements. Le plus difficile était d'amener le sujet sans se montrer directement concerné... Mais comment évoquer Usul, devant un homme dont c'était traditionnellement le plus grand tabou ? L'occasion ne se présentait pas dans la discussion, et tous voyaient arriver la fin du repas sans avoir appris quelque chose de vraiment utile.

Niss se jeta finalement à l'eau, avec une intuition particulièrement heureuse ! La jeune fille poussa soudain un cri aigu, avant de grimper sur son tabouret en répétant « Un rat, un rat ! » Le tavernier prit l'alerte très au sérieux, saisissant un couteau d'un geste vif, et les voyageurs eux-mêmes se dressèrent en portant la main à leurs armes. Le récit de Bowbaq était encore dans tous les esprits... La petite Arque rassura les plus proches à force clins d'œil, et Eryne, soulagée, prétendit bientôt avoir également vu une bête énorme. Une petite battue fut improvisée sous les bancs et les tables de l'établissement, puis tous finirent par reprendre place, désolés de devoir mentir à un homme si sympathique.

— On en voit encore de temps en temps, avoua-t-il en haussant les épaules. Ils arrivent sur du bois flottant, puis rôdent dans le coin un moment avant de se faire piéger. Celui-là n'ira pas bien loin, je vous le promets.

— Mais d'où viennent-ils ? insista Eryne. J'en suis encore toute tremblante !

Le mensonge fit sourire quelques-uns de ses compagnons, et Keb dut même se retourner pour réprimer son hilarité. La damoiselle, elle, gardait une parfaite maîtrise de son personnage. À la Cour de Lorelia, la duperie finissait par dévorer ceux qui n'apprenaient pas à la maîtriser ! L'aînée des De Kercyan ne faisait pas partie de ceux-là.

— Oh... Il y en avait une colonie entière, sur une île inhabitée, expliqua l'homme avec embarras. Ça ne dérangeait personne, mais ils se sont beaucoup reproduits... Puis ils ont commencé à atteindre les autres terres. Ces cochonneries sont pratiquement increvables, vous voyez ? Ils peuvent se laisser dériver, accrochés à une seule brindille, pendant des jours et des jours. Ils se bouffent sûrement entre eux, même, pour tenir le coup... Bref, c'était des grappes entières qui commençaient à arriver sur les côtes. Ils ont même saigné quelques types à blanc ! Le roi a demandé à ce qu'on les extermine, mais on en retrouve encore quelques-uns, échappés d'on ne sait quel banc de sable.

La nouvelle était si importante que les héritiers ne purent masquer leur trouble ! Bowbaq, en particulier, affichait un sourire jusqu'aux oreilles : ça semblait même trop beau pour être vrai.

— Comment peut-on venir à bout d'une pareille colonie ? enchaîna Amanón. Cela devait représenter des milliers de bêtes... Vous avez utilisé des poisons ? songea-t-il soudain.

— Non, ils sont trop malins pour le poison, réfuta le tavernier. Dès qu'un ou deux se laissent avoir, les autres ne touchent plus à la nourriture... À vrai dire, je ne sais pas comment le roi a résolu le problème. Mais en quelques lunes à peine, on en a vu beaucoup moins sur les plages, puis, presque plus... Ça fait environ un an, maintenant.

L'humeur des fugitifs en fut d'autant rafraîchie. En définitive, il pouvait y avoir encore des milliers de rats géants sur l'île d'Usul : peut-être avait-on seulement fait en sorte qu'ils ne cherchent plus à émigrer. En leur donnant un surplus de nourriture, par exemple.

Et l'arrivée des héritiers risquait d'attiser encore certains appétits.

*

Le projet de Nolan et d'Amanón était de louer un petit bateau jusqu'au lendemain, puis d'aviser en fonction du déroulement des événements... Mais ce principe de prêt rémunéré ne correspondait pas du tout à la mentalité des Guoris ; ni même, par extension, à celle des Romins qui complétaient la communauté de Leidjill ! Les héritiers avaient beau mettre en avant leurs bonnes connaissances de la navigation, et prétendre vouloir seulement rendre visite à un ami, aucun des pêcheurs locaux n'acceptait de risquer son outil de travail. Ou alors, il en demandait un prix tellement élevé qu'il en devenait plus intéressant de carrément acheter l'embarcation !

Après un décan passé à arpenter les jetées usées par le sel, sous un soleil trop généreux, les deux hommes revinrent aux roulottes pour exposer la situation au reste du groupe. Eryne se prononça immédiatement pour l'acquisition d'une sorte de nouveau *Rubicant* ! La damoiselle ne supportait plus l'inconfort des voitures, leur lenteur, et le danger auquel ils s'exposaient en parcourant les chemins... Sans parler des soins permanents à donner aux chevaux, même si la Lorelienne avait totalement laissé cette tâche entre les mains de ses compagnons. Personne n'émit d'avis contraire : leur séjour dans la gabière avait été beaucoup plus agréable que cette décade de course en chariots. La décision fut donc prise sans vote ni discussion, et Nolan et Amanón repartirent vers des affaires déjà repérées, en compagnie d'Eryne qui tenait à donner son avis sur la question... et de Zejabel qui ne quittait pas la Lorelienne d'une semelle.

Bowbaq, Niss, Cael et Keb furent chargés de vendre chevaux et roulottes. Le Wallatte prit sa mission très au sérieux, pour une fois, et se révéla aussi pugnace au marchandage qu'il l'était au combat. Compte tenu du fait qu'il exigeait un paiement comptant, la somme finalement obtenue était plus qu'honorable ! Le barbare profita alors de son bénéfice pour ajouter un tonnelet de liqueur à leurs sacs et provisions, ce qui ne surprit personne. En revanche, il fut beaucoup plus étonnant de le voir emmener les deux adolescents chez un cordonnier ! Il insista jusqu'à ce que Niss et Cael en ressortent chacun avec une paire de bottillons renforcés de métal... « Pour les rats », se contenta-t-il d'expliquer à Bowbaq. Le grand-père le remercia chaleureusement pour ces présents aux pupilles du groupe, au point d'amener Keb à l'interrompre d'un râle agacé.

Au sixième décan, les héritiers concluaient enfin un accord avec l'un des habitués du port : un vieux Guori, qui profitait de l'occasion pour décider de se retirer des affaires. L'homme leur céda son bateau pour un montant légèrement supérieur à sa valeur réelle, mais les fugitifs n'avaient pas le temps de négocier pendant des jours, ou de le mettre en concurrence avec d'autres propositions. D'autant que sa felouque avait conquis le cœur d'Eryne, et qu'il ne restait alors plus grand-chose à ajouter.

L'embarcation aux deux mats inclinés ressemblait beaucoup à *l'Othenor*, selon Bowbaq. Elle était aussi l'une des rares coques visitées à ne pas sentir le poisson d'un bord à l'autre ; son ancien propriétaire l'utilisait principalement pour faire du transport de marchandises entre le Beau-Pays et le continent. En plus d'une chaloupe et d'une cabine à trois couchettes, pour l'équipage d'origine, la felouque comprenait également une large soute qu'il était facile de transformer en dortoir pour les hommes... Ces détails pratiques avaient été décisifs dans leur choix, et les héritiers n'avaient pas perdu de temps à s'installer dès la transaction effectuée.

Une fois bagages et provisions montés à bord, Amanón et Nolan repartirent en ville pour compléter leur équipement. Ils en revinrent avec deux longueurs de corde épaisse, plusieurs lampes, et surtout assez de fournitures pour fabriquer une bonne trentaine de torches. D'après Bowbaq et le journal de Corenn, seul le feu avait réussi à contenir *un peu* l'agressivité des rats de Farik. Leçon retenue par la nouvelle génération !

Leurs préparatifs désormais terminés, les fugitifs n'avaient plus aucune raison de s'attarder à Leidjill. Il leur suffisait de fixer, à nouveau, un gwelom au sommet du mat principal pour échapper à la surveillance des démons... Et en cette fin de jour, ils purent larguer les amarres, déployer les voiles, et glisser doucement vers une étape décisive de la recherche de leurs aînés.

Bowbaq trouva au crépuscule la même couleur que celui qui recouvrait le Beau-Pays, vingt-trois ans plus tôt, quand il se dirigeait pareillement vers l'île d'Usul avec les parents de ses compagnons actuels... D'humeur soudain superstitieuse, le géant proposa de baptiser la felouque *Othenor II*.

En espérant que cela leur porte chance, et qu'ils reviennent tous vivants de cette expédition.

*

Les Guoris tenaient beaucoup à leur tranquillité, ainsi qu'à celle des riches personnages qui leur achetaient la jouissance de l'un ou l'autre îlot. En conséquence, les insulaires entretenaient depuis des décennies une petite flotte mercenaire, chargée de détourner les importuns... C'était la toute première difficulté à surmonter pour les héritiers. Pendant la traversée du bras de mer les séparant du Beau-Pays, ils s'accrochèrent encore à un espoir de bonne fortune, mais la déception fut au rendez-vous quand une caraque se découvrit juste derrière les premiers bancs de terre. Le navire était encore loin, mais il cherchait de toute évidence à croiser la route de la felouque !

— Que vont-ils faire ? s'inquiéta Niss. Pas nous attaquer, quand même ?

— Seulement si on cherche à forcer leur barrage, expliqua Amanón. Ils sont surtout là pour décourager les pirates... Tant pis, nous nous ferons conduire chez Zarbone, décida l'interprète. Ce sera mieux que de rebrousser chemin.

La jeune fille n'en fut qu'à moitié rassurée. Si elle avait presque tout oublié de sa période du Rêve, elle se rappelait fort bien, au contraire, son réveil dans les eaux sombres et glacées de la mer Médiane ! La perspective d'une nouvelle bataille sur les flots l'effrayait davantage qu'un combat à un contre dix sur la terre ferme. Sur un bateau, jamais elle n'oserait prendre possession du corps de ses ennemis en laissant le sien sans surveillance... Elle pouvait se retrouver jetée par-dessus bord et noyée, avant même d'en avoir conscience ! Dans ce cas extrême, elle n'aurait plus qu'à conserver pour toujours une apparence étrangère, à moins d'accepter de disparaître en réintégrant une enveloppe sans vie... Bref, rien que des perspectives cauchemardesques.

Pendant que le soleil finissait de descendre sur l'horizon, les héritiers suivaient donc la progression de la caraque, avec une appréhension grandissante. Ils pouvaient très bien tomber sur de complets abrutis, qui refuseraient même de les escorter jusqu'à Zarbone à la nuit tombée !

La chance finit pourtant par sourire aux voyageurs. Un autre bâtiment, peut-être une galiote, venait d'apparaître au nord... Les mercenaires de patrouille modifièrent aussitôt leur cap pour aller à la rencontre de ce plus gros gibier, laissant la felouque poursuivre sa route tranquillement. Niss n'eut aucune honte à avouer son soulagement ! Elle supposa, comme ses compagnons, que l'équipage de la caraque avait l'habitude de croiser la felouque. En manquant à une vérification de routine, ces garde-côtes pensaient prendre peu de risques... et les héritiers purent ainsi pénétrer le labyrinthe insulaire du Beau-Pays.

La navigation y devint beaucoup plus difficile, surtout à cause des ténèbres écrasant peu à peu l'horizon. Les cartes dont s'était muni Amanón à Goran étaient relativement précises, mais les repères vinrent rapidement à manquer ! Les héritiers n'avaient pourtant pas le choix : seule une expédition nocturne leur permettrait d'explorer l'île interdite d'Usul... En plein jour, le risque d'être surpris et jugés par les Guoris pour ce sacrilège était trop grand. Les indigènes n'avaient pourtant rien d'un peuple aux mœurs sévères ou violentes : ils cherchaient seulement à décourager toute tentative de rencontre avec le dieu omniscient. Leur tradition orale rapportait trop de drames, pour qu'ils laissent encore des inconscients se brûler aux flammes d'un savoir qui les dépassait.

À force de persévérance, le petit groupe réussit à maintenir un cap à peu près juste, et Nolan devait bientôt annoncer la fin prochaine du voyage. Niss guettait déjà les premières ombres plus denses, entre flots et ténèbres, signalant l'approche d'une terre... Elle sursauta en même temps que Cael, quand Bowbaq posa soudain une main sur leurs épaules !

— Euh... J'en ai discuté avec les autres, prévint le grand-père avec embarras. On préfère que vous restiez attendre sur le bateau.

— *Quoi* ! s'indignèrent les adolescents, d'une même voix.

— C'est trop dangereux, bredouilla le géant, et...

— Mais vous y allez *tous* ? Tous, sauf *nous* ? insista Cael.

— Heu... Amanón prévoyait de laisser aussi les demoiselles, mais Eryne ne veut rien entendre, et comme Zejabel tient à rester avec elle... Alors...

— Mais moi non plus, je ne veux rien entendre ! se rebella Niss.

L'expression chagrinée du grand-père lui fit de la peine, bien sûr, mais l'enjeu était trop important pour se laisser amadouer !

— Je peux être utile ! poursuivit la jeune fille. Ne serait-ce que pour porter une torche, ou n'importe quoi d'autre ! Tiens, avec Cael, on pourrait même pousser les rats à se battre entre eux ! songea-t-elle soudain.

Elle sentit aussitôt le garçon se raidir à ses côtés, mais il ne fit rien pour la démentir. Lui aussi désirait aller jusqu'au bout de l'aventure. Suivre la trace de ses parents.

— Mais... tentait de protester Bowbaq.

— Et rien ne dit que nous serons plus en sécurité sur le bateau, d'ailleurs ! poursuivit Niss. On nous a raconté que ces bêtes pouvaient nager et grimper sur du bois : si vous les faites fuir avec les torches, ils pourraient très bien tous rappliquer par ici !

Le géant ouvrit une bouche silencieuse, chercha ses mots, puis soupira en secouant la tête. la jeune fille comprit qu'il capitulait !

— Tu ressembles de plus en plus à ta grand-mère, commenta-t-il d'un ton bourru. Bah... De toute façon, c'est vrai que j'aime autant t'avoir sous les yeux. Je vais prévenir Amanón, annonça-t-il en s'éloignant.

Très satisfaite d'elle-même, Niss adressa un clin d'œil complice à Cael, puis tous deux reprirent leur guet depuis le bastingage de proue.

Moins d'un décime plus tard, la quille de la felouque commençait à racler les fondations de l'île d'Usul. On se précipita pour jeter l'ancre et tomber les voiles, puis la chaloupe fut descendue à la lumière d'une seule lampe, laissée ensuite comme unique repère sur l'*Othenor II*...

Alors que les rames poussaient doucement la barque en avant, et que chacun gardait tous ses sens en éveil, la jeune fille se demanda si elle avait vraiment eu une bonne idée !

*

Zejabel bondit volontairement la première sur la plage, tandis que les autres tiraient la chaloupe sur le sable. Ce moment précis lui rappelait certains exercices de sélection des candidates au titre de Kahati... lorsqu'elles étaient lâchées dans les marais du Lus'an, avec une seule dague pour tout le groupe, et la mission d'éliminer la bande rivale. Cette fois, la Züe avait arc et poignard pour se défendre, mais l'ennemi était en nombre inconnu et déjà maître du terrain !

Rapidement, Keb et Amanón allumèrent les torches pour en faire la distribution. Ils y perdaient beaucoup en discrétion, mais espéraient tenir ainsi les rats à distance. Ils avaient d'ailleurs choisi des manches particulièrement longs pour fabriquer ces flambeaux. Zejabel refusa pourtant celui que Nolan lui tendait. La jeune femme préférait garder une flèche prête à partir à la moindre alerte, ce qui ne pouvait manquer d'arriver : les oreilles de la Züe bourdonnaient, tant son pressentiment du danger était grand.

— Tout le monde reste groupé, demanda Amanón. On avance d'abord d'une quinzaine de pas, puis on attend un moment.

L'escouade suivit la consigne, faisant glisser son halo de lumière sur la plage déserte. Mais les seuls monstres à en être dérangés furent les crabes-taureau qui s'enterraient à leur approche... Pourtant, Zejabel s'attendait à voir surgir des ténèbres un démon Lémure, mâchoires ouvertes et griffes dehors !

Ses compagnons semblaient tout aussi inquiets. Même Keb, d'ordinaire si empressé à sortir une raillerie, affichait une expression très concentrée, sur la défensive. Comme le Wallatte, Nolan, Amanón et Cael avaient leurs lames dénudées, en plus de leurs torches. Et au centre du cercle, Niss et Eryne s'efforçaient de porter la lumière le plus haut possible... mais elles ne pouvaient rivaliser avec le véritable phare que devenait Bowbaq.

— La dernière fois, les rats avaient attendu qu'on s'enfonce dans les terres, rappela le géant à voix basse. Ça ne sert sûrement à rien de rester ici.

— Corenn a écrit que leur apparition concordait avec la descente de Yan dans le puits, précisa Nolan.

— Aussi dangereuses soient-elles, je ne crois pas ces bêtes capables de suivre un plan, commenta Amanón. S'il y en a encore sur cette terre, elles ne devraient pas tarder à se montrer. On verra alors si elles sont nombreuses ou pas.

— Mais Usul a peut-être développé un lien particulier avec ces rats ? poursuivit le novice. Après tout, il est connu comme Celui-qui-Sait, gardien de l'Île

Sacrée des Guoris... Tout ce qui vit ici est un peu sous son règne.

Zejabel acquiesça aussitôt, convaincue de la justesse du raisonnement. Zuïa semblait avoir pareille influence sur le Lus'an et les milles espèces qui y grouillaient.

— Usul déciderait lui-même de lancer ces bêtes sur nous ? s'alarma Eryne. C'est une idée horrible !

— Il n'a peut-être pas le pouvoir de les commander, mais le fait de descendre dans son puits peut avoir des conséquences sur son univers... Enfin, je vous fais sûrement peur pour rien, s'interrompit Nolan. C'était juste une idée un peu tordue.

— Continuons, enchaîna Amanón. Le premier qui aperçoit une queue de rongeur le signale tout de suite.

La Züe reprit sa place en première ligne, non sans avoir échangé un regard entendu avec le novice. Son intuition était sûrement la bonne. Le jeune homme était assez intelligent pour dégager une vérité à partir de quelques faits incomplets ; surtout quand il s'agissait de théologie !

Par petites avancées, méthodiquement, le groupe atteignit bientôt les premières pentes du mont culminant de l'île. Ils n'avaient toujours pas vu la moindre trace de rat, mais la théorie de Nolan les empêchait de ressentir du soulagement. Il fallait pourtant progresser encore... Ils entamèrent donc l'ascension de cette colline formant le sommet usé d'un volcan éteint depuis des millénaires.

— Il y a plus de végétation que dans mon souvenir, commenta Bowbaq. À l'époque, ça n'allait pas plus haut que mes cuisses.

Aux yeux de Zejabel, il y avait même *beaucoup trop* de végétation ! D'innombrables dangers pouvaient surgir de ce tapis de plantes, d'herbes coupantes, et de buissons aux branches noueuses. Toute la colonie des rats y avait probablement ses terriers, et les héritiers pouvaient y enfoncer le pied à chaque instant... D'ailleurs, les torches avaient été ramenées à une altitude beaucoup plus basse, prêtes à brûler le museau du premier suceur de sang qui se présenterait.

La tension dans le groupe diminua à peine, quand ils quittèrent le collier végétal de la colline pour en attaquer le dernier quart, entièrement rocailleux. D'un regard en arrière, la Züe vérifia que la felouque était toujours en place. On n'en voyait que la lampe laissée en repère, lointain point lumineux, semblant prêt à vaciller et à s'éteindre d'un instant à l'autre... Zejabel concentra bien vite ses pensées sur autre chose, redoutant de s'abandonner à une peur qui menait toujours à la défaite.

Il ne leur fallut guère de temps pour atteindre le sommet, un plateau inégal d'une trentaine de pas de diamètre. Quiconque venait chercher Usul ici devait se montrer bien dépité... Mais les héritiers profitaient de l'expérience de l'ancienne génération, et ils n'eurent aucun mal à trouver le puits masqué par les ténèbres. Rien d'autre qu'un trou d'environ quatre pas de large, et dont les profondeurs immergées abritaient l'un des plus anciens rejetons du Jal !

— C'est ça ? vérifia Keb avec étonnement.

— Oui... confirma Bowbaq.

Le grand-père avait pratiquement pris une voix d'outre-tombe. Son regard se perdit un moment dans les ténèbres de l'excavation, puis se retourna sur les arêtes du plateau, qu'il scruta avec appréhension. Zejabel faisait de même, mais la profondeur de la nuit les empêchait de surveiller bien loin.

— On commence par allumer le feu, décida Amanón.

Les consignes de l'interprète furent suivies sans discussion. Après quelques décilles seulement, les héritiers bénéficiaient de la lumière supplémentaire d'un feu de camp. Ils avaient emmené une certaine provision de combustible et d'huile pour l'entretenir, mais espéraient ne pas avoir à l'utiliser ! Zejabel ne recommencerait à se détendre qu'au moment où la felouque serait à plusieurs milles de cette île étrange... et elle faisait des vœux pour que cela arrive très vite.

Ils disposèrent quelques nouvelles torches à proximité du brasier, puis Amanón entreprit de dérouler l'une des cordes de leur équipement. L'instant était tout de silence et de gravité, jusqu'à ce que Keb pose l'inévitable question qui trottait dans les esprits.

— Qui va descendre ? On n'en a pas encore parlé. Ou on ne m'a rien dit, en tout cas !

— C'est moi, j'y vais, annonça l'interprète.

Il était déjà en train de se déchausser. Zejabel ne pouvait qu'admirer son courage ! Elle-même aurait longuement hésité avant de s'enfoncer dans ce gouffre noir. Elle ne reculait devant aucun combat, mais frissonnait en imaginant les pièges et les souffrances que pouvait abriter le puits.

— Vous n'êtes pas obligé de prendre toujours tous les risques ! s'interposa Eryne, inquiète.

— Oui... Je pensais me proposer également, annonça Nolan.

Amanón ne leur laissa pas le temps d'en discuter encore, ôtant les plus lourds de ses vêtements avant d'attacher la corde autour de la poitrine. Il soupesa ensuite sa lame courbe un instant, puis la déposa avec le reste de ses affaires.

— Si je ne remonte pas, si la corde est coupée, ou se coince, ne plongez surtout pas pour venir me chercher. Filez jusqu'au bateau et partez le plus loin possible de cette île. Sombre aurait vite fait de vous envoyer tous ses alliés de la région.

Le jeune homme s'installa ensuite au bord du puits, avant de s'y laisser glisser, ne se retenant que par les bras. Il échangea un long regard avec Eryne... puis continua de descendre la paroi, jusqu'à rencontrer la surface de l'eau, où Zejabel l'entendit s'enfoncer.

— À tout de suite ! lança-t-il avant de plonger pour de bon.

L'attente qui commença alors fut plus fiévreuse que jamais. La Züe et Bowbaq surveillaient l'arrivée des rats, tandis qu'Eryne, Nolan et les adolescents guettaient la réapparition d'Amanón. Keb se chargea lui-même de tenir l'autre extrémité de la corde, et déroulait longueur après longueur à mesure que l'interprète s'enfonçait dans le gouffre... jusqu'au moment où ce ne fut plus nécessaire. Le nageur s'était stabilisé.

Une, ou peut-être deux décilles s'écoulèrent alors ; une éternité pour un mortel plongé dans un univers liquide ! Aucun mouvement n'était perceptible ; ni dans le puits, ni aux alentours du plateau. Zejabel était tellement tendue qu'elle laissa échapper un petit cri, quand un corps creva soudain la surface de l'eau ! L'instant d'après, elle reconnaissait Amanón par la profonde inspiration que prit le jeune homme, plus bruyante que les remous et les éclaboussures. La Züe s'empressa de poser son arc pour aider Nolan et Keb à remonter l'interprète aussi vite que possible.

Il était frissonnant, mais paraissait indemne. Eryne l'accompagna jusqu'au feu, devant lequel il se frotta les membres et le dos en soutenant le regard de ses compagnons... Ces derniers étaient au comble de la curiosité, mais ils eurent tout de même la patience d'attendre qu'il finisse de claquer des dents !

— Il... Il ne m'a rien dit, révéla bientôt l'interprète. Il ne... ne veut parler qu'à... Cael.

Évidemment, les héritiers tournèrent des expressions étonnées vers le jeune Kaulien. L'adolescent lui-même prit soudain une pâleur cadavérique. Quel que fut le sort qui l'attendait, Zejabel le plaignait avec sincérité !

*

Sans pouvoir l'expliquer, Nolan pressentait un contretemps de ce genre. Dès qu'Amanón était réapparu, le novice avait deviné l'échec de sa démarche auprès d'Usul. Ça avait été trop rapide, presque anodin... Le dieu ne pouvait pas délivrer son savoir dans des circonstances aussi « tranquilles ». Fatalement, il devait arriver quelque chose.

— Comment ça, il ne vous a rien dit ? releva Eryne. Que s'est-il passé exactement ?

— Pas grand-chose, expliqua l'interprète. Je ne l'ai même pas vu... Il m'a seulement prévenu que mes questions seraient inutiles, parce qu'il attendait Cael !

— Il t'a dit pourquoi ? demanda Nolan.

— Non... C'était comme s'il m'ignorait totalement. Puis il a... cessé de me permettre de respirer, en quelque sorte. Je n'ai pas vraiment eu le choix ; je suis remonté aussi vite que possible.

Tout en réfléchissant, le novice ne quittait pas l'adolescent des yeux. À part la surprise et une frousse bien compréhensible, Cael n'avait encore exprimé aucune émotion... mais il était cruel de le maintenir sous pression.

— Rien ne t'oblige à faire quoi que ce soit, assura le jeune homme. Personne ne te reprochera tes choix.

Cette simple remarque parut précipiter les choses. Le garçon sortit soudain de sa réserve et de sa rêverie, pour commencer à se déchausser à son tour.

— Nous n'avons pas parcouru tout ce chemin pour rien, annonça-t-il. Mon père et mon cousin sont descendus dans ce trou et en sont ressortis entiers... Il n'y a pas de raison que ça tourne plus mal pour moi !

En quelques instants, il se retrouva en vêtements de corps, une corde autour du torse, prêt à partir. Comme Amanón une poignée de décilles plus tôt, il posa un dernier regard sur ses compagnons avant de descendre, puis de plonger dans les ténèbres... Nolan se sentait un peu responsable de cette décision, mais il devait également admettre la curiosité qui le dévorait. Cette même curiosité qui, probablement, avait poussé l'adolescent à courir affronter son destin !

Une nouvelle attente angoissée commença. L'interprète en profita pour se rhabiller et récupérer ses armes... Il eut tout le temps de le faire, car cette nouvelle visite à Usul se révéla plus longue que la première. Affreusement longue, même, comme pouvaient sembler des décilles lorsqu'une vie était en jeu !

Le novice était tellement concentré sur le puits obscur qu'il ne reconnut pas tout de suite le bruit de vibration d'une corde d'arc. En revanche, il se tourna à la vitesse de l'éclair, quand Zejabel donna soudain l'alerte !

*

Le froid était cruel, impitoyable, et toute l'énergie que mettait Cael à nager ne suffisait pas à le réchauffer. Il faut dire que le garçon tremblait déjà, avant même de descendre dans le gouffre... L'annonce d'Amanón l'avait frappé comme une énorme gifle en travers du visage. Que pouvait bien lui vouloir Usul ? Quel horrible savoir avait-il à lui confier ? L'adolescent s'accrochait à l'idée que ce caprice était seulement lié à l'ancienne rencontre entre le dieu et son père. Toute autre possibilité lui glaçait les sangs !

En s'enfonçant toujours plus loin dans le noir, Cael s'efforçait justement de trouver du courage dans le souvenir de Yan. Son géniteur avait lui-même frôlé ces parois, ressenti cette angoisse de l'inconnu, alors qu'il était à peine plus âgé que son fils... Le garçon avait aussi l'énorme avantage de savoir à quoi s'attendre ! Il ne se demandait pas si Usul pouvait être caché dans un conduit secondaire, par exemple, ou si ce puits avait seulement un fond. Il lui suffisait de descendre encore et encore, privé de quatre sens, ne pouvant utiliser que ses mains pour éviter de se cogner contre la roche...

Bientôt, l'air commença à lui manquer. À force de tâtonner, de se redresser parfois, il lui devint difficile de distinguer le haut et le bas. La corde qui traînait dans son dos représenta alors son unique repère, et Cael continua de nager, par petits mouvements, espérant toucher enfin les sables du fond ! Il se sentait près d'ouvrir la bouche pour une inspiration incontrôlable, ce qui serait la première étape vers la noyade...

Un instant, il songea même que le froid, le manque d'air et la désorientation pouvaient être à l'origine de la légende du dieu omniscient. L'endroit et la situation étaient tout à fait propices à certaines divagations ! Malgré les témoignages de Yan et Amanón, comment croire qu'un éternel puisse être enfermé ici ?

Un instant de doute, seulement. Jusqu'à ce que le garçon parvienne enfin au fond du puits, et que la voix d'Usul ne fasse soudain vibrer ses tympans.

*

Le cœur battant à toute allure, Eryne fouillait nerveusement les ténèbres du regard, à la recherche du danger signalé par Zejabel... Tous avaient brandi armes et torches, tandis que la Züe tirait déjà une autre flèche vers une cible invisible pour ses compagnons.

— Les rats ? vérifia Amanón, le front barré.

— Non. Quelque chose de *plus gros*, répondit l'archère. Ça a secoué le rocher là-bas.

Ils guettèrent l'endroit indiqué un moment encore, puis Keb s'avança d'une quinzaine de pas prudents, sans aller toutefois jusqu'au bord du plateau.

— Tu as tiré sans savoir ce que c'était ? s'étonna Nolan.

La Züe se contenta de hausser légèrement les épaules, son arme déjà bandée pour un nouveau trait. Eryne trouvait également la méthode un peu imprudente, mais... après tout, qui d'autre qu'un ennemi pouvait se présenter devant eux ? Au pire, Zejabel avait blessé un quelconque animal nocturne. C'était cruel, bien sûr, mais peut-être pas selon les principes et l'éducation de l'ancienne Kahati.

— Je ne vois rien, annonça le Wallatte. T'es sûre que c'était pas un fantôme ?

— Il y a quelque chose, répéta la jeune femme. Ne reste pas dans mon champ de tir.

Le barbare lui retourna une expression blasée, puis fit un pas pour revenir vers le groupe... Une ombre sinueuse plongea alors sur ses jambes, saisissant Eryne à un point tel que le cri de la damoiselle partit plus vite que la flèche de Zejabel ! Keb laissa libre cours à ses réflexes en se retournant et en frappant au hasard, à la fois de sa lowa et de sa torche. Les deux touchèrent l'énorme serpent qui s'apprêtait à le happer, mais sans pour autant l'arrêter !

La Lorelienne crut à une véritable vision de cauchemar. Le reptile était épais comme un veau, et son corps démesuré se perdait encore dans les ténèbres. Il avançait droit sur le Wallatte en ouvrant une gueule énorme, à une vitesse telle que le pauvre peinait à rester à distance, courant à reculons en multipliant les frappes sur les mâchoires du monstre... Ces blessures, parfois profondes, ne semblaient pas pouvoir l'arrêter ; pas plus que les flèches que Zejabel continuait à planter dans son horrible tête. Insensible à la douleur, la créature ne paraissait poursuivre qu'un seul but : satisfaire sa faim !

Amanón, Bowbaq et Nolan n'avaient pas attendu pour se précipiter au secours du barbare. Ils se rangèrent le long du corps du serpent avant de le larder de tous les coups possibles, avec une écœurante et désespérée violence... La bête ne songea même pas à fuir, exposant sa gueule ouverte avec une terrible insistance, même quand ses yeux noirs furent fermés sous la contrainte brûlante des torches ! Le grand-père put finalement mettre un terme au massacre en assénant un ultime coup de sa pognée sur le crâne du monstre, qui s'écroula bientôt, encore agité d'ondes furieuses.

Il fallut quelques instants à chacun pour reprendre son souffle. Même Eryne, qui n'avait pourtant pas participé au combat, avait eu la respiration coupée à l'idée de voir Ke'b'ree broyé entre ces mâchoires !

— Au moins, on sait comment les Guoris ont traité le problème des rats, commenta Amanón.

— Il faut partir tout de suite, annonça soudain Bowbaq.

Le ton pressant du grand-père ranima les angoisses de la jeune femme. Ce fut pire encore quand il se précipita jusqu'à Niss, pour lui prendre la corde plongeant dans le puits...

— Il faut ramener Cael et partir maintenant, répéta le géant. Ce serpent n'aurait jamais pu tenir contre les milliers de rats qu'il y avait ici. Il n'aurait pas fait le poids ! C'est lui qui aurait été mangé !

— Tu penses que ce monstre n'est pas seul ? comprit Keb.

Comme pour lui répondre, deux nouveaux reptiles apparurent soudain dans leur cercle de lumière, glissant nerveusement vers le groupe. Eryne ne put résister à l'envie de ramasser la rapière de Cael... en songeant que contre ces bêtes, les pouvoirs d'Esthésia ou même d'erjak étaient complètement inutiles !

*

L'adolescent cria sous la surprise, mais fut plus étonné encore de sentir soudain l'air affluer dans ses poumons, alors qu'il était toujours à plusieurs dizaines de pas sous la surface. Il se souvint alors qu'il s'agissait de l'un des pouvoirs d'Usul : maintenir ses visiteurs en vie assez longtemps pour s'entretenir avec eux. Probablement en créant une poche d'air devant son visage, puisque le dieu ne pouvait intervenir directement sur un mortel portant un gwelom... Pour mettre un terme à l'audience d'Amanón, quelques décilles plus tôt, il n'avait eu qu'à suspendre cette assistance. L'interprète ne pouvait alors que remonter de toute la force de ses membres !

° Tu es venu, répéta l'éternel. Je suis satisfait.

Les mots résonnaient dans les oreilles de Cael avec un étrange écho, comme une vibration. Puisqu'il ne pouvait atteindre son esprit, Usul avait dû emprunter une forme capable d'être entendue d'un humain, même à travers le filtre de l'eau... Le garçon chercha à percer les ténèbres, mais le dieu aurait pu se trouver à un pied de son visage qu'il ne l'aurait même pas vu ! Il essaya de ne pas y penser plus avant et tenta de se stabiliser sur le sable. Ce n'était pas le moment d'avoir peur, ou en tout cas de le montrer...

— Vous deviez savoir que je descendrais, commenta l'adolescent. Vous connaissez tout, même l'avenir.

° Le futur se brouille à chaque fois que j'interviens, réfuta l'éternel. En demandant à ton cousin de t'envoyer à moi, je risquais de précipiter le contraire. Et maintenant que tu es là, j'ignore totalement comment s'achèvera notre rencontre. Tu comprends de quoi je parle.

Cael acquiesça, tout en songeant qu'Usul ne pouvait peut-être pas remarquer son mouvement de tête... Mais effectivement, le garçon connaissait bien ces théories sur l'avenir et ses aléas. Corenn avait parfaitement décrit les tourments de Yan à ce sujet. Dès qu'un événement de l'avenir était connu d'un homme, il perdait son caractère *inéluctable* : le mortel pouvait l'empêcher tout en souhaitant sa réalisation, ou au contraire le précipiter en luttant contre son arrivée... Même choisir de ne rien faire d'autre qu'attendre était *déjà* faire quelque chose. C'était cela, la malédiction du savoir inhumain. Une horrible incertitude, doublée d'un sentiment d'impuissance à faire plier le destin !

— Pourquoi vouliez-vous me voir ? demanda le garçon.

° Poses-tu cette question ? Tu connais également les règles.

L'adolescent s'en mordit les lèvres, avant de lâcher un profond soupir... Le jeu que proposait l'éternel était l'une des choses redoutées par les héritiers. Yan en avait déjà fait les frais. Pour chaque question posée, Usul donnait une réponse, *plus* une révélation dramatique sur l'avenir. C'était la seule distraction du dieu : regarder les mortels se débattre ensuite avec les souffrances de la connaissance.

— Des choses importantes sont en jeu, osa négocier Cael. Sombre veut régner sur tous vos semblables. Vous pourriez peut-être faire une exception et nous aider, tout simplement...

° Je connais les plans du bâtard du Jal, répliqua l'éternel. Mon propre destin est d'ailleurs lié à votre quête, mais la règle est la règle. Ainsi suis-je né des hommes, conclut-il avec mépris.

La déception de Cael était profonde. Pour limiter les risques de perturber l'avenir, il allait devoir choisir ses questions avec beaucoup de soin, et en réduire cruellement le nombre...

— Je respecte vos règles, reprit-il avec embarras. Mais, en dehors de votre Savoir, vous pourriez nous aider à parler à vos frères et sœurs... Ils doivent chercher l'Adversaire, eux aussi.

° *Non*, refusa aussitôt le dieu. Toute intervention de ma part remet en cause jusqu'à mon existence. Bon nombre des chemins que peut emprunter l'avenir mènent à ma propre mort. Je suis soumis aux mêmes lois que tous... En te faisant venir ici, j'espère avoir modifié le futur ; mais je l'ai peut-être précipité.

Je ne le saurai qu'au moment où tu me quitteras. En revanche, m'adresser à Eurydis ou à n'importe lequel de mes semblables m'attirera invariablement la colère de Sombre. Et il me tuera.

Le garçon n'en fut que plus désolé. Encore un espoir qui s'évanouissait en fumée... Il ne restait plus qu'à passer aux questions. À commencer par la plus importante !

— Où sont nos parents ? lança-t-il enfin.

*

Trois cadavres de reptiles gisaient à terre, et les héritiers s'acharnaient à en défaire un quatrième... mais Zejabel devait déjà user de ses flèches contre de nouveaux arrivants, glissant à l'orée du cercle lumineux en préparation d'une prochaine attaque ! Leur nombre réel était impossible à définir ; à peine apercevait-on des reflets sur des peaux écailleuses et verdâtres, ou des souffles qui se faisaient de plus en plus bruyants et excités. Seulement, ces indices se retrouvaient sur chacun des côtés du plateau ! Le groupe était encerclé !

Amanón se maudissait d'avoir entraîné tout le monde dans ce cul-de-sac. À ses yeux, il avait accumulé les erreurs... Ils auraient dû se renseigner davantage, plutôt que foncer tête baissée sur l'île. Aller d'abord voir Zarbone, s'équiper de meilleure manière... Les torches avec lesquelles ils comptaient repousser les rats se révélaient totalement inutiles, devant ces serpents. Les combattants s'en étaient d'ailleurs débarrassé pour frapper avec le plus de force possible ! Bientôt, même Niss et Eryne seraient exposées au danger... Il suffisait qu'une bête se décide soudain à traverser le plateau jusqu'en son centre, pour menacer les jeunes femmes.

Les traits de Zejabel parvenaient à contenir les assauts, mais pour combien de temps ? La Züe allait finir par manquer de flèches, et elle serait impuissante en cas d'attaque groupée. Pour l'instant, son habileté lui avait permis d'aveugler trois des monstres. Ces derniers étaient à chaque fois partis rouler sur eux-mêmes, et sur leurs semblables qui tapissaient probablement la colline... Si au moins ils s'étaient dévorés entre eux ! Mais ces reptiles ne paraissaient intéressés que par des proies à sang chaud, et vivantes de surcroît.

Bien malgré lui, l'interprète commençait à douter des chances de survie des héritiers. Tôt ou tard, ils finiraient écrasés sous le nombre... Plonger dans le puits ne ferait que leur accorder un répit, et encore, en supposant que ces créatures ne fussent pas amphibies ! L'autre possibilité, désespérée, était de foncer droit dans leurs rangs, en espérant les gagner de vitesse jusqu'à la plage... Mais peu de ses compagnons arriveraient à la chaloupe ; peut-être même aucun. Amanón ne pouvait se résoudre à simplement courir en écoutant tomber les siens.

Le quatrième reptile n'avait pas encore expiré qu'un autre s'avançait soudain. L'interprète laissa Bowbaq achever le monstre et fonça sur ce nouvel adversaire, accompagné de Keb et Nolan... C'était presque peine perdue. Les serpents étaient excessivement longs à tuer, et il viendrait un moment où ils seraient obligés de se partager entre trop d'assaillants, avant d'être happés dans une gueule avide et puante. Était-ce là la fin choisie par le destin pour les héritiers ? N'y avait-il pas d'autre issue ?

Amanón se serait volontiers sacrifié pour sauver les autres, comme son père l'avait fait avant lui. Mais il n'y avait aucune chance que les serpents se lancent tous à sa poursuite, ni même qu'ils se partagent son corps ! À quand remontait leur dernier festin de rats sauvages ? Restait-il seulement le moindre rongeur sur cette terre ? Les Guoris ne nourrissaient probablement pas les nouveaux gardiens de l'île... Ils devaient attendre que les monstres s'éteignent d'eux-mêmes. La contribution involontaire des héritiers risquait de prolonger d'autant la survie des reptiles !

Acharné à frapper et frapper encore, le jeune homme se fit au moins une promesse. Il ne laisserait pas Eryne, ni qui que ce soit d'autre, connaître une fin horriblement douloureuse dans le ventre de ces créatures.

*

— Où sont nos parents ? répéta Cael. J'accepte les règles ; je pose *vraiment* la question !

Le garçon était plus fiévreux que jamais. Le long silence d'Usul semblait promettre une bien triste nouvelle !

° Ils sont au Jal, finit par révéler le dieu.

L'annonce fut l'occasion d'une tempête d'émotions dans l'esprit de l'adolescent. Au Jal ? Mais pourquoi ? Comment ? Qui les y avait emmenés ?

— Lequel ? enchaîna-t-il fébrilement. Dara, ou Karu ?

° Je l'ignore, avoua Usul. Tout ce qui se trouve là-bas échappe à ma perception. C'est un endroit qui n'existe pas vraiment.

— Ils sont vivants ? Ils vont bien ?

° Tu es trop pressé, rabroua le dieu. Tu n'as pas encore payé le prix de ta *première* question.

Cael s'efforça de reprendre son calme et de réfléchir. Puisque l'éternel n'avait aucune vision du Jal, il ne pouvait certifier que ses parents étaient encore en vie... malheureusement !

° Voici une révélation sur ton avenir, enchaîna Usul. Écoute-moi. *Tu finiras par te soumettre définitivement à ta Voix.*

C'en était trop pour l'adolescent, qui se sentit soudain proche de basculer dans la folie. À peine avait-il arraché un renseignement sur le sort des aînés, après tant et tant de recherches, qu'il se voyait aussitôt condamné au pire de ses cauchemars !

Entre rage, frustration et désespoir, il ne put empêcher cette même Voix de commencer à s'éveiller. Comme à chaque fois qu'il courait un grave danger, la trace que Sombre avait laissée dans son esprit lui inspira des images de haine, de peur et de vengeance... Cael n'avait aucune idée des conséquences que cela pouvait avoir en cet endroit ; il lui fallait partir au plus vite ! Mais pas avant d'avoir posé encore au moins *une* question.

— Qui est l'Adversaire ? lança-t-il avec irritation.

Le dieu prit son temps pour répondre, ce qui augmenta la hargne de l'adolescent. Était-ce si difficile de comprendre qu'il ne supportait plus cette maudite caverne ? Fallait-il vraiment un décan pour répondre à une question simple ? L'esprit troublé par les anciens murmures du démon, Cael n'avait plus aucune patience, ni respect pour cet éternel qui jouait avec ses nerfs. Il se sentait près de le planter là et de calmer sa rage grandissante par quelques brasses fougueuses ! Mais la partie encore épargnée de sa personnalité le suppliait d'attendre, de résister. L'enjeu était trop important pour les héritiers...

° Ce qui t'arrive est singulier, commenta Usul. Par la faute de ces gweloms, jamais encore je n'avais pu y assister... Mais maintenant que tu es en ma présence...

— *Qui est l'Adversaire ?* insista Cael, retenant à grand-peine une bordée d'insultes.

Le garçon sentait également des changements se produire en lui, selon un processus déjà familier. Ses forces et sa résistance semblaient décuplées, en proportion de sa colère... Dans un coin encore équilibré de son esprit, l'adolescent redoutait d'être bientôt châtié pour son irrespect, mais cette peur ajoutait à son angoisse et accélérait encore sa perte de contrôle !

Il lui sembla soudain que les ténèbres s'éclaircissaient. Était-ce là un nouveau tour d'Usul, ou une autre manifestation de la Voix ? Peu importait pour le garçon, de plus en plus furieux ! Quel que soit le visage que lui montrerait cet éternel poisson, il ne le craignait pas !

° Je vais répondre à ta question, finit par décider le dieu. Mais tu vas commencer par en accepter le prix.

Les seules répliques qui venaient à Cael tournaient autour de variantes de « Alors, plus vite ! Qu'on en finisse ! », le tout habillé de jurons et d'invectives des plus méprisantes, voire menaçantes. Le garçon put heureusement garder son fiel en lui... Du moins, l'espérait-il. Il n'était déjà plus très sûr de ce qu'il entendait, disait, ou faisait réellement ! Jamais la Voix n'avait eu une si grande emprise sur lui.

° Voici donc une autre révélation sur l'avenir, reprit Usul. Écoute-moi bien. *Un membre de votre groupe trahira tous les autres.*

L'adolescent ne put retenir un cri de rage. Les mots du dieu avaient encore augmenté sa colère, si c'était possible ! Il ne restait plus grand-chose de Cael, dans ce corps qui désirait déjà étrangler et déchirer le futur traître de ses propres mains... Le garçon n'avait plus que haine, envers tout et tout le monde. Même à l'encontre de l'éternel dont il commençait à apercevoir la silhouette, et qui ne pouvait être qu'un misérable menteur !

° Quand à ta question, elle demande une réponse particulière, poursuivit le dieu. l'Adversaire fait partie de votre groupe, mais...

C'était un « mais » de trop pour Cael, qui sentit le dernier rempart de sa volonté céder devant l'impérieuse impatience de la Voix. Usul parlait encore, prononçait des noms, mais le garçon ne les entendait plus !

Il ne reprit conscience que quelques instants plus tard, le temps d'un battement de cœur... Juste assez pour comprendre qu'il était en train de se noyer.

*

La menace des reptiles était toujours plus pressante, plus dangereuse ! Huit monstres reposaient déjà sur le plateau rocailleux, mais les héritiers auraient pu en tuer trente que cela n'aurait pas découragé les autres. Au contraire, les dépouilles des serpents semblaient inciter leurs congénères à resserrer leur cercle, comme si ces corps luisants marquaient une nouvelle barricade depuis laquelle lancer les attaques ! Et les hommes du groupe devaient sans cesse reculer vers le puits pour se défendre, perdant peu à peu du terrain sur cette marée écailleuse...

Niss n'aurait jamais pu imaginer pareille vision d'horreur. Où qu'elle portât le regard, des créatures rampaient les unes sur les autres, formant parfois un véritable mur de chair glacée et de gueules ouvertes... Si un quart seulement d'entre elles s'était lancé à l'assaut, les héritiers auraient déjà succombé ! Mais le comportement de ces bêtes échappait à toute logique. Malgré leur supériorité numérique, elles passaient un bon moment à glisser loin du groupe avant de s'enhardir soudain à attaquer. En revanche, une fois décidées, elles ne reculaient plus d'un pouce ! Il fallait les entailler et les frapper jusqu'à la mort, tâche ignoble et qui semblait de plus en plus longue à accomplir.

D'où pouvaient sortir autant de monstres ? Personne n'en avait vu la moindre trace, avant qu'ils n'atteignent le sommet de l'île. Pas une rencontre hasardeuse, pas une mue découverte, ou même un réseau de galeries... Nolan avait sûrement raison lorsqu'il soupçonnait un lien spirituel entre Usul et les créatures qui hantaient son île. Et les Guoris se montraient les plus sages en déconseillant tout pèlerinage sur cette terre !

Niss elle-même aurait bientôt à se battre, et cette perspective l'effrayait au plus haut point. Combien de temps pourrait-elle éviter les gueules horribles qui chercheraient à la happer ? Pas plus de quelques décilles, au mieux ! Et encore, en accomplissant des prouesses d'acrobatie et d'agilité... Ce n'était pas le pauvre couteau qu'elle avait emmené qui pourrait la sauver, alors que l'énorme pognée du grand-père ne suffisait même pas à assommer les bêtes !

La jeune fille avait bien essayé de toucher l'esprit profond d'un des reptiles, sans succès, malheureusement... Ils n'appartenaient pas aux espèces sensibles au pouvoir des erjaks. On disait pourtant que la taille d'un animal pouvait faire mentir la règle, mais ce n'était pas le cas cette fois !

Alors, Niss se préparait à résister le plus longtemps possible en multipliant les esquives et les fuites éperdues. Tout en sachant qu'elle finirait par rejoindre le Rêve... Elle n'en serait donc sortie que quelques jours.

Elle crut même cette échéance arrivée pour de bon, quand la masse écailleuse connut un sursaut d'agitation. Bowbaq et les autres resserrèrent leur cercle autour du puits, croyant également à l'assaut final... Que pouvaient signifier d'autre ces reptations croisées, ces regards froids, cette barricade de chair en mouvement ? La conclusion était proche.

Pourtant... Pourtant, aucun nouvel adversaire ne vint se mesurer aux héritiers. Les rangs des serpents s'éclaircirent, reculèrent dans les ténèbres, ne laissant en arrière que les corps sinueux des premiers assaillants. De manière inexplicable, les monstres semblaient avoir perdu tout intérêt pour les mortels !

Ces derniers ne gaspillèrent pas leur temps en paroles inutiles ; il fallait remonter Cael et profiter de ce répit pour s'enfuir sans attendre ! Essoufflés, le corps couvert de liquides poisseux, Bowbaq, Amanón et Keb tirèrent la corde aussi vite qu'il était possible de le faire sans blesser le garçon contre la paroi... Niss sentit son cœur se serrer lorsqu'elle aperçut la silhouette inanimée de l'adolescent, pendu au filin comme un épouvantail après une tempête ! Était-il seulement en vie ?

Après un examen de quelques instants, Nolan put confirmer que oui. Mais l'expression torturée et figée sur les traits de Cael témoignait d'une expérience traumatisante. Peut-être même due aux réponses d'Usul... Les héritiers devraient attendre son réveil, avec l'angoisse au ventre, pour en savoir plus.

Livre XV

les Croisés

Tous les ans, au quinte de la décade du Prêcheur, Agénor de Lorelia invitait la Cour à une somptueuse réception dans son palais d'hiver. Elle avait amorcé cette tradition quelque temps après le décès de son mari ; pour étaler ses richesses, disaient certains... En réalité, l'archiduchesse profitait de l'occasion pour espionner ses semblables à domicile. Bon nombre d'agents de la Légion Grise se promenaient parmi les convives, écoutant toutes les conversations, surtout celles susceptibles de renforcer le pouvoir de la douairière !

Beaucoup avaient déjà été pris à ce jeu, et contraints de se soumettre par la suite à l'un ou l'autre chantage. Pour autant, aucune des personnalités influentes du royaume n'aurait manqué le rendez-vous mondain. Surtout pas les galants, certains de trouver là la princesse de Semilia, la vicomtesse de Kurdalène, ou l'immanquable Eryne de Kercyan...

Fatalement, cette année, on ne parlait que de la disgrâce du duc Reyan et de sa famille. Les rumeurs allaient bon train, et toutes les possibilités devaient être évoquées, du sombre drame à la haute trahison, en passant par la fuite crapuleuse et même le canular. D'une manière générale, la disparition du duc réjouissait plutôt les grands de Lorelia, qui n'appréciaient ni son ironie à leur encontre, ni l'énergie qu'il déployait pour éviter leur compagnie. Sans parler de cette réhabilitation dont il avait profité, pour un fait héroïque des plus contestés ! Après plus de vingt ans, beaucoup soupçonnaient encore Reyan et son épouse d'avoir intrigué pour récupérer leur duché. Et plus nombreux étaient ceux qui espéraient maintenant voir le roi redistribuer les biens du traître !

Même les nombreux soupirants d'Eryne avaient tendance à se frotter les mains. On avait vu la damoiselle et son frère chez Roban de Sarcy, juste avant qu'il ne soit tué par des brigands. Elle finirait donc bien par réapparaître... Ruinée, son honneur entaché, elle se montrerait alors beaucoup plus encline à accepter un mariage ! Et même à mots couverts, la compétition était déjà ouverte entre les candidats.

Le sujet des De Kercyan, sans cesse abordé, devait finir par agacer Agénor elle-même. Cela ne lui rappelait que trop son impuissance à les retrouver, parents ou enfants, d'ailleurs ! Il s'agissait pourtant d'un élément crucial du plan qu'elle avait échafaudé avec Sombre, et il faudrait bien y remédier. Par chance pour elle, tous leurs projets n'étaient pas ainsi mis en échec... Et même, leur stratégie s'avérait plus que payante à chaque nouvelle étape. Comme celle qui devait se dérouler ce soir.

La soirée en était à son moment le plus bruyant ; celui où les moins sages avaient déjà vidé quelques pichets, et avant celui où les plus anciens commenceraient à quitter les lieux. Environ quatre cents personnes se promenaient alors entre la salle de réception, le salon de musique, et quelques alcôves plus discrètes... en apparence, du moins. Car les malheureux qui s'y perdaient en caresses et baisers avaient toutes les chances d'être bientôt les débiteurs de la Légion Grise ! À moins d'être un couple légitime ; ce qui n'était, bien entendu, jamais le cas.

Il était désormais évident que le roi lui-même ne ferait pas d'apparition. Bondrian était de plus en plus fatigué, se plaignait souvent de souffrances dans la poitrine, au point d'en être tenu au lit la moitié du temps. Agénor avait présumé qu'il se montrerait tout de même, ne serait-ce qu'un petit moment... Le voyage entre le palais du souverain et celui de l'avenue de Lermian semblait donc au-dessus des forces du vieux monarque, ce soir. Mais cela ne changeait en rien les projets de l'archiduchesse. Elle adressa le signe convenu à l'un de ses hommes, puis regagna son fauteuil de maîtresse de maison.

Le siège tenait pratiquement lieu de trône, placé comme il l'était sur une estrade de marbre. Depuis cet endroit, Agénor avait vue sur toute la salle de réception, où dansaient, discutaient ou se promenaient la majorité de ses invités. Cette position symbolique était aussi un refuge, qui permettait à la duchesse de tenir à l'écart les importuns : nul n'osait grimper les quatre marches y menant sans y avoir été autorisé...

Trois autres personnes seulement partageaient ce privilège. Le souverain excepté, elles représentaient les individus les plus importants du royaume ! À commencer par Hylin, le Dauphin lui-même, rayonnant de vitalité et d'arrogance du haut de ses vingt-six ans. La princesse Narcilia venait ensuite, frêle adolescente, déjà fiancée par son père à l'héritier de Perbas de Junine. Et enfin, Alcide de Bénélia, cousin de la couronne, et ce soir probablement l'homme le plus nerveux du monde connu...

Il ne cessait de gigoter sur son fauteuil, affichant une telle expression d'impatience qu'Agénor le toisa d'un regard courroucé. La duchesse connaissait parfaitement l'origine de ses craintes, mais à se montrer trop fébrile, Alcide allait finir par éveiller l'attention, voire les suspicions ! Et c'était bien là le contraire du but recherché.

Un décime s'écoula encore avant que les choses ne se mettent vraiment en place. Le héraut personnel de la duchesse commençait à circuler entre les groupes, annonçant l'imminence du quatrième spectacle de la soirée... Ainsi, après une troupe de jongleurs, une autre d'acrobates, et un maître des perroquets qui avait beaucoup plu à Narcilia, c'est un montreur d'ours qui s'apprêtait à amuser les convives. Quelques mouvements dans la foule, près de la porte principale, signalèrent bientôt l'entrée du dresseur et de sa bête. Alcide se raidit alors dans une grimace crispée, tandis qu'Agénor elle-même voyait ses battements de cœur s'accélérer... Dans peu de temps, tout serait dit !

L'animal fut promené le long d'une large boucle à travers la salle, pour se présenter enfin devant l'estrade, comme prévu. C'était une créature énorme, au pelage d'un noir corbeau, typique des monts de Jérusnie. Même son colosse de maître semblait bien fragile à côté de lui ! Il ne tenait la bête que par une chaîne reliée à un collier de cuir lourd, bien insuffisant à assurer vraiment sa domination... Le monstre avait beau être muselé, ses griffes et sa puissance pouvaient faire beaucoup de dégâts !

Jusqu'alors, il s'était néanmoins montré docile. Ce n'est qu'en arrivant devant les quatre fauteuils qu'il sembla changer d'humeur, reniflant bruyamment et refusant soudain d'avancer. Le dresseur tenta aussitôt de se faire obéir en tirant la chaîne et en donnant quelques coups de baguette, mais ce fut comme s'il empirait les choses ! L'ours se dressa brusquement, faisant hurler la foule couronnée, puis se débarrassa du colosse d'un simple coup de patte avant de foncer sur les trônes !

Agénor fut la première touchée par la charge ; son fauteuil fut brutalement renversé, projetant la vieille duchesse à quelques pas de là. Elle n'eut pas le temps de se relever que déjà, le fauve ouvrait le ventre du Dauphin en y plongeant ses griffes, avant de briser le cou de la princesse en une seule frappe du revers ! Seul Alcide avait eu le réflexe de bondir hors de son trône au premier instant... Toute la salle résonnait de hurlements d'effroi et de panique, tandis que les légionnaires accouraient, armes brandies, pour mettre la bête à mort.

Toujours à terre, Agénor assista à la lutte entre ses hommes et l'ours déchaîné. Mais même sa fureur animale ne put résister aux lances et aux lourdes épées loreliennes que l'on enfonça dans sa chair... Il s'écroula après quelques décilles seulement, non sans avoir tué deux de ses adversaires, en plus de son dresseur et des héritiers de la couronne.

Le monstre enfin vaincu, une troupe panachée d'âmes secourables et de curieux morbides se réunit autour des victimes du drame. Des mains se tendirent pour relever la duchesse, qui tremblait sans avoir besoin de le simuler. On s'inquiéta du sort de Narcilia et Hylin, on espéra un miracle en cherchant leur pouls... En vain. Prince et princesse n'étaient plus de ce monde, et la nouvelle se répandait dans tous les salons du palais.

Agénor devait rapidement sentir les effets de cette annonce. Ses invités ne la regardaient déjà plus de la même manière, alors qu'elle reprenait son souffle dans le trône redressé, et que l'on emmenait le cadavre de l'ours. On ne la voyait plus comme la vieille douairière à la fortune promise au Dauphin... mais comme ce qu'elle était devenue, après la disparition des enfants de Bondrian : l'héritière unique de la couronne de Lorelia.

Elle écouta un moment encore les bavards se lamenter sur la tragédie, puis déclara vouloir se retirer seule avec sa peine. C'est une véritable haie d'honneur qui s'ouvrit alors devant elle... Et parmi tous ces regards empreints d'un nouveau respect, elle fixa brièvement celui d'Alcide, d'un air entendu. *Ils avaient réussi.*

Sa dernière consigne, avant de gagner ses appartements privés, fut d'assurer l'envoi d'un messager au roi pour le prévenir du drame. Bondrian était dans un tel état de santé que la nouvelle pouvait très bien l'achever pendant la nuit... Agénor espérait tout de même le voir survivre encore quelques jours. Il fallait laisser du temps aux Loreliens, pour s'habituer à l'idée de leur prochaine reine.

Pour la première fois depuis longtemps, la duchesse ne sentait plus le poids de ses années. Une nouvelle vie commençait pour elle. Une vie de gloire et de puissance. Une vie sans solitude, surtout.

Sa dernière trace d'inquiétude disparut lorsqu'elle poussa la porte d'une des chambres. Sombre y était bien revenu. En tous points, il avait respecté leur plan. Elle le trouvait plus beau, plus admirable que jamais. Elle brûlait d'un réel amour pour celui qu'elle appelait son fils. Même sous sa forme d'ours, elle l'avait trouvé magnifique.

— Tes hommes m'ont frappé de leurs lames, annonça-t-il d'entrée, d'un air boudeur. Je ne pouvais plus les laisser vivre. Dès qu'ils m'ont sorti du palais, je...

— Ce n'est rien, l'interrompit doucement Agénor. Je l'avais prévu. Ils n'étaient pas importants pour moi.

Elle s'approcha et le serra tendrement contre elle, émerveillée, encore, par tout ce qu'il représentait. *Un véritable dieu.* Dans dix siècles, il serait toujours le même beau jeune homme. Et il régnerait encore sur l'empire qu'elle allait lui offrir. Agénor elle-même y gagnait une forme d'immortalité, puisque jamais son souvenir ne s'éteindrait. Sombre serait une trace éternelle du passage de la duchesse dans ce monde...

— Je ferai empailler le vrai ours dès demain, annonça-t-elle en se retirant. Les Loreliens voudront un symbole à haïr ; celui-là est tout trouvé.

— Les choses pourraient aller plus vite encore, commenta l'enfant du Jal. Pourquoi toutes ces complications ?

Agénor lui rendit un sourire attendri. Ils avaient souvent eu cette discussion, mais l'entêtement de Sombre lui paraissait simple humeur d'adolescent.

— Tu ne peux pas commencer ton règne en répandant la terreur chez mes semblables, expliqua-t-elle gentiment. Il faut préparer le monde à t'accueillir avec le respect qui t'est dû. Laisse-moi œuvrer à ton triomphe, mon fils. Le moment viendra bientôt où tu pourras te présenter au grand jour, et faire la preuve de ta puissance. Tous les mortels, alors, s'agenouilleront devant toi sans résister.

*

Malgré les efforts intensifs des héritiers, on n'arrivait pas à réchauffer le pauvre Cael. L'adolescent avait pourtant été frictionné avec du liniment, puis enveloppé dans deux épaisses couvertures, et enfin

Zejabel avait fait glisser le contenu d'une de ses mystérieuses potions entre ses lèvres... mais le garçon restait inerte et glacé, retenu par un seul petit souffle de vie. Dans un état qui était tout, sauf naturel !

Amanón était certainement le plus inquiet pour son cousin. Il se sentait doublement responsable. Tout d'abord, jamais il n'aurait dû accepter d'emmener les plus jeunes membres du groupe sur l'île. Et ensuite... il aurait dû agir différemment avec Usul. Le dieu n'avait pas renvoyé l'interprète sans raison. Peut-être avait-il commis un impair, une forme d'irrespect, dont Cael supportait désormais les conséquences ! Quoi qu'il se soit passé entre l'éternel et le garçon, ça ne pouvait être qu'une terrible expérience. Le pauvre en serait marqué à jamais ; à supposer qu'il se réveille seulement !

Bien entendu, les révélations qu'avaient pu faire Usul n'étaient jamais bien loin des pensées d'Amanón... Il s'interdisait pourtant d'y réfléchir tant que la situation n'aurait pas évolué. L'interprète n'espérait plus qu'une chose : voir son cousin se relever, parler, marcher comme avant. Comme s'ils n'étaient jamais allés sur cette île envahie de serpents cauchemardesques.

La présence des reptiles était d'autant plus fantastique que les héritiers n'en avaient plus rencontré un seul, en regagnant la chaloupe, puis l'*Othenor II*. De quoi adhérer sans réserve à la théorie de Nolan, qui supposait un lien entre le dieu et les monstres... Sans doute avaient-ils disparu à la fin de l'entretien entre Cael et l'éternel. Ou alors, au moment où le garçon se noyait ! En quelque sorte, et selon des règles qui échappaient à la compréhension des mortels, leur travail de gardien était achevé.

Plus de deux décans étaient passés, déjà, depuis que le groupe s'était éloigné de l'île pour jeter l'ancre à trois milles à l'est. Pendant tout ce temps, l'adolescent n'avait même pas eu un battement de paupière... Les autres, en revanche, avaient largement eu l'occasion d'exprimer leur fatigue. Fidèle à ce qui devenait une habitude, Eryne avait envoyé tout le monde au lit pour veiller en personne sur le malheureux. Elle promettait de les réveiller en cas d'alerte, mais Amanón avait également refusé d'abandonner son cousin... Les deux jeunes gens étaient ainsi restés au chevet du garçon, profitant même, pendant de trop brefs instants, de l'occasion pour se tenir la main. L'interprète ne se faisait cependant pas trop d'illusions : la belle lui témoignait de la *compassion*, et non pas sa préférence. Depuis presque une décade, elle prenait bien garde de ne pas favoriser ou encourager l'un ou l'autre de ses soupirants, et Amanón ne l'aurait bousculée pour rien au monde.

Toute la nuit sembla figée dans cette scène de silence et d'attente, de manière presque irréelle. Amanón s'assoupissait parfois sur sa chaise, pour trouver à chacun de ses réveils Eryne penchée sur son cousin, en train de lui caresser le front... Le jeune homme se demandait d'où la damoiselle pouvait tirer pareille énergie, avant d'être frappé par l'évidence : sa condition de déesse lui conférait toujours plus de résistance. À moins, tout simplement, que la nature généreuse de la Lorelienne ne se révèle qu'au chevet de leurs blessés...

C'est au sortir d'un de ces engourdissements qu'Amanón eut l'heureuse surprise de trouver Cael les yeux ouverts. Eryne elle-même avait fermé les paupières, mais maintenait sa paume sur la poitrine du garçon... Avec précaution, l'interprète se redressa et alla se placer dans le champ de vision de l'adolescent immobile. Le malheureux suivit bien le déplacement de son cousin, mais avec un léger temps de retard, à la manière d'un nouveau-né. Il était trop tôt pour en conclure quoi que ce soit, mais Amanón voulait croire à un début de rétablissement !

Dans le dixième décan, celui précédant l'aube, Cael connut ainsi plusieurs légères améliorations de son état. Encouragé par Eryne et Amanón, et entre deux phases de somnolence, le garçon put de nouveau remuer quelques doigts, puis tourner la tête de côté, de même que recouvrer une vue normale... Témoin de ces efforts, l'interprète comprit que son cousin était davantage *vidé* de toute énergie que vraiment transi de froid. Il semblait d'ailleurs se réchauffer peu à peu, à mesure que son corps s'emplissait de nouvelles forces. Bientôt, les derniers doutes furent chassés du cœur des héritiers : l'adolescent serait bientôt sur pied !

L'étape suivante, pour Cael, fut d'essayer de prononcer quelques mots. Eryne et Amanón lui conseillèrent d'attendre encore, de se ménager, mais l'insistance du garçon les laissait perplexes... Avec des grimaces qui n'avaient rien de drôle, il ouvrait la bouche sur des sons silencieux, se pâmant parfois dans cette position que l'on imaginait douloureuse. Il recommençait pourtant dès son réveil, sans réussir à produire mieux qu'un filet de voix éraillée.

Aux premières lueurs du jour, Amanón prit la décision de réveiller ses compagnons pour leur faire part de la nouvelle. Ils devaient également songer à fuir le Beau-Pays au plus vite, pour éviter toute altercation avec les Guoris et leurs mercenaires. Chacun des héritiers vint donc saluer le miraculé, avant de rester pantois devant les syllabes incompréhensibles que marmonnait le garçon... Son obstination attisait inquiétudes et curiosités. Quel secret voulait-il ainsi partager ? Ou pire ; quelle terrible douleur dans sa chair voulait-il signaler à ses amis ? Après un nouvel échec d'articulation, Cael exprima son agacement par quelques mouvements de tête répétés. Il se tint alors calme et silencieux pendant un moment qui s'étira en longueur... Chacun comprit que l'adolescent économisait ses forces pour délivrer son message plus tard. Il ne restait qu'à attendre !

Pour tromper son impatience, Amanón releva l'ancre avec l'aide de Bowbaq, puis tous deux lancèrent la felouque vers le soleil levant. Ils n'avaient pas encore décidé de leur prochaine destination, mais celle-ci ne serait probablement ni le royaume de Romine, dont les provinces étaient en pleine guerre civile, ni le lointain sultanat de Jezeba... Ils ne perdaient donc rien à mettre le cap sur la mer Médiane. L'interprète passa les deux décimes suivants à louvoyer entre les îlots du Beau-Pays, toutes ses pensées concentrées sur son pauvre cousin paralysé par la faiblesse. Et il abandonna voiles et gouvernail dès que Niss vint le prévenir d'une nouvelle agitation de Cael !

Amanón et la petite Arque arrivèrent juste à temps pour recueillir, avec leurs compagnons, les premiers mots intelligibles du garçon. Ils naissaient d'un faible filet de voix, à peine un souffle, mais tous reconnurent distinctement le début de phrase : « Le nom de l'Adversaire... »

Les instants suivants furent d'une rare intensité. Les héritiers étaient suspendus aux lèvres de l'adolescent, qui échoua un moment encore à émettre autre chose que des hoquets et des râles de frustration. Il lui fallut quelques décilles de plus, pour rassembler de nouvelles forces et lancer une poignée de syllabes complémentaires...

— Le nom de l'Adversaire... Usul me l'a dit... Mais je ne m'en souviens *pas*, conclut-il dans un sanglot.

Cael n'avait pas assez d'énergie pour pleurer longtemps, et il finit par plonger de nouveau dans cet étrange état de léthargie. Au milieu de ses compagnons graves et silencieux, Amanón se sentait soudain comme vieilli de quinze, ou même vingt ans. Brisé, usé par la fatalité.

Leur quête semblait devoir ne jamais connaître de fin. La seule chance des héritiers était d'avoir, jusqu'alors, survécu à toutes ces épreuves... pour le reste, ils étaient définitivement maudits.

*

L'adolescent passa bientôt d'un état de faiblesse à celui d'une « simple » fatigue, et finit par plonger dans un véritable et profond sommeil. Eryne se décida, alors seulement, à quitter le chevet du malheureux pour se dégourdir un peu les jambes. Sur une aussi petite surface que celle de la felouque, ses pas devaient inévitablement l'amener sur le pont, où la plupart de ses compagnons cherchaient à étouffer leur frustration... Peine perdue. Leur déception au sujet de l'Adversaire était telle que rien ne semblait pouvoir l'atténuer.

Seul Bowbaq gardait encore le sourire. Le grand-père était déjà bien soulagé de pouvoir quitter le Beau-Pays et les monstres qui gardaient son Île sacrée ! Il fut le premier à manifester sa faim, également, et Eryne, puis les autres, allaient bientôt succomber aux attraits d'un petit déjeuner revigorant. La damoiselle devait avouer ensuite se sentir de meilleur moral. Preuve qu'elle était encore bien humaine, faite de chair et de sang ! À moins que son regain d'appétit ne soit justement lié à son évolution de déesse, ce qui aurait été bien surprenant.

Enfin, après une matinée d'incertitude, d'attente et d'anxiété, Cael se réveilla pour de bon, dans un état presque normal. Tous se réunirent une nouvelle fois autour de l'adolescent, pour entendre le récit complet de sa rencontre avec Usul... Eryne trembla devant sa description des ténèbres glacées qui formaient l'univers du dieu omniscient. Amanón avait été beaucoup plus modéré dans sa narration, pour ménager les craintes de ses compagnons, à n'en pas douter.

Le garçon relata ensuite ses premiers échanges avec l'éternel, les étranges règles qui dirigeaient la conversation, et le refus d'Usul d'intervenir dans le conflit qui opposait ses semblables... Une nouvelle fois, la déception frappa la damoiselle. Ils avaient tellement espéré obtenir l'aide d'Eurydis ! Mais comment faire, sans moyen de se faire entendre de la déesse bienveillante ?

Enfin, Cael répéta la réponse qu'avait faite l'éternel au sujet de leurs parents. Et cela était *au moins* aussi surprenant que le reste !

— Au Jal ? répéta Eryne, abasourdie. Mais comment ? Pourquoi ?

— Usul l'ignore, expliqua le garçon encore affaibli. Il prétend... que l'endroit... n'existe pas vraiment.

Tous se tournèrent vers Bowbaq, seul membre du groupe à y avoir séjourné un moment. Mais le grand-père n'avait aucun éclaircissement à apporter ; ce qu'il indiqua d'un haussement d'épaules, désolé.

— Comment pourraient-ils être là-bas ? remarqua Ke'b'ree. Je croyais qu'il fallait passer par une de ces fichues portes, pour s'y promener ?

— Je ne sais pas, s'excusa Cael. Mais Usul était... catégorique. Il ne pouvait rien dire sur... leur état de santé, mais... leur présence au Jal était... une certitude, pour lui.

— Ils ont pu être enlevés d'abord, et menés à une porte ensuite, réfléchit Amanón.

— À moins que l'étrange petit soleil vu par Niss ne soit également une forme de porte, intervint Nolan. Après tout, nous savons très peu de choses sur le pouvoir de ces arches. Les Etheques ont peut-être développé d'autres formes de magie, leur permettant de passer au Jal depuis n'importe quel endroit...

— T'as beau être chauve, c'est tiré par les cheveux, railla Keb.

— Pas tant que ça. Il paraît évident que nos parents n'ont pas été capturés par de « simples » mortels, comme nos ennemis de la Jurande. Ils ont vraiment disparu sans laisser de trace, peut-être juste le temps de claquer des doigts. À partir de là et de ce que nous connaissons des éternels, j'estime qu'on peut tout imaginer.

Un court silence suivit cette réflexion, jusqu'à ce qu'Amanón ne pousse un profond soupir, s'attirant ainsi l'attention générale.

— D'où l'intérêt de se renseigner sur les Etheques... lâcha enfin l'interprète.

— Tu veux dire, chez Zuïa ? acquiesça le novice.

Eryne n'avait pas besoin d'attendre l'acquiescement du jeune homme. Elle avait très bien saisi le sous-entendu, elle aussi ! Ces derniers jours, Amanón s'était assez étendu sur les espoirs qu'il plaçait dans la bibliothèque du Lus'an... Jusqu'alors, personne ne s'était montré intéressé par une telle expédition, mais voilà que Nolan commençait à céder !

— Ça semble une folie ! commenta la damoiselle. Ce sera pire encore que l'île d'Usul ! Vous vous imaginez, débarquer dans le repaire même des Züu ?

Elle se tourna aussitôt vers Zejabel, avec un geste d'excuse pour cette parole qui pouvait être blessante... Mais l'ancienne Kahati ne le vit pas, son regard étant perdu dans le plancher de l'entrepont.

— Nous n'avons pas vraiment d'autre choix, expliqua Amanón. Nous ignorons si nos parents sont à Dara, ou à Karu. Nous ne savons même pas s'ils sont encore en vie ! La meilleure façon de les aider est sûrement de les rejoindre, mais comment ? Reexyyl ne nous ouvrira plus jamais la porte de Ji ; et celle de Sole est à plusieurs décades de voyage. D'ici là, trop de choses peuvent arriver.

— Heu, et la Guivre qui la garde ne laissera sûrement plus passer personne non plus, intervint Bowbaq. Nous avons eu beaucoup de chance, la dernière fois.

— Nous ne connaissons aucune autre porte, reprit l'interprète, alors que nous savons qu'il en existe. Les textes des Etheques peuvent nous apprendre leurs emplacements exacts, et même la manière dont elles fonctionnent... Avec de la chance, il s'y trouvera aussi un moyen de lutter efficacement contre Sombre. Ça vaut la peine d'être tenté.

— C'est déjà ce que tu disais pour venir ici, rappela Keb. Mais on n'a pas appris grand-chose !

— Je n'avais... pas fini mon récit, rappela Cael.

Eryne se tourna vers le garçon alité avec un fort sentiment de honte. Le nouveau projet d'Amanón les avait tellement bouleversés qu'ils en avaient presque oublié l'adolescent ! Ce dernier ne pouvait qu'attendre une interruption des débats pour se rappeler à ses compagnons.

— Usul m'a confié... deux autres prédictions, expliqua-t-il avec un regain de vigueur. La première, c'est que... l'Adversaire est bien *l'un d'entre nous*.

— Mais tu disais que tu ne t'en souvenais pas ? s'étonna Niss.

— Je comm... commençais à me noyer quand il a dit son nom, se justifia Cael. Enfin, je crois qu'il... l'a dit. L'air me manquait, et sa réponse semblait... compliquée. Mais... c'est l'un d'entre nous. C'est sûr.

Eryne se sentit alors comme prisonnière des mâchoires du destin. Elle ne doutait pas un instant de la parole du garçon. Ainsi, quoi qu'il arrive désormais, la jeune femme savait que leur quête ne pourrait s'achever que d'une seule façon. Et personne ne porterait ce fardeau à leur place... L'affrontement avec Sombre aurait bien lieu ; et la damoiselle avait de grandes chances de se trouver en première ligne.

— Nous avons eu tout le temps de nous préparer à cette idée, commenta bientôt Nolan. Je considère, moi, que c'est une bonne nouvelle. Si l'Adversaire n'avait pas fait partie de ce groupe, nous étions condamnés. Et nos parents également.

— Dommage qu'on ne sache pas qui *il* est au juste, râla Keb. Ou *elle*, précisa-t-il.

— Et l'autre prédiction ? s'inquiéta Amanón.

Le garçon prit un instant pour répondre, fixant d'abord le visage de chacun de ses compagnons d'un air grave.

— Usul affirme que... l'un de nous trahira le groupe, révéla-t-il enfin.

L'annonce était aussi choquante que la première ! Eryne ne pouvait croire à pareille tragédie, et pourtant, les faces les plus méfiantes de sa personnalité lui montrèrent aussitôt Ke'b'ree rejoignant sa mère, Zejabel s'agenouillant devant Zuïa, et même Nolan dans son ancienne secte des K'luriens... La jeune femme chassa toutes ces pensées avec honte et horreur, mais de telles prophéties devaient fatalement laisser des traces de doute dans les esprits. Il suffisait de voir les regards soudain fuyants de chacun pour en être convaincu !

— Les prédictions d'Usul sont soumises à conditions, rappela Amanón d'un air pensif. Le simple fait d'imaginer la présence d'un traître parmi nous peut justement empêcher toute déloyauté.

— Ou la précipiter, au contraire... rappela Nolan.

— C'est sûrement Manó, lança Keb avec un sourire doux-amer. C'est pour ça qu'Usul ne voulait pas lui parler.

Eryne trouvait l'accusation parfaitement injuste, même sous forme de plaisanterie, mais le silence de l'interprète lui laissa une impression étrange. Amanón avait-il vraiment dit toute la vérité sur son entretien avec le dieu ? Et à peine la jeune femme avait-elle eu cette pensée qu'elle se la reprochait avec la dernière violence ! Comment osait-elle seulement douter de son amant et sauveteur, ou de son propre frère, ou de n'importe quelle personne à bord de la felouque ? Usul n'avait réussi qu'à semer le trouble dans leurs esprits ! L'éternel devait bien s'amuser, à contempler dans l'avenir les conséquences de ses soi-disant révélations...

La prédiction avait plongé l'assemblée dans un embarras général. Plus personne n'osait prendre la parole ; que pouvait-on dire, à part se jurer fidélité les uns les autres ? Ils avaient surmonté tant d'épreuves, déjà, que cette loyauté semblait aller de soi... Et pourtant, Usul n'avait pas *imaginé* cette prophétie. C'était une véritable vision de l'avenir, qui se réaliserait, si elle n'était pas altérée d'une manière ou d'une autre.

— Tant que nous serons ensemble, cette histoire de traître ne restera qu'un mensonge, avança Nolan. Il nous suffit de poursuivre comme nous le faisons depuis le début, c'est-à-dire ne pas nous séparer.

— Mais c'est impossible, soupira Amanón. Ce serait une folie de chercher à pénétrer tous ensemble dans le palais de Zuïa, par exemple.

— Jusque-là, ça nous a plutôt réussi... remarqua Keb.

— Je ne peux pas prendre cette responsabilité, s'entêta l'interprète. Mon projet était d'y aller seul, avec peut-être Nolan et toi si vous voulez m'accompagner, et évidemment Zejabel, conclut-il en se tournant vers la Züe. Car sans ta connaissance des lieux, il est certain que nous n'avons aucune chance. Mieux vaut abandonner l'idée tout de suite.

La remarque était bien sûr une forme de question, dont chacun attendit la réponse avec impatience. Depuis le début des débats, l'ancienne Kahati s'était montrée songeuse, visiblement partagée entre deux choix antagonistes. Mais quand elle redressa la tête, Eryne comprit que sa décision était prise.

— Puisqu'il n'y a pas d'autre solution, je vous mènerai jusqu'au Lus'an, annonça-t-elle avec gravité. Mais je pense que nous séparer serait une erreur. Si jamais Zuïa nous surprend, seul l'Adversaire serait capable de lui résister, et peut-être de sauver les autres. Et pour l'instant, nous ne savons pas lequel d'entre vous jouera ce rôle. Personne ne doit rester de côté.

Elle lança tout de même un regard soutenu à Eryne, qui en frémit d'appréhension. Sombre était effrayant de réputation, bien sûr, mais la damoiselle n'avait jusque-là fait qu'imaginer le démon. Tandis qu'elle avait déjà eu le désagréable privilège de rencontrer Celle-qui-Juge... et l'idée de la revoir, peut-être même de l'affronter, allait torturer l'esprit de la jeune femme pendant les jours à venir.

*

Amanón ne donna pas son opinion sur les réflexions de Zejabel ; pas plus que Bowbaq, le plus réticent à l'aventure, mais le cap de *l'Othenor II* fut bien maintenu en direction de la mer Médiane. Le silence de l'un et l'autre avait valeur d'acceptation... Chacun comprenait que le projet était le plus risqué qu'ils aient tenté jusqu'alors, et notamment Nolan. Il lui suffisait de croiser le regard préoccupé de Zejabel pour s'en assurer ! Le courage de la Züe n'était plus à prouver depuis longtemps, et pourtant, pour la première fois, le novice la sentait sujette à des angoisses.

Au cours de cette première journée de navigation, il passa beaucoup de temps à essayer de rassurer la jeune femme. Mais il consacra plus de décans encore à des lectures croisées du *Livre de la Sage* et du journal de Corenn... Il commençait à connaître ces cahiers par cœur, mais sa curiosité à propos du Jal l'amenait de plus en plus à s'interroger sur l'un ou l'autre point obscur, qu'il essayait d'éclaircir avec les souvenirs de Bowbaq. Malheureusement, le géant n'était pas d'une grande aide lorsque la discussion partait sur des concepts trop abstraits. Et le novice brûlait alors d'avoir enfin une traduction de ces fameux écrits etheques !

Au soir venu, alors que la pointe de Manive était déjà loin dans le sillage de la felouque, et que les héritiers finissaient leur repas, Nolan se sentit prêt à partager le fruit de ses réflexions. Il eut toute l'attention désirée, à peine prononcé le mot « Adversaire... » Comme si les membres du groupe n'attendaient qu'une occasion de ce genre pour en débattre vraiment.

— Nous savons désormais qu'il est assis autour de cette table, rappela le novice. Et ça ne peut pas être Bowbaq, puisque les Ondines ont exclu nos parents de leur prédiction.

— Plus que sept possibilités, alors, résuma Niss d'un air candide.

— Je n'ai rien à voir avec cette prophétie, réfuta le Wallatte. Je l'ai déjà dit, d'ailleurs, mais aucun de vous ne semble vouloir l'entendre !

— Faux, commenta Nolan. Pardonne-moi d'évoquer ce souvenir, Kebree, mais tu restes le fils de Saat. Et Saat était présent parmi les sages émissaires, quand les Ondines ont parlé : *« De toute l'éternité, seul un mortel aura une chance de vaincre Sombre. Celui-ci sera issu de vos lignées et portera le nom de l'Adversaire. De sa victoire dépendra l'avènement de l'Harmonie. »*

Les trois phrases restèrent comme suspendues dans l'air. Tant de souffrance en avait découlé !

— Ça n'a pas de valeur, s'entêta le barbare. Ces démons ont ressorti la même chanson à Bowbaq et à vos parents, il y a plus de vingt ans. Et mon... *père*, comme tu dis, n'était pas avec eux.

— Certes, mais cela n'enlève rien au poids de la première prophétie, expliqua Nolan. Les Ondines se sont contentées de la répéter à quelques-unes des personnes qui y étaient impliquées, voilà tout. Si Che'b'ree ou Saat avaient été aux côtés de Bowbaq, leurs mots n'auraient sûrement pas été différents.

Keb se tortilla un instant sur son banc, visiblement déjà à bout d'arguments.

— Soyons clairs, demanda-t-il avec sérieux. Ça ne me déplairait pas de planter ma lowa dans la figure du monstre qui harcèle ma mère, et même de lui arracher les tripes, si ça peut vous rendre service. Mais je me fiche totalement de ces histoires d'Harmonie et autres inventions de Maz... Sérieusement, vous me voyez en chevalier servant d'Eurydis ?

Le novice fut bien obligé de hocher négativement la tête, mais il nota surtout que le Wallatte n'avait pas perdu de vue le côté sacré de la responsabilité de l'Adversaire. L'Harmonie, ou l'Âge d'Ys comme on le désignait dans le culte de la Sage, devait voir son avènement suivre la défaite de Sombre. La nouvelle ère promise pouvait présenter plusieurs visages, dont le nombre et le profil n'étaient limités qu'à la seule imagination ! Jusqu'alors, les héritiers s'étaient abstenus d'évoquer cet autre aspect de leur quête, mais la situation était tout autre depuis que plusieurs certitudes étaient établies.

— Nulle part, il n'est dit que l'Adversaire doit avoir la foi, précisa Nolan. Nous restons donc avec six possibilités. Seule Zejabel n'est pas issue des lignées des émissaires, en définitive.

— Mais elle fut l'élève d'une déesse, précisa Amanón. Ce n'est pas à négliger.

— Exact. C'est l'autre point que je voulais vous soumettre... Dans le *Livre de la Sage*, et dans mes souvenirs de tous les contes religieux que je connais, il est parfois fait mention d'affrontements entre des humains et des créatures extraordinaires. Nous pouvons supposer qu'elles étaient issues du Jal... Ce qui m'a frappé, c'est que toutes celles qui sont vaincues ne sont pas décrites comme des dieux ou des démons. Simplement comme des « monstres ».

— Je ne comprends pas, avoua Bowbaq.

— Moi non plus, renchérit Cael.

— Eh bien... Ça confirmerait l'une des choses que nous a dites Zuïa. Sur l'immortalité. Toutes ces créatures abattues dans les légendes, auxquelles j'ajouterais notre Lémure de Goran, ne sont pas de *véritables* divinités. Des hommes normaux peuvent les tuer. En revanche, seul un éternel peut briser l'existence d'un autre, comme Sombre l'a fait avec Aliandra.

Ses conclusions eurent évidemment beaucoup d'effet sur ses compagnons. Comme il fallait s'y attendre, beaucoup jetèrent des regards en coin à Eryne.

— Les dieux ne peuvent s'estropier qu'entre eux, résuma Ke'b'ree. L'Adversaire est donc un immortel, ce qui enlève mon nom de la liste. Je l'avais bien dit !

— Pas forcément, tempéra le novice. Les Ondines ont seulement annoncé que l'Adversaire aurait une chance de *vaincre* Sombre. Pas de le tuer, ni même de le blesser. Ça peut toujours être n'importe lequel de nous six.

— En revanche, seul un dieu pourrait lui porter le coup fatal, poursuivit Amanón. *Si nécessaire*, ajouta-t-il devant la mine décomposée d'Eryne.

— Oui... Et il est possible que Zejabel possède également ce pouvoir, enchaîna Nolan. En tant que Kahati, tu disposes d'un statut particulier, entre le monde des mortels et celui des puissants.

— C'était vrai *avant*, réfuta la jeune femme, avec un mépris évident pour son passé. Je ne suis *plus* la Kahati.

— Mais tu as causé de sérieux dommages au Léviathan, rappela le novice.

— Ce n'était pas un véritable dieu. Tu l'as expliqué toi-même.

— Peut-être, reconnut le jeune homme. Mais peut-être pas. Nous ne savons presque rien de Reexyyl, je dois l'admettre...

— Et si l'occasion était déjà manquée ? lança soudain Niss, depuis le bout de la table.

Nolan tourna vers elle un regard interrogatif, à l'instar de ses compagnons.

— C'est vrai, après tout... poursuivit la jeune fille. Les Ondines ont déclaré que l'Adversaire aurait *une* chance de vaincre Sombre. Mais ce moment est peut-être déjà passé ? Si le démon était trop fort, maintenant, pour être encore battu ?

Le novice ne sut quoi lui répondre, pétrifié par cette éventualité à laquelle il n'avait même pas songé. Toutes ses belles réflexions lui semblèrent soudain bien peu de choses. Combien de ses autres suppositions étaient également erronées ou incomplètes ? Il faudrait le vérifier, et vite. Peut-être avec les grimoires etheques ; ils devaient l'espérer, en tout cas. Car de la préparation de l'Adversaire à son combat dépendait l'avenir du monde connu !

*

Après s'être reposé pratiquement toute la journée, Cael réussit encore à trouver le sommeil, et même à ne pas rouvrir l'œil de la nuit. À la deuxième aube suivant sa rencontre avec Usul, il se sentait enfin redevenu lui-même. Mais il savait revenir de loin... Quand ses compagnons l'avaient sorti de l'eau glacée, il était proche du dernier stade de la noyade. Et surtout, il n'oubliait pas que sa Voix avait brûlé presque toute son énergie !

L'adolescent s'était toujours senti un peu affaibli, après chacune de ses crises, mais cette fois la trace que Sombre avait laissée dans son esprit avait failli le tuer. Lorsqu'il s'était réveillé devant Amanón et Eryne, Cael avait eu l'impression de ne plus être qu'une enveloppe vide... Ce n'était même pas douloureux, puisqu'il n'avait plus aucune perception de son corps ! Réfléchir, ou simplement garder les yeux ouverts lui était alors extrêmement difficile, le garçon restant pendant un long moment pris de vertiges qui semblaient vouloir l'aspirer vers le néant.

Quand, enfin, il avait recouvré un état à peu près normal, il s'était vu incapable d'avouer ce nouvel épisode de possession démoniaque à ses compagnons. À quoi bon les inquiéter, les effrayer davantage ? Depuis, il s'en tenait donc à la version d'une perte de conscience due à la noyade, et qui lui avait fait manquer le nom de l'Adversaire... provoquant ainsi la déception générale.

Pourtant, Cael gardait espoir de retrouver cette information capitale. Une partie de lui avait entendu la réponse d'Usul ; il suffisait de l'obliger à se manifester ! Le garçon furieux et violent qu'il devenait sous l'influence de la Voix n'avait pas oublié, *lui*, chacun des instants passés en compagnie du dieu. L'adolescent était presque certain de pouvoir récupérer ces souvenirs, en laissant une nouvelle fois l'esprit du démon commander ses actes... comme il l'avait fait sur les toits de Goran, en acceptant l'intrusion de la Voix dans sa personnalité, plutôt que de la combattre.

Pour autant, Cael n'était pas inconscient des dangers d'une telle expérience. Usul avait prédit que le garçon finirait par se soumettre définitivement à sa Voix intérieure, et ces prises de risque pouvaient donner raison au dieu, ou même accélérer les choses ! Mais l'adolescent jugeait ne plus rien avoir à perdre. Et après tout, il pouvait espérer modifier la prophétie en faisant *justement* le contraire de ce que conseillait la prudence... Donc, autant essayer de réveiller le démon qui le hantait pour lui arracher le nom de l'Adversaire.

Le garçon ne pensait qu'à cela, en se levant ce matin-là. Il quitta la soute transformée en dortoir sur la pointe des pieds, puis salua Bowbaq dans la cambuse, avant de monter prendre un bol d'air frais... La journée s'annonçait magnifique. Et même placée sous le signe de la chance, puisque Niss était également debout, en train de contempler les lointaines côtes des Bas-Royaumes ! Depuis la veille, Cael projetait de lui parler seul à seul, et il ne laissa pas passer cette occasion. D'autant que la jeune fille l'accueillit avec un sourire des plus charmants.

— J'ai rêvé de ces affreux serpents toute la nuit, avoua-t-elle après les salutations d'usage. Tu as de la chance de les avoir manqués !

Le garçon acquiesça poliment, mais l'évocation des monstres décrits par ses compagnons venait soudain de lui rappeler une image... Une brève vision d'Usul, quand les ténèbres de sa caverne s'étaient éclaircies... Le temps que Cael fouille sa mémoire, le souvenir était déjà dissipé. Pour ça aussi, il devrait ranimer et interroger sa Voix !

— Tu es toujours prête à m'aider ? demanda-t-il.

Niss perdit aussitôt son air candide pour adopter une expression beaucoup plus grave.

— Que veux-tu que je fasse ?

— Pour commencer, reparle-moi de ton souvenir, dans le port de Lorelia... Quand tu m'avais vu avec une sorte de... jumeau.

La jeune fille réfléchit un instant, cherchant probablement ses mots. Cael savait qu'elle rechignait à évoquer cette période où elle était plongée dans le Rêve, mais il avait un besoin crucial de ses impressions... Niss était la seule à avoir approché sa Voix d'aussi près !

— Eh bien... Tu sais maintenant comment fonctionne le pouvoir des erjaks, annonça-t-elle. Nous pouvons parler avec un animal, en pensée, simplement en effleurant son esprit... Mais pour cela, nous devons nous *représenter* cet esprit. Grand-père imagine une sorte de brouillard, avec des humeurs flottantes... Moi, j'ai toujours vu les bêtes comme elles sont vraiment. C'est parce que mon pouvoir s'est révélé très tôt, expliqua-t-elle. À quatre ans, je ne pouvais pas penser à un renard, par exemple, en oubliant sa fourrure, sa couleur ou sa longue queue, ce que les maîtres erjaks conseillent pourtant de faire. Bref : pour moi, les esprits ont l'apparence de leurs propriétaires.

— Tu as donc bien vu *deux* esprits en moi, conclut Cael en réfléchissant.

— Oui... Voilà pourquoi je sais que tu n'es pas fou. L'une des deux personnalités prend parfois le dessus sur l'autre, modifiant ton caractère, mais ce n'est pas comme si tu perdais la tête pour de bon.

— Tu avais déjà rencontré ça auparavant ? Deux esprits dans un même corps ?

— Jamais, révéla Niss d'un air désolé. C'est sûrement pour ça que je me suis précipitée vers toi, dans le bateau... J'ai parfois des souvenirs du Rêve, et... Il me semble que pendant cette période, je voyais en permanence les esprits de tout le monde. Même sans me concentrer.

L'adolescent hocha la tête, déçu, mais la jeune fille n'en avait pas fini avec ses explications.

— Tu es le premier que je rencontre, *mais* je sais qu'il y a eu d'autres cas, précisa-t-elle. Ça peut arriver, par exemple, quand le cœur d'un erjak cesse de battre, alors que son esprit a pris le contrôle d'un autre corps... disons un ours. Dans ce cas, l'esprit de l'ours est toujours présent, mais c'est l'erjak qui domine et dirige ses actes pour le reste de sa vie. Enfin, le plus souvent.

— Ça n'est pas ce qui m'est arrivé, réfléchit Cael. Sombre n'est plus du tout en moi ; on sait qu'il a rencontré Che'b'ree récemment, par exemple. Il ne me reste qu'une sorte de... trace de son passage.

— C'est possible, reconnut Niss. Lorsqu'un contact est vraiment trop fort, ou violent, un animal peut garder le souvenir d'un erjak et en être perturbé pendant des années. C'est ce qui s'est passé avec le cheval de l'autre jour... Par contre, ça ne suffit pas à créer un *deuxième* esprit dans un corps. Personne n'est capable d'une chose pareille !

— Il faut croire que si, soupira le garçon.

Ils s'interrompirent un instant, saluant Amanón qui faisait sa propre inspection matinale. Cael attendit qu'il s'éloigne pour reprendre.

— Sombre a visité mon esprit dès le jour de ma naissance... C'est peut-être une idée absurde, mais cet *autre* moi a pu être créé à ce moment-là ?

Niss accueillit la théorie avec une moue dubitative.

— Je n'arrive pas à imaginer comment il aurait fait, avoua-t-elle. Mais bon, c'est un démon, après tout... et c'est vrai que tu te retrouves avec deux esprits qui t'appartiennent pour de bon.

— Un, seulement. L'autre n'est qu'un parasite !

— Heu... ce n'est pas tout à fait vrai. Celui que tu appelles la Voix pense sûrement la même chose de toi, d'ailleurs. Quand tu l'entends, quand il t'envoie des images, c'est qu'il essaie de reprendre le contrôle de ton corps... et le plus fort l'emporte. Comme tu es la plupart du temps le Cael que je connais, tu as une sorte d'avantage de l'ancienneté. Mais ça pourrait être le contraire, comme l'erjak qui s'installe à jamais dans le corps de l'ours...

— *L'autre* prend le dessus chaque fois que je me retrouve dans une sale situation, enchaîna le garçon. Et... ça arrive de plus en plus souvent.

Niss lui rendit un regard embarrassé, comprenant très bien le sous-entendu pessimiste.

— Selon toi, il y a un moyen de s'en débarrasser définitivement ? poursuivit l'adolescent. Il n'y aurait pas un truc d'erjak pour... *tuer* un esprit ?

— Tu peux seulement espérer le lasser, démentit la jeune fille à regret. À force, il sera comme étouffé, ou endormi... C'est d'ailleurs comme ça qu'il doit être la plupart du temps.

— Et c'est ce qui m'attend, s'il finit par gagner et s'installer pour de bon, conclut le garçon. Belle perspective, en vérité !

— Même dans le pire des cas, ce serait toujours *toi*, le consola Niss. Ton autre esprit porte *aussi* le nom de Cael. Il a seulement un caractère différent...

— Comme, par exemple, des pulsions meurtrières, soupira l'adolescent découragé. Je sais de quoi il est capable ; quand il arrive avec ses images de haine, je...

Il s'interrompit soudain, le temps d'une courte réflexion. Effectivement... il y avait un moment, au début de chaque crise, où leurs deux esprits échangeaient des impressions !

— Est-il possible que la Voix et moi finissions par nous *mélanger* ? demanda-t-il avec angoisse. Comme si nous n'avions plus qu'un esprit commun ?

— Je ne crois pas, répondit Niss. Chacun est bien distinct de l'autre. Il ne peut y avoir qu'un dominant et un dominé...

— À Goran, j'avais pourtant l'impression de partager quelque chose avec *l'autre*, expliqua Cael. Plutôt que de résister à son arrivée, je l'avais laissé entrer en douceur... Pendant un moment, je crois bien avoir été les deux en même temps.

— Ça ne pouvait être que temporaire, insista la jeune fille. En baissant ta garde, tu n'as fait qu'aider l'autre à prendre le contrôle. Vous serez toujours deux... *entités*, différentes.

Cael se raidit un instant : il était plus qu'étrange de se voir ainsi considérer au pluriel ! Par ailleurs, cet entretien avec Niss confirmait un certain nombre de ses suppositions. Pour obtenir enfin le nom de l'Adversaire, il lui faudrait bien, une fois encore, laisser la Voix le dominer un moment... en espérant pouvoir ensuite revenir en arrière ! Mais il restait une autre piste à explorer.

— Si tu devais utiliser ton pouvoir sur moi, demanda-t-il, pourrais-tu différencier mon esprit de celui créé par Sombre ?

La jeune fille ouvrit de grands yeux effrayés, puis s'efforça de réfléchir consciencieusement à la question.

— Je n'en ai aucune idée, avoua-t-elle enfin. Le souvenir que j'ai de la première fois est assez vague. C'était comme si tu avais un jumeau, mais... Peut-être qu'avec un peu plus de concentration... C'est trop difficile de répondre, sans avoir essayé.

— Et... justement, tu accepterais d'essayer ?

Niss ne s'attendait sûrement pas à ça ! Sa surprise était à la hauteur de la fébrilité de Cael... Le garçon s'en voulait de mettre ainsi la jeune fille dans l'embarras, mais il lui fallait aller jusqu'au bout.

— Les erjaks ne doivent pas utiliser leurs pouvoirs sur les humains, rappela-t-elle avec un étrange air coupable. En plus, tu as un gwelom sur toi. Ça ne marchera pas.

— Ça a pourtant marché à Lorelia, rappela l'adolescent. Tu as vu nos deux esprits, comme si je ne portais pas de pendentif ! Il y a quelque chose d'étrange là-dessous, et je voudrais comprendre quoi...

Niss ne répondit pas, jetant des coups d'œil nerveux vers l'escalier de l'entrepont, d'où Bowbaq pouvait sortir d'un instant à l'autre.

— S'il te plaît, insista Cael. Puisque tu penses que ça va échouer... Tu ne fais rien de mal à essayer.

Il allait dire autre chose, mais préféra se taire quand la jeune fille posa soudain sur lui un regard d'une rare intensité. Aussitôt, il comprit qu'elle avait accepté la demande, qu'elle était *à l'instant même* en train d'essayer de toucher son esprit... Sa tension grimpa à une vitesse fulgurante, mais Niss baissa bientôt le front en secouant négativement la tête.

— Rien, annonça-t-elle. C'est comme s'il n'y avait personne devant moi.

— Comment est-ce possible ? s'étonna le garçon. À Lorelia...

— J'étais dans le Rêve, l'interrompit Niss. Je ne sais même pas où se baladait mon propre esprit, à l'époque. On ne pourra sûrement jamais expliquer tout ça.

L'adolescent se rendit à ces arguments, profondément déçu. Si seulement Niss avait réussi à effleurer la Voix, ils auraient obtenu le nom de l'Adversaire... Il faudrait donc en passer par l'autre méthode. Celle où le garçon abandonnerait son corps à un esprit étranger. Ce qui restait moins risqué, sûrement, que se priver du pouvoir protecteur du gwelom pour retenter l'expérience !

*

Après l'effervescence et les inquiétudes de la veille, quant à l'état de santé de Cael, les révélations d'Usul, et leurs discussions sur l'Adversaire, les héritiers connurent une journée particulièrement calme. Ce fut pour eux le moment de prendre vraiment leurs quartiers sur la felouque, et de trouver une place où ranger tout l'équipement ramené du *Rubicant* et des roulottes.

Pour sa part, Zejabel n'avait besoin que de très peu de choses, mais elle offrit toute son aide à Eryne pour rendre leur nouveau bateau le plus confortable et ordonné possible. Les deux jeunes femmes échangèrent même quelques rires avec la petite Niss, provoquant chez la Züe des élans de joie et d'amitié dont elle ne soupçonnait pas l'existence, dans son ancienne vie de Kahati... Malheureusement, cela renforçait également ses craintes.

L'*Othenor II* se trouvait encore à plusieurs jours de navigation de l'île de Zuïa, et pourtant, Zejabel songeait aux épreuves qui les attendaient comme si elles étaient pour le décan suivant. Et à ses appréhensions s'ajoutait un inexplicable mauvais pressentiment... Le petit groupe qu'elle accompagnait allait au-devant d'un drame ; elle ne pouvait s'ôter cette idée de la tête !

Son désir d'emmener tout le monde au cœur du danger pouvait paraître étrange, pour le coup. Mais la Züe s'attendait à une tragédie *pire* encore, en cas de séparation... Les huit personnes à bord devraient débarquer *ensemble* sur sa terre natale ; et la jeune femme espérait seulement qu'autant pourraient en revenir. Surtout que, à chaque jour qui passait, elle tissait de nouveaux liens d'amitié avec les héritiers. L'idée qu'il puisse arriver malheur à l'un ou l'autre lui donnait la nausée !

Une fois au Lus'an, elle serait leur seul guide, leur unique repère. C'était une responsabilité d'un tel poids que Zejabel ne pouvait que s'en sentir écrasée...

D'autant que Zuïa lui inspirait une terrible peur.

Celle-qui-Juge avait toujours été liée à l'existence de la jeune femme. Comme toutes les filles qu'elle avait vaincues ensuite, Zejabel avait été enlevée à sa famille dès l'âge de deux ans pour suivre l'entraînement secret des Kahatis. Pendant son enfance et jusqu'à l'âge adulte, il n'était pas passé une journée sans que les Judicateurs ne l'enivrent du culte de la fausse déesse... Servir Zuïa, lui offrir son corps le moment venu, était devenu la seule raison de vivre de la jeune femme. Jusqu'au jour où elle avait découvert la bassesse et la lâcheté de l'éternelle, et pire : son hypocrisie ! Car les grands idéaux rabâchés par les prêtres étaient bien loin des préoccupations du démon qu'elle était en réalité.

Zejabel se jurait de tout tenter pour éviter une nouvelle rencontre avec la fille de Karu, mais... Si le destin en décidait autrement, si le monstre et son ancienne élève se retrouvaient de nouveau face à face, les héritiers n'auraient probablement pas autant de chance que sur l'île Ji. Au cœur de son territoire, Celle-qui-Juge avait un avantage incommensurable sur les mortels ! Et le châtiment qu'elle infligerait à son ancienne Kahati serait à la hauteur de sa déloyauté : sans précédent...

En revanche, la Züe ne s'inquiétait guère du traître annoncé par Usul au sein même de leur groupe. Une telle éventualité lui paraissait impossible ; qui pourrait soudain retourner sa veste, à part Keb ou elle-même ? Elle était bien évidemment certaine de ses propres sentiments, et le prince Wallatte avait déjà prouvé son dévouement en intervenant contre sa propre mère. S'il devait un jour changer d'avis, ce ne serait sûrement pas au beau milieu des marais du Lus'an ! Cela faisait toujours une préoccupation de moins pour la jeune femme, qui en supportait assez.

Elle eut, heureusement, quelques raisons de se détendre et de se réjouir un peu, après le repas de l'apogée. Comme il leur fallait bien s'occuper à bord, Eryne accepta de reprendre les exercices de concentration menant à l'Esthésia... Et pour la première fois, la damoiselle réussit !

— J'ai entendu quelque chose ! annonça la Lorelienne, partagée entre peur et satisfaction. C'était bref, comme un battement de paupière, mais... il y avait des voix ! Ou plutôt des pensées...

Elle réfléchissait tout en décrivant ses impressions, rappelant à la Züe sa première expérience similaire. Excepté que Zuïa avait plutôt tendance à la réprimander sévèrement à chaque échec !

— Ah... C'était trop brouillé, se contraria Eryne. J'ai bien perçu des choses, mais... Comme des bribes de souvenirs, ou de conversations. Difficile d'y faire le tri !

— C'est normal, la rassura Zejabel. Vous apprendrez à y voir plus clair avec le temps. Bientôt, vous pourrez écouter les esprits en vous concentrant sur un seul sujet, ou un groupe bien défini.

— Ça reste assez effrayant, commenta la damoiselle, émue. Et les personnes que je viens d'entendre, qui sont-elles ? *Où* sont-elles ?

— Vous seule pouvez le savoir, expliqua la Züe. Ce sont peut-être les passagers des bateaux que nous croisons, ou des hommes et femmes beaucoup plus lointains... Votre vécu influence sûrement aussi votre perception.

— Il m'a semblé que ces gens étaient Loreliens, approuva Eryne. Et... plusieurs avaient une idée commune en tête. C'est la seule que j'ai retenue...

Ils semblaient croire à la mort du roi Bondrian, avoua-t-elle avec un air interrogatif.

L'admiration de Zejabel pour cette déesse naissante grandit encore d'un degré. Plus qu'une première réussite, la tentative se révélait un véritable succès !

— Vous venez de tirer brillamment partie de l'Esthésia, annonça-t-elle avec un sourire. À coup sûr, ce roi est vraiment décédé, et vous l'avez appris par vos seuls pouvoirs !

Ces félicitations n'eurent pas l'effet escompté ; Eryne sembla soudain se replier sur elle-même, comme lorsqu'elle refusait d'admettre sa vraie nature, dans les premiers jours...

— C'est horrible, commenta-t-elle à voix basse.

— Il était de vos amis ? imagina Zejabel. Pardonnez-moi, je...

— Non, il ne s'agit pas de cela... Tout le monde s'attendait à ce que le roi ne survive pas à l'hiver prochain. Mais apprendre la mort de quelqu'un de cette manière... Et je viens de comprendre que ça m'arrivera encore. Je n'avais pas pensé que j'entendrai aussi la *souffrance* des gens. C'est déjà assez difficile comme ça de découvrir leurs esprits...

La Züe acquiesça lentement, impuissante à trouver des mots de consolation. Inutile d'en appeler au mensonge : la future déesse verrait sa sensibilité plusieurs fois mise à rude épreuve, pendant son apprentissage... Elle devait seulement trouver assez de force pour ne pas se laisser décourager. Après un long silence, d'ailleurs, la damoiselle parut vouloir tourner la page en portant ses pensées sur un autre sujet.

— Cela fait un petit moment que je m'interroge sur un détail, enchaîna-t-elle. Les gweloms que nous portons sont censés nous protéger du regard des dieux, soit. Mais qu'en est-il des inconnus que nous croisons dès que nous posons le pied à terre ? En utilisant l'Esthésia, Sombre pourrait nous retrouver à travers l'esprit de personnes innocentes...

— Pour cela, il faudrait au moins que ces individus connaissent nos noms, la rassura Zejabel. Et que Sombre soit constamment à l'écoute de *tous* les mortels du monde connu... Même Zuïa n'en est pas forcément capable. L'Esthésia permet d'entendre beaucoup de choses de manière passive, mais pour *écouter* vraiment un groupe défini, la concentration est indispensable. Il n'y a pratiquement aucune chance que le démon suive notre trace comme ça.

— Mais ce n'est pas impossible ? insista Eryne, le front barré.

— Non, reconnut la Züe.

— Bon... Nous n'avons plus qu'à prier, alors.

Zejabel attendit patiemment ; elle devinait que la Lorelienne avait encore une autre question en tête. Toutes deux commençaient à bien se connaître !

— Et quand... *En supposant* que je devienne réellement une sorte de déesse, se reprit Eryne. Que se passera-t-il avec mon pendentif ?

— Je ne comprends pas...

— Eh bien, si je glisse vraiment du monde des mortels à un autre, s'agita la damoiselle, est-ce que le gwelom aura toujours un effet sur moi ? Est-ce qu'il me protégera encore ?

L'idée était si nouvelle pour la Züe qu'elle en resta muette quelques instants. Devant l'expression de plus en plus inquiète de la Lorelienne, elle fut tentée de mentir, cette fois, mais c'est finalement la vérité qui franchit ses lèvres.

— Je ne sais pas, annonça-t-elle avec gravité. Peut-être. Peut-être pas.

Les implications d'un tel changement s'affichaient dans l'esprit de Zejabel en une succession d'images inquiétantes. Eryne soudain repérable de Sombre. Le démon qui se précipitait, ou envoyait ses troupes, certain d'avoir identifié l'Adversaire. Et un affrontement qui avait lieu alors que le petit groupe ne s'estimait pas prêt, si jamais il devait l'être un jour... Enfin, l'échec inéluctable de leur quête.

Les deux jeunes femmes restèrent ainsi à baigner dans un silence embarrassé, puis Eryne se leva et marcha lentement vers la porte de leur cabine, affichant un visage pâle comme un linge.

— Je vais prévenir Nolan, pour le roi Bondrian, annonça-t-elle après un instant.

Zejabel acquiesça, également perdue dans ses réflexions. Les doutes qui l'envahissaient soudain étaient des plus cruels et douloureux. Peut-être avait-elle eu tort de pousser la Lorelienne à développer ses pouvoirs. Peut-être n'aurait-elle pas dû accélérer son évolution en déesse. En croyant bien faire, la Züe pouvait avoir précipité la défaite...

S'il était un traître dans le groupe, il portait sûrement un arc et une ancienne tenue d'assassin.

*

Au soir venu, ils s'arrêtèrent dans le port de Galen, pour une escale qu'ils voulaient la dernière avant l'île des prêtres rouges. Limiter leurs apparitions dans les Baronnies et les Bas-Royaumes était faire acte de prudence, même s'il n'existait encore aucune preuve de la présence de la Jurande dans ces régions. Les héritiers avaient de toute manière suffisamment de vivres et d'équipement pour accomplir la traversée d'une traite ; et ils se montrèrent prudents en complétant encore leurs réserves dans la cité à l'embouchure de l'Ubèse.

Pendant les deux jours suivants, ils longèrent tout de même la côte jusqu'à parvenir aux environs de Lineh. Les parages étaient en effet tristement réputés pour leur forte concentration de navires pirates. C'en était à un point où les boucaniers finissaient par se dévaliser entre eux ! En restant à proximité des rivages, *l'Othenor II* put heureusement échapper à toute attaque ; et à l'aube du cinquième jour suivant leur rencontre avec Usul, les fugitifs prenaient la pleine mer en direction de Zuïa...

Chacun à bord s'efforçait de garder le sourire et le ton léger, ce qui était un signe tout aussi parlant de la tension grandissante. On évitait de discuter encore de l'Adversaire, d'Usul et des mystères entourant leur quête, comme si la priorité était de profiter de quelques derniers décans d'insouciance... Ainsi et par exemple, Keb et Bowbaq passèrent la majeure partie de leur temps allongés sur le pont, une canne à pêche coincée entre les genoux. Maquereaux carmin, *rascettes*, anicets, et même tanches de mer, les héritiers mangèrent du poisson à tous les repas ! Les deux nouveaux complices formaient un spectacle insolite et optimiste, pour qui se souvenait de la bataille où s'étaient déchirés leurs peuples respectifs.

Avec l'autorisation du grand-père, Niss et Cael essayèrent leurs pouvoirs d'erjaks sur tous les animaux passant à leur portée. Principalement des oiseaux, en fait, même si l'apparition lointaine d'un aileron de sagre vorace provoqua beaucoup d'agitation sur la felouque... Bowbaq ne prenait guère de risque en laissant les cadets du groupe s'entraîner, puisqu'il semblait n'y avoir aucune espèce sensible dans les parages ; mais il ignorait que Cael cherchait par ce biais à réveiller sa Voix ! Le garçon ne rencontra pourtant qu'échec sur échec, à sa grande frustration.

Amanón se montra le plus sérieux, comme à son habitude. Suivant l'exemple de sa mère, l'interprète profita de ces quelques jours de répit pour commencer son propre journal de voyage. Il y consigna tout ce dont il se rappelait des épreuves déjà traversées par leur petit groupe, en y ajoutant leurs différentes théories sur la suite probable des événements... Il ressortait systématiquement de ces séances d'écriture avec un air mélancolique, mais retrouvait le sourire en écoutant Eryne évoquer encore et encore, avec un enthousiasme exagéré, sa vie de riche courtisane lorelienne.

Plus que jamais, la damoiselle avait besoin de se raccrocher à ces souvenirs. Sa dernière expérience de l'Esthésia ainsi que la conversation qui avait suivi avaient une nouvelle fois refroidi sa vocation de déesse en devenir. Zejabel elle-même ne lui proposait plus de nouveaux exercices... Et Eryne appréciait cette pause à sa juste valeur. Qu'il était bon de ne passer son temps qu'à évoquer d'anciennes et futiles anecdotes de Cour ! Par son métier d'interprète, Amanón avait également ramassé un bon paquet d'histoires amusantes, et leurs échanges sur un ton léger faisaient énormément de bien à la jeune femme.

Nolan et Zejabel discutaient beaucoup, aussi... Ou plutôt, la Züe se laissait étourdir de paroles par le novice. C'était le meilleur moyen, ou le plus agréable, qu'elle ait trouvé pour étouffer ses angoisses jusqu'au dernier moment. Le Lorelien se prêtait au jeu avec plaisir, évoquant sa vie d'étudiant à la Sainte-Cité, de préférence à son enfance dans le manoir familial... Il ne tenait pas à attrister l'ancienne Kahati en insistant sur ce qu'elle avait manqué, mais plutôt à lui montrer qu'un avenir pour elle était possible, peut-être même à Ith. Et il n'alla pas plus loin dans le sous-entendu. Il était encore trop tôt pour faire des projets communs !

En définitive, ce n'est qu'au soir du dernier jour que les héritiers retrouvèrent les airs graves et préoccupés qu'ils présentaient le plus souvent. Dans la journée du lendemain, ils devraient aborder l'île de Zuïa... Puis s'enfoncer dans les terres, vers une région gardée par l'élite des assassins du monde connu. Tout cela pour voler quelques manuscrits à un démon qui se consacrait entièrement à la perte de leurs familles !

Chacun s'interrogea sur le bien-fondé de l'expédition, dans la nuit qui les séparait encore du début de l'aventure. Mais une autre question venait immanquablement répondre à la première : *que pouvaient-ils faire d'autre ?*

Leurs parents avaient disparu depuis plus de trois décades. Où qu'ils soient au Jal, les anciens y étaient bel et bien retenus prisonniers. Et la seule manière de les secourir était de percer le secret des portes.

*

Un esprit effleure soudain le sien, avec une douceur inhabituelle. La déesse se méfie. Sombre n'a pas l'habitude d'utiliser la ruse, mais l'éternelle le connaît trop peu pour écarter un piège. Il est le dernier à avoir quitté le Jal'karu. Il faudra plusieurs siècles avant qu'il ne révèle tous ses pouvoirs, ainsi que les facettes de son caractère. Il pourrait très bien user d'un subterfuge pour attirer son attention. Et la déesse n'a aucun désir d'entendre encore les menaces du démon.

Avec prudence, elle ouvre son attention sur l'inconnu. Et se voit aussitôt rassurée. Celui qui l'interpelle est un ami. Le plus ancien qu'elle connaisse. Tous deux sont d'ailleurs parmi les Aînés des éternels. De vieux compagnons. Même s'ils se sont davantage parlé dans la dernière année qu'au cours de leur existence *tout entière*. Une nouvelle fois, leurs Voix traversent le monde d'un bord à l'autre, sans subir le frein du temps ou de la distance.

° Il a recommencé, annonce le Doyen. Il a encore sacrifié l'un des nôtres.

° Je l'ai senti également, confirme la déesse. Mais je n'imaginais pas qu'il s'en prendrait à lui.

° La plupart des nôtres se sont cachés, après la mort d'Aliandra ; tandis que le pauvre était facile à trouver. Sombre a voulu faire un exemple plus frappant encore.

° Et il ne tardera pas à s'en vanter. Plusieurs vont finir par céder à la peur, et se rallier à lui. Cela devient préoccupant.

° Tout espoir n'est pas perdu, rappelle le Doyen.

° Certes. Nous devons rester attentifs.

Un instant de silence suspend leur conversation, tandis que chacun écoute l'esprit de quelques dizaines de milliers de mortels. En vain.

° Il me faut rentrer, annonce le Doyen. Je reviendrai dès que possible.

° Prends garde à toi, Nol.

° Je m'inquiète surtout pour toi. Sombre doit jalouser tes nombreux fidèles. Il cherchera à te nuire, Eurydis, c'est certain.

La déesse n'a pas le temps de répondre. Le Doyen est déjà hors de sa portée, reparti dans ces jardins qui les ont vus naître tous les deux.

Eurydis n'a pas peur pour elle-même. Ce qui arrive

est dans l'ordre des choses. Tout ce qui a un début doit aussi avoir une fin.

*

Zejabel était pratiquement certaine que le côté nord de l'île était inabordable, mais Amanón voulut le constater de ses propres yeux. Ainsi, les premiers paysages que les héritiers contemplèrent de Zuïa furent une succession de falaises à la verticale, frappées d'un violent ressac, et d'écueils granitiques affleurant à peine à la surface... Les uns et les autres empêchant pareillement toute tentative d'approche. De temps en temps, l'apparition d'une plage ou d'une crique semblait promettre de meilleures conditions, mais la zone se révélait immanquablement hors d'atteinte, ou isolée au pied d'un à-pic vertigineux. À moins de disposer du matériel adéquat, de solides compétences en escalade et d'une bonne dose de courage, on ne pouvait espérer poser un jour le pied sur les hauteurs ! Les dieux auraient voulu faire de l'endroit une forteresse naturelle qu'ils ne s'y seraient pas pris autrement.

— Ça paraît logique, commentait Nolan. L'existence de Celle-qui-Juge est tenue secrète depuis des centaines, peut-être même des milliers d'années. Ça n'aurait pas été possible, sans ces conditions particulières. Quelqu'un aurait fini par pénétrer le Lus'an, ne serait-ce que par hasard.

— Mais ça n'arrange pas nos affaires, soupira Amanón. J'espérais gagner du temps en nous rapprochant du palais... Éviter de nous exposer dans le port... Ou au moins nous préparer une voie de secours, en abandonnant la chaloupe quelque part dans le coin. Et ce n'est même pas faisable !

Ils poursuivirent ainsi deux décimes encore, sous le soleil matinal du troisième décan, scrutant chaque contour des falaises avec un espoir de plus en plus affaibli. La végétation luxuriante des hauteurs, tout de palmiers et de plantes exotiques, semblait les narguer depuis sa position inaccessible... Personne n'oubliait que la citadelle de Zuïa était cachée quelque part dans cette jungle, peut-être à seulement deux ou trois milles pas de distance à vol d'oiseau !

— On devrait tenter le coup de la chaloupe, suggéra Kebree, impatient. On la jette simplement à l'eau et on regarde où elle va s'échouer.

— Et si la marée la lance contre une muraille ? réfuta Amanón. En supposant qu'elle ne se coince pas sur un récif, encore, ou qu'elle dérive au large...

— Je dis qu'il faut *au moins* essayer, insista le Wallatte. Ce sera toujours mieux que rien du tout.

L'interprète reporta la décision à plus tard, mais la question se posa de nouveau quand ils découvrirent une plage un peu plus accessible par la voie marine. En revanche, le petit croissant de sable fin était cerné par un véritable mur en demi-cercle... Un obstacle d'au moins trente pas de haut !

— Ce serait inutile de sacrifier notre seule barque *ici*, commenta Amanón. Nous ne pourrons jamais redescendre jusqu'à elle.

— C'est comme ça partout, Manó... rappela Nolan. En cas de besoin, tout le monde préférera une petite descente en rappel qu'un coup de *hati* dans le dos, c'est évident. Ton idée d'un plan de secours était bonne ; il faut seulement l'adapter.

L'opinion générale rejoignant celle du novice, l'interprète se rendit à la majorité. Ils approchèrent donc la felouque le plus près possible de la côte, puis abandonnèrent la chaloupe au bon vouloir de la marée... Vint alors un moment de tension, pendant lequel ils suivirent la danse de l'esquif au gré des roulis. Après quelques décilles, il parut évident que la barque ne prenait pas la direction espérée ! Déçus, les héritiers la virent longer le rivage, racler deux ou trois écueils, puis disparaître derrière une avancée rocheuse, déjà loin dans leur sillage. Il n'était pas même possible de la poursuivre pour la récupérer.

— J'aurais dû l'emmener moi-même et revenir à la nage, regretta Cael. Ce n'était pas si loin...

— Les courants t'auraient surpris comme nous venons de l'être, le consola Amanón. Et un sagre vorace pourrait traîner dans le coin... Plonger n'était sûrement pas une bonne idée. Tant pis pour la chaloupe, conclut-il, résigné. On trouvera autre chose.

Ils poursuivirent donc leur tour de l'île, presque soulagés, désormais, de ne pas trouver d'endroit plus facile d'accès. La frustration aurait été trop grande !

Peu à peu, néanmoins, le rivage se fit moins déchiqueté et d'une altitude plus accessible. Bientôt apparurent quelques criques paisibles, bordées d'un mélange de végétation et d'énormes rocailles... Les héritiers auraient pu s'y engager avec *l'Othenor II* et même y jeter l'ancre, si un village ou un hameau n'avait pas été édifié autour de chacun de ces points d'accès à la mer ! Les natifs s'étonnaient déjà suffisamment de la proximité de la felouque ; accoster parmi eux n'aurait fait qu'attirer l'attention des assassins qui régnaient en maîtres sur ce territoire. Bien souvent d'ailleurs, les étrangers à l'île de Zuïa ne connaissaient que les abords de son unique port... S'éloigner de cette zone plus ou moins neutre était la promesse d'un châtiment toujours fatal.

Inévitablement, les héritiers finirent par arriver en vue de la cité jouxtant les débarcadères. Zejabel ne lui connaissait pas d'autre nom que « le port », même si la ville jouait également le rôle de capitale commerciale. Le Lus'an étant quant à lui le centre spirituel de l'île, la province secrète des Judicateurs, qui n'en sortaient que pour faire étalage de leur puissance en ordonnant quelques exécutions dans les rangs du petit peuple... Les malheureux n'avaient que rarement les moyens de s'exiler, et leur plus grande ambition, ou leur seul espoir, était de voir leurs fils choisis pour rejoindre les rangs des messagers de la déesse. Il arrivait aussi que certaines filles en bas âge soient emmenées par les prêtres rouges, comme ça avait été le cas de Zejabel... Pour ces gens maintenus dans la misère et la terreur, ces séparations étaient providentielles, puisqu'elles assuraient la survie et la réussite d'au moins un de leurs enfants.

Depuis qu'ils longeaient ces côtes, Nolan ne cessait de s'inquiéter pour la jeune femme. Ressentait-elle le mal du pays ? Ou même de la nostalgie, pour sa vie confortable du Lus'an ? Probablement... Le novice savait qu'elle avait beaucoup souffert pour obtenir ce titre unique de Kahati, mais qu'on l'avait ensuite traitée comme Zuïa en personne. Cela ne compensait pas pour autant la perte de sa famille, et même de son identité : le nom de Zejabel était en effet le choix d'un Judicateur ! Après son enlèvement, on s'était acharné à effacer les origines réelles de la fillette qu'elle était alors !

Elle avait fait cette confidence sur la route depuis Goran, comme évoquant une chose sans importance, mais Nolan ne cessait depuis d'y repenser. La pauvre n'avait aucun moyen de retrouver ses parents, à supposer qu'ils soient toujours en vie...

Par chance, elle semblait ne pas souffrir de ce manque. Le novice se sentait embarrassé malgré tout, chaque fois qu'il devait évoquer ses propres moments de bonheur avec Lana et Reyan.

— Que décide-t-on ? demanda Amanón à la cantonade. On tente de l'autre côté de l'île, ou on s'arrête ici ?

— Ça sera sûrement la même chose, supposa Bowbaq. Autant se mettre à quai maintenant. Tant pis, il faudra faire tout le chemin à pied...

Nolan échangea un regard entendu avec Zejabel. Depuis le début, elle avait annoncé une randonnée difficile. Il fallait seulement espérer qu'elle ait exagéré sur le reste !

— C'est le moment d'aller vous changer, alors, enchaîna l'interprète.

Le novice acquiesça et prit donc la direction des cabines, en compagnie de la jeune femme, plus silencieuse et préoccupée que jamais. Nolan connaissait pourtant sa volonté de fer ; il faisait des vœux pour qu'elle ne craque pas maintenant...

Selon le plan convenu, Zejabel commença par se retirer pour enfiler des vêtements prêtés par Eryne. Ces derniers étaient, évidemment, beaucoup moins voyants que la tenue rouge de l'ancienne Kahati ! Quand la Züe revint devant lui, Nolan la trouva magnifique ; même si elle-même affichait une véritable expression endeuillée. Les deux ou trois compliments qu'il lui adressa réussirent tout juste à décrocher un triste sourire... Le novice choisit de ne pas insister. Les choses iraient peut-être mieux, une fois l'expédition lancée pour de bon. La jeune fille n'était vraiment à son aise qu'au cœur de l'action... Et il devait également se préparer, pour une étape cruciale de l'aventure.

Les héritiers s'attendaient en effet à recevoir la visite d'un ou plusieurs des assassins, dès leur entrée dans le port. L'idée était de faire passer Nolan pour l'un d'eux, et d'éviter ainsi la fouille en règle de la felouque !

C'était risqué, mais pas moins que ce qu'ils projetaient de faire ensuite. Et tous avaient assez de foi en la réussite de cette partie du plan, au moins... D'une taille moyenne, jeune, et le crâne déjà rasé, le novice avait le parfait profil d'un des messagers de Zuïa. Et Zejabel l'aida à adapter sa propre tenue de Kahati à sa silhouette masculine, pour former le personnage. Ainsi, Nolan enfila le pantalon large de la jeune femme, avant de rouler un carré de tissu rouge sur son front. Le geste même lui rappela cette horrible époque passée avec les K'luriens, mais ce n'était guère le moment d'y repenser.

Faute de disposer d'une tunique complète, ils choisirent de laisser sa poitrine nue, comme certains prêtres s'autorisaient à le faire sous le soleil cuisant. Pour donner le change, ils ajoutèrent une cape légère, que Zejabel conseilla de laisser tomber sur le bras droit. C'était une posture courante chez les Züu, empêchant de vérifier si la hati était tirée, ou encore dans son fourreau. Cela en rajoutait au sentiment de peur que les Judicateurs tenaient à inspirer... et dans le cas de Nolan, cela permettrait de dissimuler l'absence anormale de la dague sacrée. En ce jour, le jeune homme regrettait d'avoir poussé Zejabel à abandonner la lame empoisonnée sur l'île Ji !

En complément, la Züe lui confia une fibule et un bracelet marqués des symboles de Celle-qui-Juge, d'apparence assez courante pour ne pas, au contraire, susciter l'étonnement. Nolan n'avait plus qu'à retirer le gwelom qui pendait à son cou... ce qu'il fit pour le glisser aussitôt dans une poche, glacé d'effroi à l'idée de perdre le précieux objet. Quelles têtes feraient Sombre et Zuïa en découvrant soudain l'un de leurs ennemis au cœur même de leur empire !

Le retour des deux jeunes gens sur le pont fut le prétexte à de nombreux sifflets et compliments. Chacun déclara trouver le déguisement convaincant, à défaut d'être parfait... Nolan remercia ses compagnons avec une boule d'angoisse de plus en plus grosse dans le ventre. En cet instant étrange, il eut une pensée pour son père, qui avait été comédien de rue quelques années, avant de retrouver le duché de leurs ancêtres... À la différence près que de la qualité du jeu du novice dépendaient rien moins que huit vies, auxquelles il fallait ajouter le sort du monde connu !

*

La lame courbe d'Amanón était cachée sous un banc tout proche, mais elle aurait pu aussi bien se trouver au fin fond de la cale ; l'interprète ne s'en serait pas senti plus démuni. Seul Nolan, Keb, Cael et lui-même étaient restés sur le pont, pour guider la felouque jusqu'au port si redouté. L'idée était de présenter le faux prêtre rouge comme le maître du bateau, les autres n'en formant que l'équipage... Ainsi, les deux hommes et l'adolescent avaient également modifié leur accoutrement pour rendre cette histoire vraisemblable. Et Bowbaq, trop grand pour passer inaperçu, s'était enfermé dans l'entrepont avec Eryne, Niss et Zejabel... Les héritiers avaient donc fait de leur mieux pour limiter les risques, à un détail près : Nolan ne parlait pas la langue des Züu !

Ils n'avaient échafaudé ce plan que la veille au soir, ce qui était bien court pour un apprentissage, même très accéléré. Ainsi, en plus des quelques salutations courantes, le novice n'avait pu apprendre que des phrases simples comme « Tout va bien », « Je repars bientôt », ou « Tu seras jugé si tu oses monter sur mon bateau ! » Si les héritiers tombaient sur un curieux, la conversation tournerait vite en rond, et Nolan serait immanquablement suspecté...

Amanón avait bien quelques notions de ramzü, lui, et il espérait pouvoir aider le Lorelien si nécessaire. Mais l'interprète regrettait de ne pas avoir profité de toutes ces journées passées en compagnie de Zejabel pour progresser en la matière... Il était bien temps d'y penser, se reprochait-il avec amertume, alors que *l'Othenor II* venait doucement se ranger le long d'un quai en bois blanchi.

Une quarantaine de bateaux mouillait déjà dans la anse, dont une poignée de felouques, ce qui était plutôt rassurant. La majorité semblait utilisée pour la pêche, comme en témoignaient les nombreux filets suspendus entre les mâts dressés sur la place attenante. Des femmes de tous âges, au teint hâlé, réparaient les mailles déchirées avec une surprenante habileté au dévidoir... La tâche était probablement quotidienne. Pour avoir séjourné plusieurs fois à Mythr, la plus proche cité du continent, Amanón savait que ces fonds marins abritaient quelques-unes des plus grandes espèces du monde connu ! De quoi causer de sérieux dégâts au matériel.

Le navire stabilisé, l'interprète sauta à terre et attacha les amarres aux lourds anneaux sertis dans les piliers. Il se retourna ensuite sur la ville pour en poursuivre l'examen. Hormis quelques boutiques à la devanture colorée, ce quartier, en tout cas, reflétait plutôt la misère qu'autre chose. Les maisons carrées, à deux étages, avaient depuis longtemps perdu la blancheur de la chaux utilisée pour les construire. Beaucoup ne présentaient qu'un rideau en guise de porte... Enfin, les natifs eux-mêmes semblaient usés, écrasés par le double poids du soleil de l'apogée et de la tyrannie de leurs propres fils. Hommes, femmes et même enfants se déplaçaient le dos voûté, les membres las, peut-être fatigués de devoir constamment plier les genoux devant les messagers de Celle-qui-Juge...

Tous ceux qui levaient les yeux vers la felouque s'empressaient d'ailleurs de changer de direction, lorsque leurs pas les en rapprochaient. Et pour cause : Nolan jouait parfaitement son rôle ; arpentant le pont d'un air impatient, tandis que Keb et Cael finissaient de replier les voiles. Il était convenu que le novice s'exhibe le plus possible, pour bien montrer que ce bateau était sous contrôle des prêtres rouges. Pour l'instant, aucun *véritable* assassin ne s'était encore présenté, mais Amanón ne doutait pas que ce moment arrive bientôt, malheureusement !

Le temps que l'interprète remonte à bord, une autre embarcation faisait son entrée dans le port. C'était un *goutre* aux flancs ronds, sûrement aussi vieux que *l'Othenor* premier du nom... Au contraire des héritiers et de leur discrétion, les marins pêcheurs signalèrent leur arrivée par des appels et des cris réjouis ! Les quais, fort calmes à la décille précédente, se couvrirent bientôt d'une foule de plus en plus nombreuse, sortie des maisons, des échoppes, des autres bateaux, ou venue de la place et des rues voisines... Amanón contemplait le spectacle avec comme une sorte de nœud à l'estomac. Parmi ces curieux, probablement tirés de table, se trouvaient des tueurs Züu ! Le jeune homme en compta au moins six, en deux groupes devant lesquels la troupe des badauds s'ouvrait comme par magie.

— Que fait-on ? demanda Nolan d'un murmure pressant.

— Rien, décida Amanón. Repartir dès maintenant attirerait aussitôt l'attention sur nous... Nous ne pouvons qu'attendre et voir.

Par malchance, le goutre choisit justement de s'amarrer à un pilier presque voisin de la felouque ! Les cent cinquante ou cent quatre-vingt personnes se répartirent évidemment tout le long du quai... Pour le coup, le pauvre novice ne savait plus s'il devait parader ou se cacher. Il choisit de rester visible, mais le plus loin possible des curieux, pour qu'on ne puisse pas l'interpeller.

Alors que les pêcheurs achevaient leur manœuvre, Amanón et ses compagnons comprirent enfin ce qui provoquait un tel remue-ménage. Les marins ramenaient un véritable requin de Talante, suspendu à un énorme treuil à la poupe ! Le monstre devait faire dans les huit ou neuf pas de long, à l'origine... C'était difficile à dire, puisqu'il manquait une partie importante du corps. La bête étant trop grande pour être entièrement tirée de l'eau, sa tête avait dû être immergée sur tout le chemin du retour, et des squales plus petits avaient profité de l'aubaine pour s'offrir un repas à bon compte... Cette dépouille monstrueuse et terminée par des chairs sanguinolentes formait un spectacle écœurant aux yeux de l'interprète, mais la foule rassemblée s'exprima plutôt par des exclamations admiratives. L'intérêt était purement vénal : l'ambre que contenaient les entrailles du requin était, tout comme celui du cachalot, vendu à prix d'or à Lorelia ou à Goran. Après cette chasse victorieuse, les propriétaires du goutre venaient de se mettre à l'abri du besoin pour une lune, au moins...

— Mais que se passe-t-il ? souffla la voix d'Eryne.

Amanón se rapprocha de la porte entrebâillée de l'entrepont, derrière laquelle la damoiselle cherchait à comprendre les raisons de cette agitation. Effectivement, depuis la cambuse, tous ces cris devaient paraître plus inquiétants encore...

— Tout va bien, glissa-t-il en douce. Restez à l'abri.

Il n'avait pas achevé sa phrase qu'il voyait soudain l'un des Züu pointer le bras en direction de la felouque ! L'assassin alerta ensuite un autre de ses complices, et ce groupe de trois commença à descendre le quai, de la démarche arrogante qui les caractérisait... Tendu comme un arc, l'interprète se rapprocha du banc où était cachée son arme. Keb faisait déjà de même de l'autre côté ; tandis que Cael se préparait à donner l'alerte dans l'entrepont, comme convenu !

Les quelques instants qui les séparaient de la rencontre furent d'une rare intensité. Amanón savait qu'une bataille contre un Zü ne ressemblait à aucune autre ; une seule griffe de la hati empoisonnée suffisait à mettre fin au combat... Et même si, par chance, les héritiers parvenaient à défaire ces trois-là, il leur faudrait fuir au plus vite les cent autres assassins qui ne manqueraient pas d'arriver ensuite !

Les prêtres n'étaient déjà plus qu'à une dizaine de pas, repoussant les badauds de leur seule présence, impressionnants dans leurs vêtements couleur de sang... L'interprète était tellement concentré sur leur approche qu'il sursauta quand Nolan se rangea à ses côtés ! Le novice adressa un salut distrait à leurs ennemis, puis reporta son attention sur le requin déchiqueté, avec une décontraction parfaitement simulée...

Amanón, lui, ne perdit pas les hommes du regard. Aussi miraculeux que ça puisse être, l'apparition du Lorelien semblait les avoir fait changer d'avis ! Le meneur fit s'arrêter les autres ; ils échangèrent quelques mots, puis se détournèrent de la felouque pour remonter vers la place d'un pas tranquille.

L'interprète mit, malgré tout, un certain temps à décrisper ses membres. Il avait aussi une terrible envie de serrer Nolan dans une franche accolade ; mais pour cela, il leur faudrait attendre de regagner l'entrepont !

*

Les héritiers avaient prévu de patienter jusqu'au cinquième décan, la période la plus chaude de la journée, pour abandonner la felouque et s'aventurer dans la ville ennemie. Eryne trouva pourtant que ce moment arrivait beaucoup trop vite. Elle eut à peine le temps de prendre son repas avec les autres, d'enfiler des vêtements plus légers, puis de vérifier son petit bagage, qu'Amanón annonçait déjà leur départ imminent... En vérité, la damoiselle ne pouvait se résoudre à quitter la relative sécurité de *l'Othenor II* pour s'enfoncer bientôt dans les marais, comme il était prévu. Malgré tout ce qu'ils avaient déjà traversé, une telle aventure lui paraissait irréelle, inadaptée à la future duchesse qu'elle était de cœur et d'esprit !

Elle grimpa sur le pont, pourtant, quand son amant d'un soir donna le signal. Et elle déposa son sac dans un large panier en osier, comme ses compagnons l'avaient déjà fait... Puis, elle regarda son frère déguisé en assassin descendre sur le quai, en compagnie de Zejabel, Keb et Bowbaq. Ces derniers portant les deux lourdes corbeilles contentant leurs armes, entre autres choses !

Le premier groupe s'éloigna le long des planches cuisantes, Nolan en tête, parfait dans son rôle de prêtre arrogant. Eryne avait l'étrange impression qu'il prenait trop de risques, mais ils étaient pourtant tous logés à la même enseigne. Si l'un d'entre eux était démasqué, c'est tous les héritiers qui seraient massacrés ! Ne serait-ce que pour avoir essayé de sauver le malheureux...

L'idée de se séparer venait bien sûr d'Amanón ; toujours dans le but de ne pas attirer l'attention, ou le moins possible. Zejabel était donc chargée de guider le novice jusqu'à la sortie de la ville, et de servir d'intermédiaire le cas échéant... Les autres, dont Niss et Cael, devaient suivre à une distance prudente. C'était évidemment un choix plus sage que de se promener tous ensemble avec sacs sur le dos et armes à la ceinture, mais ils n'en étaient pas moins exposés en plein territoire ennemi !

L'autre sujet d'inquiétude venait du manque de familiarité de Zejabel avec son propre pays. L'ancienne Kahati avait passé pratiquement toute son enfance au Lus'an, et la cité lui était donc presque aussi étrangère qu'à ses compagnons... Elle n'y était descendue qu'une quinzaine de fois, à l'occasion de « fêtes » religieuses pour lesquelles les Judicateurs avaient exigé la participation de l'ensemble des candidates. Ces dernières étaient alors tenues au secret, et à l'écart de la population, mais Zejabel n'aurait pas survécu si longtemps si elle n'avait montré un esprit curieux autant qu'audacieux ! Elle avait donc glané un peu de connaissances, ici et là, dont elle espérait faire profiter les héritiers... Eryne priait pour que cela soit suffisant. L'idée qu'ils finissent par demander leur chemin à un Zü était tout, sauf drôle.

Bientôt, le premier groupe fut assez éloigné pour qu'Amanón décide de quitter la felouque à son tour. Eryne le suivit donc avec les deux adolescents, frissonnant malgré la chaleur excessive du cinquième décan. Alors que leurs pas résonnaient sourdement sur les planches blanchies, la damoiselle ne put s'empêcher de se retourner sur *l'Othenor II.* Ils avaient fait de leur mieux pour assurer la sécurité du bateau ; verrouillant la porte de l'entrepont, plaçant différents repères pour signaler une intrusion ennemie... mais rien n'assurait qu'ils pourraient un jour remonter à bord. Ni même, simplement, revoir la mer.

Au loin, Zejabel imposait un pas rapide, modéré seulement par leur souci de discrétion. Toutes ces précautions pouvaient malgré tout s'avérer insuffisantes... Le soleil avait beau taper avec force sur les crânes découverts, il restait quelques dizaines de natifs à errer ou à travailler dans les alentours du port. Et, systématiquement, les inconnus suivaient les héritiers d'un regard curieux, aussi longtemps que cela leur était possible. Eryne avait même le sentiment d'être le principal sujet de cet intérêt, mais cette impression était sûrement provoquée par la peur ! À moins qu'il ne s'agisse d'un de ces effets de sa nature de déesse, à l'existence suggérée par Zejabel... La damoiselle ne savait pas ce qui était le plus effrayant.

Ils perdirent la felouque de vue, passé le premier coin de rue, pour s'engager dans des ruelles où un carrosse lorelien serait forcément resté coincé. La Züe enchaîna alors plusieurs bifurcations, obligeant le deuxième groupe à accélérer pour ne pas perdre sa piste. Eryne avait tout de même le temps de s'imprégner de l'atmosphère étrange des lieux, de la douce fraîcheur de l'ombre des bâtiments, des petites échoppes où l'on accédait par une porte basse sous un rideau...

Les citadins semblaient également cultiver la sobriété dans les choses du quotidien : leurs maisons n'étaient que très peu ouvertes sur la rue, et rares étaient les tentatives d'embellissement. La pauvreté était omniprésente, et se lisait dans les regards vides, les ventres maigres, et l'austérité de quelques étals à ciel ouvert... En revanche, on ne trouvait pas dans ces ruelles de sable damé la saleté à laquelle on aurait pu s'attendre. Chacun préférait éviter le jugement de la déesse en se faisant oublier de ses messagers, et le mieux pour cela était de commencer par ne pas jeter des ordures sous leurs pieds ! Ainsi, la capitale de Zuïa était une ville propre, mais miséreuse et repliée sur elle-même. La damoiselle comprenait mieux l'enthousiasme des pêcheurs du requin devant leur bonne fortune. Ce devait être tellement rare...

Après quelques décilles supplémentaires de cette marche citadine, ils eurent la surprise de voir Zejabel et son groupe revenir sur leurs pas. Par signes, en désignant sa cape rouge, Nolan les informa qu'ils avaient repéré trois assassins dans la direction qu'ils comptaient prendre. L'ancienne Kahati ne perdit pas de temps à les mener ailleurs, selon un trajet qui semblait de plus en plus soumis au hasard ! Mais la tactique était sûrement bonne, puisqu'elle avait jusqu'alors permis d'éviter toute mauvaise rencontre. Eryne était prête à arpenter chaque venelle étroite de la ville, si cela leur permettait d'échapper aux Züu !

À mesure que le temps passait, la tension de la damoiselle ne diminuait pas, mais elle commençait à croire davantage en leurs chances de réussite. La seule présence de Nolan déguisé en tête de cortège semblait décourager quiconque de leur adresser la parole, leur permettant de traverser de nombreux quartiers sans être importunés... Ils ne pouvaient cependant tenter la chance indéfiniment, et Eryne avait plus que hâte de quitter enfin les abords de la cité. Chaque fois que Keb et Bowbaq demandaient une pause, lâchant les lourds paniers d'osier qu'ils portaient avec souffrance, par cette chaleur, la jeune femme trépignait en faisant au moins vingt tours sur elle-même.

Enfin, ils parvinrent à proximité du point de repère décrit la veille par Zejabel. Il s'agissait du Haut Tribunal, le seul bâtiment luxueux de la ville, évidemment réservé aux Judicateurs. La construction formait une arche marquant le début de la route vers le Lus'an terrestre. C'était le lieu de nombreuses cérémonies, comme le départ des garçons choisis pour rejoindre les rangs des prêtres rouges, ou l'élévation des plus méritants d'entre eux aux grades supérieurs. Mais c'était également le lieu d'exercice du pouvoir ; la pierre tournante de l'île de Zuïa... L'endroit où Saat avait négocié l'assassinat de tous les descendants des sages émissaires, une vingtaine d'années plus tôt, par exemple.

Le Tribunal s'appuyait sur une poignée d'édifices inférieurs, dont les appartements communs des assassins affectés au port. Il existait une base semblable dans chacun des plus grands hameaux du territoire, entre lesquels les messagers de la déesse allaient et venaient au gré de leurs missions. L'organisation avait été reprise dans les pays étrangers ; si bien que tous les Züu de Lorelia, par exemple, partageaient secrètement un même palais au cœur du royaume marchand. Seuls les Judicateurs suprêmes, la Kahati et bien entendu la déesse disposaient de privilèges supplémentaires. Avant tout, pour les premiers, le droit de connaître l'existence effective des deux autres !

Pour les prêtres rouges, fonder une famille n'était pas clairement interdit, mais jamais on n'avait vu l'un d'entre eux faire autrement que ses prédécesseurs. C'est-à-dire, obtenir n'importe quelle faveur d'une femme sous la menace d'un jugement divin... Eryne ne put s'empêcher de repenser à cette affreuse précision confiée par Zejabel, en arrivant aux abords de la place abritant le Tribunal. Combien de malheureuses avaient dû supporter les derniers outrages, derrière ces murs aux fenêtres étroites et à la couleur écarlate ? Combien y avaient survécu ? Le souvenir de sa propre agression dans une étable donnait à la damoiselle un avant-goût suffisamment horrible de leur sort. Elle regretta soudain de ne pas être elle-même une déesse justicière, pour raser d'un seul claquement de doigt ce qu'elle considérait comme l'antre du mal !

— Il y a encore trop de monde, annonça Zejabel alors que les deux groupes se rejoignaient dans l'ombre. On ne pourra pas passer sans être interrogés.

Eryne se risqua elle-même à se pencher hors de leur cachette. Effectivement, deux assassins au moins patientaient sous l'abri de l'arche imposante, tandis que deux autres traversaient la place cuisante de soleil en discutant... Leur surveillance était plus relâchée que vraiment sérieuse, mais sûrement pas au point de laisser passer un groupe de huit personnes sans se manifester. Même avec Nolan en tête de colonne.

— On pourrait attendre qu'il y ait un peu plus d'animation ? suggéra Kebree, trempé de sueur. Dès qu'il fera moins chaud, les gens vont circuler, on se fera moins remarquer.

— Les Züu seront aussi plus nombreux, réfuta Amanón. Ce n'est pas pour rien que nous avons choisi ce décan.

— Je regrette... s'excusa Zejabel. J'étais presque certaine que la route serait libre. Des consignes spéciales ont dû être données, après ma trahison...

— Nous ne sommes pas certains que Zuïa soit rentrée chez elle, rappela Eryne. Elle est peut-être toujours coincée à Ji...

— Ce serait surprenant, et ça ne changerait rien, soupira la jeune femme. Zuïa peut s'adresser aux Judicateurs depuis n'importe quel endroit au monde. Elle a parlé, c'est évident. Personne ne me reconnaîtra encore comme la Kahati.

— Mais il n'y a pas d'autre sortie ? intervint Cael. Ce serait quand même étrange que tous les habitants doivent passer par là ! Je n'imagine pas des éleveurs, des fermiers, venir chaque jour en ville sans salir un peu cet endroit !

— C'est pas faux, approuva Keb. Pas le moindre crottin aux portes d'une ville, c'est du jamais vu.

— Je ne connais pas d'autre passage... avoua Zejabel. Les Judicateurs nous menaient toujours par cette porte.

— Forcément... Ça vaut la peine de chercher un peu, décida Amanón. Essayons les rues attenantes.

Ils reprirent donc leur progression, le groupe d'Eryne passant en tête, cette fois. La damoiselle en vit son angoisse réveillée, puisqu'il leur appartenait désormais de vérifier la présence d'assassins dans les venelles, avant de s'y engager à leur tour... La chance finit heureusement par leur sourire. Après un nouveau décime de marche, les héritiers eurent le soulagement de découvrir une large porte cochère dans la muraille de chaux blanche !

Ils s'en approchèrent avec circonspection, redoutant de voir soudain apparaître les éventuels gardiens de cette sortie... Mais après l'avoir dépassée de dix pas, puis vingt, ils commencèrent à se détendre. Le port de Zuïa était derrière eux, enfin !

Évidemment, cela signifiait aussi qu'ils entraient en territoire interdit aux étrangers. Pendant un bon moment, Eryne s'imagina voir des tueurs züu derrière tous les arbres qu'ils dépassaient.

*

Niss souffrait peut-être moins de la chaleur que son grand-père, qui transpirait d'abondance, mais suffisamment pour soupirer d'aise quand Amanón les autorisa enfin à faire une petite halte. Une fois la porte passée, les héritiers n'avaient pris que le temps de récupérer leurs armes et bagages dans les paniers d'osier, avant de mettre plusieurs milles de distance entre la cité et eux. Ils se trouvaient désormais bien loin de toute habitation ; la dernière dépassée n'étant qu'une pauvre ferme isolée. Comble de prudence, ils s'étaient largement écartés du chemin pour se changer et boire un peu d'eau tiède. Tous appréciaient à sa juste valeur ce répit à l'ombre d'un bosquet d'oliviers sauvages...

— Nous devrons repartir vert l'est et croiser la route sacrée du Lus'an, prévint Zejabel. En continuant comme nous le faisons, on risquerait de tomber sur un village.

— Je croyais que cette route sacrée était dangereuse ? releva Keb. Toujours parcourue par des messagers, et tout ça ?

— C'est ce que j'ai dit, confirma la Züe. Nous ne ferons que la franchir pour gagner l'autre côté de l'île.

— À combien de distance sommes-nous du Lus'an ? vérifia Amanón.

Même s'ils avaient déjà étudié la question plusieurs fois, Niss tendit une oreille intéressée.

— Les novices mettent quatre jours à gagner le Temple... Mais ils n'ont que dix ans, et reçoivent très peu d'eau pendant le voyage. La purification demande aussi qu'ils répètent les lois de Zuïa pendant toute la marche.

— Je n'imagine même pas que certains puissent survivre, commenta Eryne. Quelle coutume abominable !

— Dans des conditions normales, l'île peut être traversée dans sa longueur en moitié moins de temps. On devrait atteindre le palais après-demain.

— Dire que nous avons longé toute la côte en deux décans à peine, ce matin... remarqua Cael. C'est vraiment frustrant !

— Bien d'accord, enchaîna Niss. On ne sentait pas autant le soleil, en plus... Ici, on dirait que tout est brûlé.

— Ce sera différent dans les marais, annonça Zejabel.

La jeune fille rendit un sourire à la Züe, sans savoir si la déclaration était une promesse ou une mise en garde. L'ancienne Kahati semblait ressentir une véritable peur pour ces marécages...

Cela venait peut-être de l'enseignement reçu pendant sa jeunesse. Le culte de Zuïa promettait un certain paradis à ses plus fidèles serviteurs, après leur mort : le Lus'an. De même, les moins méritants se voyaient condamner à errer dans les limbes des marais attenants... Les régions que les héritiers s'apprêtaient à arpenter étant, quant à elle, les versions terrestres de ces endroits mythologiques.

S'ils avaient eu la moindre chance d'arriver à leur but par un chemin tracé, nul doute que Zejabel aurait aussitôt choisi cette option. Mais la route sacrée de la déesse était, par tradition, gardée par plusieurs dizaines d'assassins... Ces derniers étant répartis sur toute sa longueur, et même dans ses environs. La voie des marais restait la seule envisageable.

Zejabel insistait seulement pour que les héritiers y passent le moins de nuits possible. Elle poussa donc le groupe à allonger le pas, jusqu'au terme de cette première journée de marche. Pour s'approcher au mieux de la lisière tant redoutée.

Pendant cet épuisant trajet, Niss ne cessa de s'interroger sur les raisons de l'ancienne Kahati.

*

Cael n'avait pas dormi à la belle étoile depuis trois décades. Depuis ces jours où Amanón et lui fuyaient le Matriarcat en direction de Lorelia, le journal fraîchement trouvé de Corenn en poche... Ça semblait déjà si loin !

Plus d'une lune après la disparition de ses parents, la situation du garçon ne s'était pas améliorée, loin de là. De brèves prises de conscience lui faisaient parfois se demander comment il en était arrivé là... Dans ce bivouac clandestin, sur cette île dirigée par une secte d'assassins, ennemis héréditaires de sa famille... Et en route pour s'introduire comme un voleur dans le palais d'un démon voué à leur perte !

La fatigue de ces longs décans de marche devait heureusement l'aider à trouver le sommeil, mais ça ne semblait pas aussi aisé pour tout le monde. Les conditions n'étaient pas vraiment réunies pour se détendre ! Pour commencer, les héritiers ne pouvaient pas prendre le risque de signaler leur position en allumant un feu de camp. Ils avaient donc partagé un repas froid et modeste, composé de légumes salés par avance, suivis de quelques fruits ayant plus ou moins bien supporté la chaleur. Chacun s'était ensuite recouvert de nouvelles couches de vêtements, alors que la nuit apportait une fraîcheur tranchant fortement avec la canicule de la journée. Et, par crainte d'être surpris, les fugitifs avaient limité leurs conversations au strict nécessaire, toujours à voix basse... laissant chacun remâcher ses angoisses personnelles.

Perdu au cœur de la lande, avec les branches de quelques arbres à feuilles larges pour seul abri, Cael s'était donc endormi avec l'impression étrange de ne pas appartenir à ce monde. Un monde qu'il devinait pourtant derrière le froid de sa couverture, les stridulations des insectes et les chuchotements de ses amis... Un monde qui pouvait prendre un tout autre visage, beaucoup plus cruel, si l'Adversaire venait à perdre son combat.

Le garçon voulait garder espoir. D'ici quelques décans, ils auraient peut-être à livrer bataille. Et il était fort possible que sa Voix se réveille alors, lui livrant enfin le nom de l'Adversaire.

Il fallait seulement prier pour que l'esprit laissé par Sombre se retire ensuite, comme il l'avait fait jusqu'à présent. Et qu'il ne provoque pas un drame entre-temps.

*

Même l'air que Zejabel respirait lui semblait différent des autres contrées qu'elle avait traversées.

C'était un mélange de moiteur végétale, de senteurs marines et de parfums floraux. Et cela était de plus en plus prononcé à mesure qu'ils approchaient de la lisière des marais ; à supposer que l'on puisse vraiment définir une telle frontière...

Le groupe s'était remis en route peu de temps après l'aube. En l'absence de possibilité de faire du feu, ou même un brin de toilette, les préparatifs de chacun s'étaient résumés à se changer et replier leurs couvertures ! Ils avaient donc rapidement entamé la descente vers la vallée centrale de l'île, où se rejoignaient toutes les rivières du nord pour se répandre sur une terre constamment humide et à la végétation foisonnante.

Après les oliviers et les buissons épineux, ce furent donc des plantes de plus en plus grasses que les héritiers laissèrent derrière eux. Quelques mares presque asséchées firent leur apparition, à l'ombre des arbres qui y plongeaient leurs racines... Puis le terrain se fit moins praticable, partagé entre des tourbières, des étendues de graminées montant jusqu'au genou, et les premiers bosquets de saules barrant le passage de leurs bras chargés d'osier.

— On est en train de suivre un chemin, remarqua Bowbaq. Il y a donc des Züu qui vont se promener dans les marais ?

— On me l'avait raconté, confirma Zejabel. Dans cette partie, seulement. Pour pêcher, ou cueillir quelques fruits... Certains vont aussi à la chasse au *moroca*.

— Qu'est-ce que c'est ?

— Une espèce de serpent. C'est avec son venin que l'on fabrique le poison des hatis. Les Judicateurs en ont plusieurs élevages, mais ils achètent toutes les prises qu'on leur apporte. Ils n'ont jamais assez de poison en réserve.

— Tu en as encore ? Dans tes fioles ? vérifia Amanón.

La Züe ne se tourna qu'un instant vers l'interprète, voulant juger de sa méfiance ou de sa curiosité.

— Oui, un peu. Je ne l'utilise pas, précisa-t-elle. Et j'ai aussi l'antidote.

— Ce moroca, c'est une espèce très répandue ? s'inquiéta Eryne. On risque d'en rencontrer beaucoup ?

— Quelques-uns, c'est possible, si on manque de chance. Mais il suffit de faire attention où on met les pieds. Ils ne sont pas aussi gros que ceux de l'île d'Usul, mais ils peuvent quand même atteindre quatre pas de long... On les repère assez facilement.

Zejabel aurait préféré garder ces détails pour elle, et ne pas inquiéter le reste du groupe, mais elle ne pouvait tout de même pas leur mentir.

— De quoi se nourrissent-ils ? poursuivit Cael. Jusqu'ici, on n'a pas vu beaucoup d'animaux...

— C'est différent dans les marais, expliqua la Züe. Il y a des petits singes et des ragondins, par exemple. Et quelques crocodiles, mais ils ne sont pas nombreux. On rencontre aussi des cochons sauvages, parfois... mais le plus à craindre, ce sont les *insectes*.

La jeune femme fit encore quatre pas, avant de s'apercevoir qu'Amanón s'était arrêté net dans son dos, bloquant le passage à tous les autres.

— Les insectes ? Mais encore ? demanda-t-il.

— Eh bien... Il y a plusieurs espèces dangereuses, seules ou en colonies, selon les cas. Je vous montrerai lesquelles.

— Pourquoi ne pas en avoir parlé plus tôt ?

— *J'ai dit* que cette route était très risquée, rappela Zejabel. Est-ce que ça vous aurait fait changer d'avis, de toute façon ?

L'interprète soutint son regard un instant, puis reprit la marche. La Züe regrettait presque qu'il n'ait pas fait volte-face. Elle gardait tant d'horribles souvenirs de ses entraînements dans ces marais ! Les Judicateurs s'amusaient souvent à y perdre les candidates au titre de Kahati, soi-disant pour juger de leurs mérites... En réalité, la chance avait joué un grand rôle dans la réussite des survivantes.

Ils continuèrent à progresser pendant deux décimes, en file indienne sur une piste à peine dessinée, jusqu'à se trouver complètement sous le couvert des arbres. Les odeurs avaient ici une tout autre dominante : celle de la putréfaction, de la vase et des eaux stagnantes. Le chemin louvoyait alors entre les rives de mares sombres et bordées d'herbes folles, où se tapissaient crapauds, rongeurs et autres animaux secrets. Le ciel ne filtrait plus qu'à rares intervalles entre les branches menaçantes des plus vieux saules, plongeant les lieux dans une semi pénombre... Enfin, le bruissement de plusieurs millions de pattes minuscules recouvrait chaque instant de silence. Zejabel remarqua soudain la moiteur anormale de ses mains. Ils avaient bel et bien pénétré le Lus'an, cette fois.

— Ne me dites pas que nous allons patauger là-dedans jusqu'à demain... supplia Eryne.

— Plus le retour, précisa Bowbaq avec naïveté.

— Il y a des zones plus sèches, promit la Züe. Enfin, il y en a autour du palais. Il suffit d'arriver jusque là-bas.

Elle avança encore d'une vingtaine de pas, les nerfs déjà tendus, puis s'arrêta pour désigner une petite ligne d'insectes disparaissant sous un buisson.

— Des *fourmis sicaires*, annonça-t-elle. Elles pénètrent le corps d'un animal endormi par tous ses orifices, puis empoisonnent son système nerveux en quelques piqûres. Il ne leur reste plus alors qu'à nettoyer la bête de toute sa chair, jusqu'à l'os. La proie peut mettre des jours à mourir.

Elle fit glisser son arc dans sa main, puis utilisa l'arme pour repousser le buisson herbeux. La découverte fut écœurante. Une bonne centaine de ces insectes aux longues mandibules s'activaient sur un cadavre de ragondin exsangue, et déjà à moitié dévoré. Eryne se plaqua une main sur le visage pour ne pas crier de dégoût.

— J'ai trouvé une des candidates comme ça, un jour. C'était pendant un entraînement. Elle dormait juste à côté de moi quand c'est arrivé. Au matin, les fourmis l'avaient déjà paralysée. On a été forcées de l'achever.

Elle laissa retomber le buisson sur l'horrible scène, son courage soudain retrouvé. De telles horreurs ne devaient plus se produire. Il fallait aider l'Adversaire à défaire pour de bon des démons comme Sombre ou Zuïa !

D'un pas résolu, elle reprit la route vers le nord. Le reste du groupe, en revanche, se montrait soudain beaucoup plus hésitant. Et voir Keb piétiner mesquinement les sicaires ne suffit pas à détendre l'atmosphère.

*

Nolan avait porté son déguisement aussi longtemps que possible, en prévision d'une rencontre fortuite, mais il n'en pouvait plus d'exposer son torse nu aux agressions des nuages d'insectes qui semblaient les pister. Zejabel avait beau décrire ces *pullules*, *cendaires* et autres *grippons* comme autant d'espèces inoffensives, le novice serait devenu fou à force de les chasser de sa peau ! C'était peut-être là la meilleure défense du palais de Zuïa : personne ne pouvait traverser ces marais sans y perdre la raison et courir droit devant, au mépris des serpents et des crocodiles. La Züe avait d'ailleurs très sérieusement mis en garde les héritiers contre de telles paniques. Même reculer dans une simple toile d'araignée pouvait s'avérer fatal !

Le jeune homme demanda donc une pause pour renfiler sa robe d'étudiant, beaucoup plus large et protectrice. Chacun en profita, pareillement, pour serrer les attaches de ses vêtements ou ramasser un bâton. Zejabel avait en effet expliqué que les coups répétés d'un gourdin sur le sol réussissaient à éloigner certaines espèces.

Ces branches mortes étaient également très utiles pour soulever l'un ou l'autre buisson, avant d'y avancer la jambe... Car depuis un moment, les héritiers n'avaient plus aucune piste à suivre. Ils avançaient en plein cœur d'une région qui ne ressemblait à nulle autre au monde, sans autre repère que la direction du nord... Point cardinal qui était lui-même difficile à trouver, lorsque le soleil se cachait trop longtemps au-dessus des arbres ! Sans la boussole d'Amanón, ils auraient sûrement fait encore plus de détours. Jusqu'alors, ils ne revenaient sur leurs pas que lorsque le terrain se révélait vraiment trop impraticable, boueux ou immergé... ce qui arrivait malgré tout assez souvent.

— Dire que nous sommes peut-être les premiers mortels à venir ici, commenta Niss.

— Honneur dont je me serai bien passé ! enchaîna Eryne, qui s'attachait les cheveux.

Assis sur un tronc mort, à remettre ses bottes, Nolan ne put s'empêcher de sourire. Lui-même ne s'estimait pas particulièrement douillet ou superficiel, mais il fallait bien admettre que sa vie entre

Lorelia et Ith ne l'avait pas habitué à de telles explorations ! *Si maman nous voyait...* songea-t-il en se relevant.

C'est à ce moment qu'il ressentit une piqûre dans son omoplate. Si douloureuse qu'il ne put s'empêcher de lâcher un cri ! Aussitôt, ses compagnons vinrent examiner ce que lui-même ne voyait pas, dans son dos, mais il ne s'inquiéta vraiment qu'en découvrant l'expression alarmée de Zejabel !

— Tout le monde s'éloigne de l'arbre ! ordonna-t-elle.

Elle n'eut pas besoin de le répéter ; les héritiers se déplaçant aussitôt à quelques pas, sans pour autant perdre leur vigilance... Le novice sentait des élancements dans son bras gauche ; il devina qu'Amanón chassait un insecte de son épaule, puis comprit l'alerte donnée par la Züe quand de petites bêtes de la taille d'une bille commencèrent à se laisser tomber des branches, par dizaines ! Voyant que le tapis grouillant trottait ensuite vers eux, les fugitifs suivirent l'exemple de la jeune femme en les piétinant avec autant d'insistance que d'écœurement. Tous ces talons bottés finirent par mettre l'armée parasite en déroute, mais Nolan en était encore fébrile.

— Des *carnins*, expliqua Zejabel. Une fois qu'ils ont mordu, il leur faut moins d'un instant pour tripler de volume en aspirant du sang. Quelques-uns, ça va, mais quand une centaine tombe sur une proie...

— Mon bras me fait toujours mal, s'inquiéta le novice.

— Ça arrive, parfois. Ça devrait passer d'ici ce soir.

Ce soir... Le jeune homme songea qu'ils n'en étaient même pas à la mi-journée ! Et qu'il venait déjà d'échapper à la mort ; une mort horrible et violente, aussi bien que répugnante. Servir de repas à une colonie d'insectes ; quelle triste manière de passer de vie à trépas !

Pour la première fois, il se demanda si les héritiers n'auraient pas mieux fait de passer par la route sacrée du Lus'an. Quitte, même, à affronter tous les Züu qui la gardaient.

*

De nombreux incidents, plus ou moins graves, ponctuèrent la difficile progression du groupe à travers la région inhospitalière. Après la mésaventure de Nolan, ce fut au tour d'Amanón de subir le supplice d'une pluie d'insectes. Il s'agissait cette fois de *grippons urticandes*, dont la « spécialité » était de pondre des œufs sous la peau de leurs victimes. L'interprète en fut bon pour secouer tous ses vêtements, et en appela même à Cael pour vérifier sa nuque et son dos, puisque la moindre pondeuse oubliée pouvait propager plusieurs centaines de larves affamées dans son corps.

Un peu plus tard, Niss glissa de l'étroit chemin qu'ils essayaient de tracer, et sa botte alla malencontreusement démolir un nid de *mandibiens*. Les bêtes longues comme le doigt passèrent aussitôt à l'attaque, et la pauvre fille n'eut pas le temps de se relever que deux des petits monstres s'étaient déjà faufilés jusqu'à sa cheville... Ils y plantèrent leurs appendices coupant comme des rasoirs, si profondément qu'il fut délicat de les en enlever, même après la mort des bêtes.

Un des moments marquants de la journée fut aussi la rencontre avec l'un des fameux morocas. Les héritiers le virent heureusement de loin ! Le serpent reposait sur une branche aussi basse que large, en une fausse position de passivité. Chacun put contempler les excroissances crochues qui entouraient sa gueule, ainsi que sa couleur d'un vert inhabituel... Le reptile leur rappela inévitablement les monstres de l'île d'Usul, et ils firent un large détour pour le contourner.

Zejabel profita d'ailleurs de l'occasion pour raconter la manière dont les messagers terminaient leur apprentissage. Avant de recevoir la hati sacrée, les novices devaient plonger la main dans un panier où était enfermé un moroca de petite taille. Plus de la moitié des garçons étaient mordus, bien sûr, mais c'était également l'occasion pour les Judicateurs de voir qui avait bien pratiqué la désensibilisation au poison. Zejabel elle-même avait subi l'un et l'autre, avalant pratiquement tous les jours, pendant plus de quinze ans, une dose mesurée du terrible venin pour y habituer son corps. Et, au final, le serpent ne l'avait même pas blessée !

Eryne ne montra pas autant de courage, lors d'une énième rencontre avec une toile d'araignée géante. Ils en avaient déjà vu tellement, des *araignées avocates*, des *fantômes*, des *mamoutes*, que personne ne s'attendait à ce que la damoiselle panique encore lorsque la bête bondit soudain dans leurs jambes ! Bowbaq l'avait déjà écrasée que la jeune femme criait encore, visiblement à bout de nerfs. Se voir cerné par tant de vie grouillante, agressive et dangereuse aurait perturbé le flegme de n'importe qui...

S'ils n'avaient pas été huit paires d'yeux à veiller sur les environs, et menés par l'une des rares personnes qui pouvait déjouer les pièges de l'endroit, les héritiers ne seraient pas allés aussi loin. Et encore, ils n'avaient pas échappé à des dizaines de piqûres et morsures, plus ou moins irritantes ou incapacitantes... Zejabel leur avait montré tellement d'espèces différentes qu'ils se demandaient comment elle pouvait en retenir tous les noms. *Stridules, myrmidons, tarauds, grittes, scarabores* et tant d'autres, encore ! Chacun ne rêvait plus que d'atteindre un endroit sec, vide de végétation et de parasites à six pattes. Le pont de *l'Othenor II* était dans tous les esprits...

Finalement, le moment le plus agité de la journée n'eut pas les insectes pour cause, mais bel et bien un de ces crocodiles prétendument rares ! La bête surgit d'une mare sans que personne ne s'y attende, provoquant aussitôt un vent de panique. Elle semblait plus ou moins prendre Cael pour cible, mais le garçon eut heureusement assez de réflexe et d'agilité pour échapper à la gueule grande ouverte du saurien, qui se retourna alors sur Nolan. Keb et Amanón eurent ensuite raison, à coups d'acier, de l'agressivité du monstre, finalement achevé par une frappe unique de la pognée de Bowbaq.

L'alerte passée, les héritiers prirent tout de même le temps de rassembler leurs esprits, et de scruter les alentours à la recherche d'autres surprises du même acabit. Chacun se fit la promesse de veiller plus consciencieusement sur ces étangs d'habitude si tranquilles ! À force de n'y voir nager que des grenouilles, des rongeurs et quelques couleuvres, ils en avaient presque oublié les avertissements de Zejabel. Mais qu'il était difficile, et oppressant, de garder un œil attentif sur tout ce qui les entourait...

Avant de quitter les lieux, la Züe procéda à une sorte de rituel qui devait laisser ses compagnons perplexes. Équipée de son poignard, elle ouvrit le ventre du crocodile et y préleva plusieurs organes de couleur laiteuse... pour les glisser dans un emplacement libre de son sac !

— Pour cette nuit, annonça-t-elle enfin.

Devant les expressions ahuries des héritiers, elle se décida à fournir quelques éclaircissements.

— Il faudra les suspendre à cinq ou six pas de nos couvertures. Ça nous débarrassera d'une petite moitié des bestioles qui voudront nous sucer le sang.

Ils ne s'attardèrent pas plus longtemps, reprenant leur marche difficile le long de rivages boueux, tandis que le corps du saurien se recouvrait déjà de carnins, *d'ondulés* et de *grouillots* affamés.

*

Eryne essayait de se contrôler au mieux, mais il lui semblait toujours sentir de petites pattes courir dans sa nuque, ou sur toutes les autres parties de son corps. Ils avaient pourtant aménagé leur camp de manière à tenir le plus d'insectes possible à l'écart... Tout d'abord, en choisissant un endroit qui n'était pas surplombé par les arbres, mais bien placé sous le ciel rougeoyant du crépuscule. Ensuite, en procédant à un nettoyage en profondeur de cette petite clairière, la débarrassant de tout ce qu'elle comptait de végétaux morts, arrachant les plantes les plus grosses, pour finir par balayer la couche de sédiment avec des branches feuillues...

En dernier lieu, ils avaient tracé un large cercle autour de la zone dégagée, en sacrifiant presque toutes leurs réserves d'huile. Les plus petites bêtes s'engluaient dans ce barrage liquide, offrant un peu de répit aux héritiers rassemblés en son centre. En revanche, il n'y avait pas grand-chose à faire contre les bestioles bondissantes, et moins encore contre les espèces pourvues d'ailes ! La damoiselle ne pouvait d'ailleurs se tourner vers les viscères suspendues du crocodile, couvertes d'un manteau de vie grouillante, sans frémir de dégoût. L'astuce de Zejabel fonctionnait au-delà de leurs espérances, mais imposait un écœurant voisinage.

Les fugitifs eux-mêmes n'avaient guère de liberté de mouvement, à moins de se détendre les membres en faisant quelques pas hors du cercle, ce à quoi la jeune femme se refusait absolument. Malgré sa lassitude, elle était bien déterminée à veiller jusqu'à l'aube ! Leur arrivée prochaine dans le repaire de Zuïa l'inquiétait désormais moins que la nuit affreuse qui s'annonçait. Et encore, cela aurait pu être bien pire... Ils auraient pu vivre ces décans d'angoisse dans le noir complet ! Amanón avait heureusement consenti à ce qu'ils maintiennent une lampe allumée, au plus faible degré possible. Ne serait-ce que pour vérifier ponctuellement que leurs démangeaisons n'étaient pas dues à une nouvelle agression, par exemple, ou pour surveiller l'arrivée d'un serpent moroca...

Les ténèbres descendant sur les marais forcèrent pourtant les héritiers à éloigner cette lanterne, qui attirait plus de moustiques et autres *capsules* qu'il n'était supportable. Eryne chercha cependant à rester le plus près possible de sa lueur, reprenant la seule position qu'elle endurait dans cette situation : assise en tailleur dans une couverture épaisse, avec seulement une main en dehors pour chasser les insectes qui venaient cogner son visage !

Le repas partagé par le groupe fut moins consistant encore que celui de la veille ou de l'apogée, puisque les héritiers ne pouvaient sortir un fruit sans le voir aussitôt se recouvrir de petits ventres noirs et ailés. Ils finirent par jeter toutes leurs denrées sucrées au loin, pour se contenter de légumes froids et d'un peu de pain daté...

Leur ravitaillement en eau était un autre problème, ou en serait un dès le lendemain. Ils n'avaient pas eu la moindre occasion de remplir leurs gourdes ; à moins d'accepter de les plonger dans ces mares pareillement grouillantes de larves et d'insectes ! Zejabel conseilla donc à chacun de se rationner, et Eryne décida même de ne pas boire une goutte avant le matin. Elle craignait trop d'être torturée par un besoin naturel, dans ces conditions de promiscuité et de danger.

Comme d'habitude, Amanón se proposa de prendre la première garde, et chacun chercha alors à s'installer de la manière la moins inconfortable possible pour la nuit. C'est-à-dire, le plus souvent, en s'enroulant complètement dans une couverture... Mais Eryne ne pouvait se résoudre à seulement fermer les yeux. Cela lui semblait s'abandonner à la mort sur pattes qui pouvait venir les frapper ! Zejabel leur avait fait trop de mises en garde horribles. Entre ces fourmis sicaires qui paralysaient leurs victimes, ces araignées avocates qui les empoisonnaient, et ces *lunaires* dont la piqûre pourtant légère transmettait une maladie incurable, il y avait de quoi hurler à la moindre mouche se posant sur une main.

Après deux décimes, la damoiselle ne s'était toujours pas détendue, tandis que tous ses compagnons s'en étaient remis à la vigilance d'Amanón pour plonger dans un sommeil bien mérité. Alors, Eryne vérifia que Ke'b'ree était bien endormi, puis quitta sa position pour aller s'asseoir à côté de l'interprète, surpris pour le coup ! Elle posa ensuite sa tête sur son épaule, sans prononcer le moindre mot... Simplement avide de réconfort et de chaleur humaine.

En cela, Amanón se montra généreux. Il passa son bras autour des épaules de la jeune femme pour l'y laisser pendant un temps indéfini. Ensemble, ils regardèrent le ballet des lucioles et des feux follets sur les marais du Lus'an... Et pour la première fois depuis leur départ, Eryne trouva quelque chose d'agréable à cette expédition.

*

Cette deuxième journée se révéla tout aussi épuisante que la première, ne serait-ce qu'en raison de la mauvaise nuit passée par les membres du groupe, de leur lassitude, et même de la faim qui commençait à torturer les ventres. Les héritiers avaient en effet été épargnés par les attaques les plus dangereuses, ne subissant que quelques dizaines de piqûres provoquant diverses démangeaisons ; mais tous leurs sacs, en revanche, avaient été visités à la faveur de l'obscurité ! La précaution consistant à les suspendre au bout d'une branche s'était révélée insuffisante, et l'ensemble de leurs provisions, souillées ou même infestées par d'innombrables espèces de larves, avait dû être abandonné.

La tension dans le groupe était toujours plus grande, aussi, puisque chaque nouveau pas les rapprochait inéluctablement du nord de l'île, ce petit paradis terrestre dont Celle-qui-Juge avait fait son repaire. Zejabel était désormais certaine qu'ils atteindraient leur but avant la fin du jour... Ainsi, chacun se préparait à cette incursion périlleuse, et au difficile voyage de retour qui s'ensuivrait. Cela promettait encore deux nouvelles nuits de cauchemar, dans des conditions de plus en plus difficiles, puisqu'ils n'avaient toujours pas trouvé d'eau !

Une poignée de nouveaux incidents ponctuèrent encore leur progression dans ces terres inhospitalières. La rencontre avec une colonie d'araignées-toiles ne fut d'ailleurs pas l'épisode le plus dangereux, mais sûrement le plus effrayant. Ces bestioles, d'une envergure longue comme le bras, disposaient d'un corps fin et de pattes disproportionnées, presque translucides. Lorsqu'elles s'accrochaient entre deux buissons, on croyait seulement se trouver devant quelques filins couverts de rosée... Mais à peine le bâton des marcheurs avait-il effleuré la bête, qu'elle s'y agrippait avec une étonnante vivacité en essayant d'y planter ses crocs ! Les héritiers durent lutter avec deux douzaines au moins des représentants de cette espèce rare. Certains étant arrachés à pleine main des bras où ils s'enroulaient sans se soucier des pattes déjà perdues...

Un peu avant l'apogée, Bowbaq connut un accident beaucoup plus grave. Un seul faux pas dans la boue obligea le grand-père à sauter dans une mare, pour éviter de s'y étaler de tout son long... Il s'empressa aussitôt d'en ressortir, aidé par les bâtons tendus de ses compagnons, mais le mal était déjà fait. Trois sangsues d'une couleur jaunâtre s'étaient glissées dans ses bottes pour se fixer sur ses mollets ! Le temps que les héritiers les découvrent et ne discutent de la meilleure manière de les enlever, le géant tournait de l'œil et montrait bientôt des signes de fièvre. Il resta dans cet état de faiblesse pendant un demi-décan, incapable de se lever, même après que les vers eussent été brûlés... Zejabel ne savait pas grand-chose de ces parasites, mais chacun songeait qu'un homme moins bien bâti que l'Arque n'aurait peut-être pas pu récupérer de cet étourdissement. Et il n'était pas difficile d'imaginer ce qui serait arrivé, s'il s'était attardé dans la mare un petit moment de plus seulement !

Cette pause forcée eut au moins l'avantage de rendre quelques forces aux membres du groupe. Et la découverte par Zejabel, un peu plus tard, de fruits aussi sucrés que rafraîchissants donna un nouvel élan aux héritiers... L'expérience aidant, ils évitèrent de nouveaux pièges naturels, comme celui formé par les galeries souterraines des *fourmillions* dans lesquelles on pouvait s'enfoncer jusqu'à la cheville. Ou celui des *carapinçons*, qui bien loin de se laisser écraser, pouvaient creuser à travers une semelle pour infliger une morsure faisant doubler le volume du pied...

D'un décan à l'autre, les marais commencèrent à prendre un autre visage. Le sol, en se redressant vers les falaises du nord, se fit plus sec ; les étendues liquides, mieux dessinées... Au cœur du cinquième décan, alors que la chaleur se révélait de nouveau étouffante, les héritiers s'accordèrent pour dire qu'ils avaient pratiquement quitté le mauvais côté du Lus'an ! Comme s'il existait une frontière invisible des yeux des mortels, et donc franchie dans l'ignorance la plus complète... La meilleure preuve en étant l'indiscutable diminution de la population insecte.

C'était un réel soulagement pour les membres du groupe, épuisés à force de surveiller chaque parcelle de leur environnement. Progressant alors sur une terre ferme et sans pièges, au milieu d'une végétation de plus en plus fleurie, ils ne doutèrent pas d'avoir enfin atteint une forme de paradis ! Et ils n'oubliaient pas, non plus, que dans celui-ci comme dans tout autre se lovait un serpent.

Ils n'avaient que très peu discuté pendant leur progression dans les marais, redoutant de voir certaines bestioles en profiter pour investir leur gorge... Et ils parlèrent moins encore en s'avançant plus profondément en ces lieux interdits. Ils n'avaient peut-être plus à craindre les crocodiles et les morocas, mais ce n'était surtout pas le moment de baisser sa garde ! La perspective de tomber sur un novice, un messager ou même un Judicateur en balade était dans tous les esprits. Pendant les décimes qui suivirent, Zejabel n'avança plus qu'avec une flèche encochée à son arc. Et tous ceux qui portaient une arme dénudèrent leur acier, lorsqu'ils tombèrent soudain sur la route menant au palais !

— Je reconnais cet endroit, annonça la Züe. Je ne nous croyais pas aussi près du but !

Ils s'éloignèrent à quelque distance de la voie dangereuse, heureux de ne pas y avoir fait de mauvaises rencontres. Encore une fois, la canicule les avait peut-être sauvés, en maintenant leurs ennemis loin des chemins cuisants de soleil...

— *Près*, à quel point ? demanda Amanón.

Tous attendaient la réponse avec impatience, accroupis dans les herbes hautes, à s'éponger le front de leurs vêtements déjà trempés de sueur...

— Quelques milles... La route mène d'abord à un village regroupant les bâtiments des novices, les écoles, les arènes... Tout ça autour du Temple de la Grande Œuvre... Il y a les enceintes personnelles des Judicateurs, aussi...

— Ça fait un peu beaucoup de monde pour nous seuls, railla Ke'b'ree.

— Le palais de Zuïa est plus loin, encore. Seuls les Judicateurs suprêmes et leurs serviteurs ont le droit d'y pénétrer. Personne n'imagine que la déess... que Celle-qui-Juge, y vit réellement. Il est à l'écart de tout le reste.

— Combien d'hommes gardent l'endroit ? reprit l'interprète. On peut *vraiment* espérer se faufiler en douce ?

Zejabel réfléchit pendant un moment qui parut très long aux héritiers... Elle ne cessait de se redresser pour jeter des coups d'œil nerveux aux alentours, comme pour y trouver la réponse à la question.

— Il y a beaucoup plus d'hommes présents la nuit, annonça-t-elle enfin. Pendant le jour, les prêtres sont au village, à transmettre l'enseignement de Zuïa... Si on veut entrer et sortir discrètement, c'est dans le prochain décan, ou demain matin. Je suis pour y aller *tout de suite*.

Les membres du petit groupe s'interrogèrent du regard, mais la décision semblait déjà prise. Ils n'étaient pas venus jusque-là pour reculer maintenant. Et il n'était pas question non plus de prolonger leur séjour au Lus'an d'une nouvelle nuit aussi désagréable que dangereuse, puisqu'on pouvait les surprendre à chaque instant...

Sans qu'une parole fût rajoutée, ils s'enfoncèrent de nouveau sous le couvert de la végétation. Les genoux fléchis, et les armes à la main.

*

Les héritiers firent un large détour pour éviter les abords du village secret des tueurs züu. Si large que, au bout d'un moment, Amanón crut qu'ils s'étaient égarés pour de bon... Mais Zejabel n'avait pas menti sur ses connaissances de la région. Elle avait passé pratiquement toute sa vie entre les marais et les falaises du nord, et semblait en connaître chaque point de repère. Ce qui donnait, après réflexion, une autre source d'inquiétude à l'interprète : si les novices avaient ainsi l'habitude d'explorer le Lus'an, le groupe risquait d'en rencontrer à tout moment !

Cela n'arriva pas, heureusement. Comme l'ancienne Kahati le supposait, la plupart des membres du culte étaient alors à l'entraînement ou à l'étude... Et enfin, après presque un demi-décan d'avancée furtive, les fugitifs débouchèrent à portée de flèche du palais de Zuïa !

— On observe d'abord, prévint Amanón à mi-voix.

La consigne était inutile ; aucun de ses compagnons ne se serait avancé seul sur ce terrain découvert ! Et le spectacle les avait comme figés d'admiration et d'étonnement. La construction était à la hauteur de sa divine propriétaire : d'allure à la fois ancienne et éternelle. L'ensemble s'étalait sur un seul niveau, mais si grand que l'on aurait pu y ranger la place des Cavaliers de Lorelia. Les murs d'une blancheur immaculée, percés seulement de minuscules fenêtres, donnaient au palais son vrai visage de forteresse sacrée. Quelques dômes rebondis semblaient indiquer les pièces principales, tandis que plusieurs entrées habillées de colonnes paraissaient inviter la nature, seule, à pénétrer les lieux... L'interprète était d'ailleurs frappé par la présence presque surnaturelle d'un tel bâtiment, dans une région si sauvage et isolée. Avec quels matériaux l'avait-on élevé ? Quand ? Et surtout, qui était capable d'un tel tour de force ? L'idée qu'il puisse s'agir des Etheques lui donna des fourmillements d'excitation. Cela expliquerait la richesse de la bibliothèque de Zuïa dans ce domaine !

— On ne voit personne, chuchota Cael. Il ne devrait pas y avoir des gardes un peu partout ?

— Il y en a toujours au moins trois, confirma Zejabel. Ils sont peut-être de l'autre côté, en train de faire une ronde...

Amanón scruta les environs avec autant d'attention que possible, mais sans trouver trace des assassins, ou de qui que ce soit d'autre. Les jardins du palais s'étendaient pourtant sur une longueur impressionnante... Quelques dizaines d'années avaient dû être nécessaires pour domestiquer la végétation foisonnante de la région, afin de lui donner son visage actuel. Il pouvait même s'agir de plusieurs siècles ! Mais le résultat était d'une beauté incomparable, dérangeante, même, lorsqu'on songeait qu'il était la propriété et le plaisir d'un démon. Et la fleur dominante des lieux était une rose couleur carmin... Une teinte qui rappelait inévitablement la tunique des prêtres, et le sang qu'ils versaient au nom de leur culte.

— Ce n'est pas normal, reprit Zejabel après un moment. Ils devraient déjà être revenus. Aucune porte ne reste sans surveillance aussi longtemps.

— On a peut-être de la chance ? murmura Niss.

— Attendons encore, décida Amanón.

La perplexité de la Züe lui semblait de très mauvais augure. Dans le même temps, il espérait ne pas laisser passer là une occasion inespérée ! Mais après quelques décilles, la situation était inchangée. Ils se trouvaient toujours à une soixantaine de pas d'une ouverture béante vers l'intérieur du palais, sans personne pour leur barrer le chemin.

— Est-ce que la bibliothèque est loin de cette entrée ? demanda-t-il.

— Assez, oui... Mieux vaudrait prendre la porte nord.

Ils se consultèrent en silence, puis s'enfoncèrent de nouveau entre les palmiers et les plantes grasses pour suivre la Züe jusqu'à une autre façade. Là encore, la voie semblait libre...

— Il se passe quelque chose, affirma Zejabel, soucieuse. Il devrait y avoir au moins une patrouille près d'ici.

— Ils sont peut-être en train de roupiller dans un coin ? suggéra Keb. C'est ce qu'on espérait, non ?

— Ça me paraît également trop facile, renchérit Amanón. Je ne sais pas si...

Il n'acheva pas sa phrase : un des assassins sortait justement du palais ! Les héritiers se tapirent aussitôt dans la végétation, mais l'homme ne semblait pas les avoir vus. Il s'éloigna d'un pas tranquille, traversant le jardin en direction d'une des nombreuses dépendances.

— Nous voilà donc rassurés, murmura Keb. On peut y aller, maintenant ?

L'interprète secoua la tête en soupirant, écrasé par le poids de sa responsabilité. C'est lui qui avait convaincu ses compagnons de la nécessité de cette expédition. C'est lui, encore, qui avait accepté que tous participent, pour être certain d'accompagner l'Adversaire... Mais au moment d'affronter la dernière étape, il se trouvait plus qu'hésitant. Il se retourna pour soupeser le regard de chacun, en silence... Si un seul avait alors exprimé sa peur ou ses regrets, il n'aurait peut-être pas donné le même signal.

— Allons-y. Keb et moi d'abord ; Zejabel nous couvre avec l'arc. Ensuite, Bowbaq et Nolan. Puis le troisième groupe nous rejoint à la porte.

À peine eut-il le temps de vérifier les environs que le Wallatte se précipitait déjà vers le palais, lowa en main et cheveux au vent ! L'interprète s'empressa de lui emboîter le pas, le cœur battant la chamade, comme à chaque fois qu'il s'apprêtait à combattre... Ils s'adossèrent au mur blanc et ombragé, avant de risquer un œil à l'intérieur du couloir, vide.

D'un signe, Amanón invita alors le grand-père et le novice à franchir la zone découverte. Ce qu'ils firent avec autant d'énergie que de tension... Enfin, Cael, Niss, Eryne et Zejabel complétèrent le groupe, les yeux brillants de fièvre et de nervosité.

— On entre, indiqua l'interprète.

La Züe passa en tête, troquant arc et flèches contre un poignard qu'elle tint brandi près de son épaule. Elle avançait avec une souplesse de chat, comme à son habitude, et Amanón ne put que regretter que ses compagnons et lui-même n'aient pas autant d'aptitudes à la discrétion... Malgré leurs efforts, leur petite troupe se signalait plus ou moins bruyamment par ses mouvements dans ces lieux inconnus.

Tout l'esprit de l'interprète était concentré sur une éventuelle rencontre ennemie, mais son œil observateur lui permit d'admirer l'intérieur du palais, à la beauté comparable aux jardins. Rien que ce premier couloir était un bijou d'architecture et de décoration ! De longues frises colorées et entrelacées couraient sur les murs blancs, en se déployant parfois pour grimper jusqu'au plafond. De petits meubles en bois précieux, bancs ou secrétaires, se succédaient à intervalles réguliers pour conférer à l'espace clos une certaine harmonie. Et il flottait une odeur d'encens si agréable que les héritiers auraient pu en oublier la dangerosité des lieux... s'ils avaient été complètement irresponsables !

Par petites avancées prudentes, de quelques pas à chaque fois, Zejabel leur fit ainsi traverser deux autres galeries n'ayant rien à envier à la première. Amanón ne pouvait s'empêcher de penser aux assassinats commandités qui, seuls, avaient pu amener jusqu'ici une telle débauche de luxe. Il suffisait de poser les yeux sur les œuvres d'art exposées un peu partout, pour ne plus douter de la richesse comparable de la bibliothèque !

Après une autre salle et un dernier couloir, la Züe poussa d'ailleurs la porte de l'endroit tant convoité. Les héritiers s'y faufilèrent avec fébrilité, ébahis devant les milliers de grimoires et manuscrits rassemblés là ! Les rayonnages couraient sur trois des murs, épargnant celui où s'ouvraient les petites fenêtres... La pièce elle-même était d'une rare longueur. Amanón connut un bref instant de panique : jamais il n'aurait le temps de trouver ce qui l'intéressait !

Un regard impuissant lancé à Zejabel suffit à résoudre le problème. Par signes, la jeune femme invita l'interprète à la suivre à l'autre bout de la salle, où reposaient plusieurs dizaines de livres aux reliures particulièrement soignées... De la pointe de son poignard, elle désigna trois d'entre eux, puis saisit elle-même le quatrième en l'ouvrant dans les premières pages. Le cœur d'Amanón bondit dans sa poitrine, quand il reconnut de quoi il était question. La Züe n'avait pas menti. Elle tenait dans les mains un véritable syllabaire de la langue etheque !

Tous les secrets des portes et du Jal étaient désormais à leur portée !

Les mains tremblantes, l'interprète s'empressa de glisser le précieux manuscrit dans son sac, avant d'y ajouter les trois indiqués par Zejabel. Emporté par un certain enthousiasme fiévreux, il en prit deux autres encore, pratiquement au hasard, puis sortit une nouvelle pile en se tournant vers ses compagnons... Bowbaq vint aussitôt à son secours, ouvrant son énorme bagage pour y entasser les trésors volés à Zuïa. Mais Amanón en tirait d'autres encore, obligeant tous les héritiers à se répartir la charge, avec l'inquiétude grandissante d'être surpris ! Le jeune homme lui-même n'avait pas perdu la conscience du danger, mais il continuait son pillage, poussé par une rébellion qui l'empêchait d'accepter la perte de tant de savoir... S'il l'avait pu, il aurait emmené la bibliothèque toute entière !

Il ne regretta ses pulsions qu'à l'instant où la porte s'ouvrit pour claquer violemment sur le chambranle.

Et il perdit tout espoir de consulter un jour ces grimoires, lorsque Zuïa fit une entrée triomphale dans la pièce, escortée d'une jeune femme et d'une douzaine de messagers en tunique pourpre... tous armés de hati.

— Voilà donc ce que vous veniez faire chez moi, s'exclama Celle-qui-Juge avec mépris. Une rafle dans mes étagères ! J'avais supposé plusieurs choses, mais certainement pas ça !

*

Niss sentit une terrible colère bouillir en elle, devant le démon qui venait ainsi les narguer. C'était trop injuste ! Ils avaient tant surmonté, les marais, les insectes, la chaleur, pour arriver enfin à leur but... Cette fausse déesse n'avait pas le droit de les priver de la victoire ! Pas maintenant ! La jeune fille souhaitait de tout cœur que l'Adversaire montre enfin son vrai visage, et flanque une bonne correction à cette femme crispée sur sa lance.

— Je suis venue reprendre ma place à vos côtés, votre divinité, annonça soudain Zejabel. J'ai parlé de ces livres aux fugitifs dans le seul but de les amener jusqu'à vous.

Tous les regards se tournèrent vers la jeune femme, qui avançait déjà vers le groupe des assassins... Mais Zuïa ne fut pas plus dupe que Niss de ce mensonge.

— Tiens tes distances, menaça le démon. Me crois-tu sotte ? Ton fichu bijou m'empêche de lire ton esprit, mais je n'ai pas oublié la manière dont tu m'as trahie. Tu n'es plus ma Kahati !

À ces mots, la femme qui accompagnait les prêtres rouges afficha un sourire mauvais. Niss comprit qu'il s'agissait de la nouvelle propriétaire du titre...

Elle était plus grande que Zejabel d'une tête, et plus large d'épaules, aussi, mais beaucoup moins jolie. De toute manière, la petite arque n'éprouvait que haine pour ceux qui leur faisait face !

— Zhira n'est bonne qu'à occuper la deuxième place, insista Zejabel avec mépris. Je reste la meilleure. Reprenez-moi !

— Si mes souvenirs sont bons, elle a seulement échoué à l'épreuve de l'Esthésia, nargua la fausse déesse. À la lutte, elle s'est toujours montrée plus forte que toi... Mais je veux bien t'accorder une chance. *Lance-moi ton pendentif !* commanda-t-elle, à la surprise générale.

Niss connut alors une angoisse supplémentaire en voyant Zejabel porter les mains à son cou, pour y saisir le lacet retenant la précieuse amulette ! La prophétie d'Usul lui revint aussitôt en mémoire. *L'un d'entre eux les trahirait !* La tension dura quelques instants, mais la Züe finit par laisser retomber ses mains, sa tromperie démasquée.

— Je m'en doutais, ricana simplement Zuïa. Je crois que j'ai été trop conciliante avec toi. Tu ne méritais pas d'être ma Kahati.

— Elle est désormais *avec nous*, intervint soudain Amanón. Et nous allons partir, *tous les huit*. Sans que vous fassiez quoi que ce soit pour nous en empêcher.

Le démon s'abandonna à un rire nasillard, aux tonalités ridicules, tranchant fortement avec le silence obstiné des assassins.

— Et pourquoi ferais-je cela ? reprit Zuïa. Jamais je n'ai accordé ma clémence. Je suis Celle-qui-Juge !

— Rappelez-vous notre dernière rencontre, insista Amanón. Vous redoutiez de nous affronter... et les choses sont pires, aujourd'hui. Nous savons que l'Adversaire est l'un d'entre nous.

— Je le devine ! triompha l'éternelle en agitant sa lance. Probablement *celui-là* !

De sa main libre, elle désigna Eryne... Ou plus exactement le ventre de la jeune femme, sur lequel elle rivait son regard jauni ! Lorsqu'elle comprit, Niss vit tout son corps parcouru d'un frisson glacé, mais ce n'était rien à côté de l'émotion qui s'empara de la damoiselle... La Lorelienne échangea des expressions perdues avec Keb et Amanón, avant d'éclater en sanglots !

— J'ai perçu son esprit tout à l'heure, jubilait le démon. Je me demandais laquelle de mes servantes s'était laissée engrosser... quand j'ai vu que la mère n'était autre que cette bâtarde issue de Dara ! Quelle surprise, de vous découvrir si près de chez moi ! Et oui : ton gwelom a déjà des difficultés à te cacher, *ma sœur* ! conclut-elle avec une grimace de haine et de triomphe.

Eryne était pâle comme le brouillard, une main plaquée sur sa bouche, retenant un cri silencieux... et l'autre posée sur un ventre où grandissait déjà une vie. Une vie que Zuïa voulait prendre, en plus de toutes les autres !

La détresse de la Lorelienne était l'ultime excuse dont Niss avait besoin pour laisser libre cours à sa colère. Après un instant de concentration seulement, son esprit envahit le corps de l'assassin le plus en retrait ! Elle sentit la terreur de l'homme, mais plus encore, elle soupesa la dague qui était maintenant en son pouvoir... La hati *empoisonnée* !

Alors qu'elle frappait déjà le Zü le plus proche, elle vit Bowbaq se précipiter vers son corps d'origine, pauvre silhouette de jeune fille écroulée au sol. Elle planta de nouveau l'arme dans des chairs, tandis que les héritiers se ruaient soudain à l'attaque... Et elle eut le temps d'abattre un dernier adversaire, avant que Zuïa ne tourne vers elle un regard étrangement brûlant.

La mort de l'assassin qu'elle contrôlait fut douloureuse. Mais pas autant que la sensation de repartir dans le Rêve... Et peut-être pour toujours, cette fois.

*

Cael n'en croyait pas ses yeux quand les Züu avaient commencé à s'entretuer, puis la vérité lui était apparue quand Niss s'était affalée au sol, presque dans le même temps. Toutes ces journées passées à écouter les erjaks ne laissaient pas de place au doute : la petite Arque venait de prendre le corps d'un des assassins !

Passés les premiers instants de confusion, les héritiers mirent cette diversion à profit. La première à se lancer fut Zejabel, plongeant lame en avant sur l'ennemi le plus proche... L'homme n'avait eu qu'un instant de distraction, mais il lui fut fatal. Avant qu'il puisse tenter de se défendre, la Züe avait déjà enfoncé son poignard dans sa gorge, pour lui voler ensuite sa hati !

Keb et Amanón n'eurent pas besoin d'un autre signal. Ils fauchèrent chacun un des assassins retournés, tandis que celui contrôlé par Niss s'effondrait soudain, en portant les mains à son crâne... Horrifié, Cael posa son regard sur la silhouette étendue de la jeune fille, soutenue par le malheureux Bowbaq. La pauvre avait les yeux révulsés ! *Zuïa l'avait tuée !*

Ce fut alors comme une boule de haine et de colère qui sembla exploser dans l'esprit du garçon. Inévitablement, sa Voix se fit entendre, luttant pour la suprématie du corps de l'adolescent... Et Cael n'y opposa aucune résistance ! Il n'avait qu'une image en tête, celle de la petite Niss réduite à un paquet de chairs mortes, comme le symbole de la défaite des héritiers... Et un seul désir : celui de la venger !

Alors qu'il sentait des forces destructrices affluer dans ses membres, la bataille s'engageait pour de bon. Zejabel voulut plonger aux pieds de Zuïa, mais la dénommée Zhira lui barra le chemin avec un sourire mauvais ! Un combat tout en feintes et esquives commença alors entre les deux rivales, dans un déploiement de techniques impressionnant. Amanón et Keb voulurent eux-mêmes défier de nouveaux adversaires, et Nolan se joignit bientôt à eux, mais les six Züu restant se tenaient désormais sur leurs gardes ! Ils formaient une ligne infranchissable d'acier empoisonné, dont les héritiers ne pouvaient s'approcher sans risquer une mort immédiate...

Pourtant, cette éventualité même sembla risible à Cael, alors qu'il se voyait presque totalement envahi par le souvenir de Sombre. Que pouvaient faire ces misérables contre lui ? Il avait affronté des adversaires bien plus puissants ! Le Lémure de Goran faisait évidemment partie de la liste, mais le garçon commençait à entrevoir d'autres souvenirs. Ses consciences mélangées peinaient à s'accorder sur leur teneur exacte... Il y avait une sorte de... dans une caverne...

Ce bref instant de réflexion fut étouffé par une soudaine bouffée de rage. Bowbaq venait de se jeter sur les Züu en hurlant, sa pognée haut brandie pour frapper ! Le désespoir du grand-père effaça les dernières réticences de Cael, qui se rua sur ses ennemis avec l'intention cruelle de les tailler en pièces jusqu'au dernier. Leur charge combinée envoya d'ailleurs deux hommes à terre, et un véritable combat s'engagea alors entre les quatre héritiers et autant de Züu survivants...

Le garçon ne songeait même pas à la défaite ; son esprit tourmenté ne cherchait *que* la meilleure façon d'écraser son adversaire, de lire la peur dans ses yeux, l'abandon de tout espoir. La rapière guidée par la Voix piqua d'abord une épaule, puis un mollet, puis le flanc du prêtre rouge... Dix fois déjà, elle aurait pu transpercer son cœur, mais cela aurait été trop rapide pour l'adolescent possédé du démon. Une petite part encore épargnée de son esprit lui criait pourtant d'en finir au plus vite, d'assister Nolan, Manó, Bowbaq ou Keb, qui risquaient la mort à chaque instant ! Même Zejabel semblait en difficulté, devant cette Kahati à l'allure masculine... Mais ces considérations passaient derrière la nouvelle soif de cruauté de Cael ; tout comme l'idée de venger Niss lui semblait désormais secondaire. Dans ce monde, il n'y avait pas de place pour les faibles !

Sa rage décupla encore quand son adversaire, au prix d'une attaque brillante, parvint à lui piquer le poignet de sa dague ridicule. Le garçon sentit aussitôt le poison se répandre dans ses veines et gagner son cœur... Cela eut pour seul effet d'attiser le feu qui bouillait en lui, et c'est avec une terrible jouissance qu'il lança son bras armé dans l'œil de l'assassin !

L'homme n'était pas encore écroulé que Cael marchait déjà vers un autre, emporté par sa fièvre destructrice. Nolan s'écarta quand l'adolescent saisit le bras du Zü d'un geste vif, avant de se plaquer contre sa poitrine pour mieux lui enfoncer sa lame dans le ventre... Il resta quelques instants à lire son agonie dans ses yeux, avec un plaisir démoniaque, puis dégagea sa rapière pour la tendre seulement vers la nuque d'un troisième assassin, qui s'écroula à genoux devant un Bowbaq aux yeux rougis.

Keb, Amanón et Zejabel luttaient encore, mais le garçon se lassait déjà de ces tueries trop faciles. Il tourna alors un regard mauvais vers Zuïa, cette vieille sorcière, qui ne le quittait d'ailleurs pas des yeux. Et il fit un premier pas vers elle.

C'est alors qu'il se souvint. Il se souvint d'avoir déjà exprimé sa colère sur l'un des éternels censés régenter ce monde.

Et Cael, le vrai, celui qu'il était le plus souvent, se demanda avec angoisse comment s'était terminé son combat contre Usul.

*

L'esprit d'Amanón était en feu. Il s'était passé trop de choses, trop vite ! Et malgré le côté désespéré de leur situation, malgré la cruelle déception qu'il ressentait à l'idée d'échouer si près du but, l'interprète était surtout hanté par l'image d'Eryne... L'expression perdue de la jeune femme, après les révélations de Zuïa sur l'enfant qu'elle portait ; et les regards qu'elle avait aussitôt lancés à Keb et lui-même ! Keb *et* lui-même !

Cela confirmait ce qu'il pressentait depuis longtemps, mais de la plus tragique des manières. Il en était si bouleversé qu'il parvenait à peine à se concentrer sur le combat, ne suivant que ses seuls réflexes, sans intelligence ni stratégie. Et le Wallatte semblait également fébrile ; à moins qu'Amanón ne l'imagine ainsi ? Tout cela était si tragique, si précipité !

Un instant seulement, l'interprète crut à une possible victoire, quand Cael aida Nolan et Bowbaq à défaire leurs adversaires... Mais ses espoirs fondirent comme neige alors que de nouveaux assassins en tunique pourpre investissaient la bibliothèque, par vagues de trois, quatre ou même davantage. Zejabel avait prévenu les héritiers : Zuïa pouvait alerter ses Judicateurs depuis n'importe quel endroit au monde ! Et le démon femelle avait des milliers d'hommes à sa disposition... Personne ne viendrait à bout d'une telle force armée. Pas même l'adolescent, visiblement emporté par de nouvelles pulsions meurtrières, et à l'efficacité décuplée. Cael n'eut d'ailleurs pas l'occasion d'atteindre Celle-qui-Juge ; pratiquement tous les nouveaux arrivants se jetaient sur lui, faisant peu à peu barrage de leurs cadavres entre Zuïa et le garçon déchaîné !

Amanón lui-même avait les plus grandes peines du monde à résister aux assauts de son adversaire ; la crainte de la hati empoisonnée paralysait toutes ses initiatives. L'interprète se contentait d'esquiver et d'esquiver encore, attendant une faille dans la défense du Zü qui ne venait jamais... Bowbaq finit par le libérer en abattant sa pognée sur l'épaule de l'assassin, lui brisant le membre pour le coup. Et l'interprète ne perdit pas l'occasion de lui ouvrir le ventre d'un mouvement rapide !

Essoufflé, les nerfs à vif, le jeune homme recula de deux pas pour juger de la situation. Au moins dix prêtres rouges leur faisaient face, dont la moitié s'acharnait à retenir la fureur de Cael. Zejabel et la nouvelle Kahati luttaient toujours, les bras couverts d'estafilades qui auraient été mortelles pour n'importe qui n'étant pas immunisé au poison du moroca... Keb, Bowbaq et Nolan composaient une ligne de défense improvisée ; la longueur de leurs armes représentant leur seul avantage face aux dagues des assassins ! Derrière, près des sacs remplis de livres, Niss gisait encore à terre, frappée par un mal incompréhensible. Et au cœur du demi-cercle formé par ses compagnons, Eryne se tenait debout, les mains sur le ventre, toute la peine du monde peinte sur son visage... tandis qu'un nouveau groupe d'ennemis franchissait la porte pour courir vers eux.

La détresse de son amante donna comme un coup de fouet à l'interprète. Ils ne pouvaient pas finir ainsi ! Pas à l'aube de cette nouvelle vie ! Laissant à Bowbaq et aux autres le soin de retenir les Züu, il bondit jusqu'au bagage de Zejabel et saisit l'arc et les flèches qui étaient posés à côté. La bibliothèque était longue comme un champ de tir, après tout !

Les leçons prises pendant leurs bivouacs allaient porter leurs fruits. Le premier trait d'Amanón termina sa course dans le ventre d'un assassin, libérant Cael d'un peu de la pression maintenue sur lui. Son deuxième tir transperça un bras vêtu de pourpre, permettant à Keb d'achever un nouvel adversaire... Mais cinq nouveaux Züu déboulaient encore dans la salle, réduisant d'autant les chances des héritiers à résister !

Presque résolu désormais, l'interprète pointa sa flèche vers Zuïa, suppliant tous les dieux pour qu'un miracle arrive enfin... Il ne tira pas, pour autant. Au contraire, il baissa son arme et courut la tendre à Eryne !

— Prends-le, vite ! demanda-t-il.

La pauvre ne leva qu'un regard humide sur lui. Elle semblait comme droguée, perdue dans son chagrin et ses remords.

— Amanón... Je...

— Plus tard ! pressa-t-il. Ce n'est pas terminé, Eryne !

Le cœur du jeune homme sembla se remettre à battre, quand la damoiselle posa enfin ses mains fines et tremblantes sur l'arc qu'il lui tendait.

*

Jamais elle ne s'était sentie aussi maladroite, mais elle était prête à accepter n'importe quoi pour diminuer le poids de ses fautes. Et celles-ci devaient être nombreuses, pour que le destin s'acharne ainsi sur elle... Comment en était-elle arrivée là ? À concevoir un enfant, dans ce monde cruel et dangereux qui était le sien depuis quatre décades ? Un enfant dont le père n'était même pas identifié ? Un enfant qui s'attirait déjà la haine des démons, alors qu'il n'avait pas encore vu le jour, ni porté un nom ?

— Tends-le ! pressait Amanón.

Comme un automate de boîte à musique, Eryne encocha la flèche, tirant également parti des leçons de Zejabel. Elle n'entrevoyait même pas ce que le jeune homme projetait de faire, torturée qu'elle était par la peine qu'elle venait de lui infliger, ainsi qu'à Ke'b'ree... Pourraient-ils seulement lui pardonner ?

— Zuïa ! indiqua l'interprète. Vise *Zuïa* !

Sans réfléchir, elle leva son arme et tira la corde à elle, certaine pourtant que la flèche manquerait sa cible. Comment pourrait-il en être autrement ? Pourtant, le masque d'effroi qui passa soudain sur le visage du démon mit comme un baume apaisant sur ses blessures morales. Elle se sentit près de libérer le trait vengeur...

— *Cessez le combat !* cria Amanón à travers la salle.

La bibliothèque connut alors un moment de flottement, où les héritiers et les Züu reculaient d'un pas ou deux, le temps de comprendre la situation. Zejabel et Zhira se séparèrent pareillement, le souffle court et la peau luisante de sueur... Seul, Cael continuait à combattre avec acharnement. L'interprète le héla d'un ton impérieux, s'attirant aussitôt le regard de braise de l'adolescent ! Mais après quelques instants, le garçon sembla reprendre ses esprits... Il avait vaincu au moins dix ennemis à lui seul, et paraissait exténué, à la limite de défaillir.

— Tirez si ça vous chante, brava Celle-qui-Juge. Détruisez simplement ce corps, et je renaîtrai dans celui de ma Kahati. Cette bâtarde n'est *pas* l'Adversaire.

— En êtes-vous si sûre ? riposta Amanón. Je suis tenté de le vérifier, moi aussi. Mais vous détruire pour de bon ne nous ferait pas sortir d'ici.

Le bras d'Eryne fatiguait déjà, mais elle s'efforçait de garder la pose droite, et l'esprit clair. Même si se faire traiter de « bâtarde » pour la deuxième fois en quelques décilles lui donnait également une furieuse envie de tester ses pouvoirs !

— Vous remarquerez que je ne fuis pas, fit Zuïa.

— Non. Mais vous ne donnez pas non plus l'ordre d'attaquer, répliqua l'interprète.

L'un des Züu tenta alors de se placer dans la ligne de tir, mais Bowbaq l'attrapa par ses vêtements pour le jeter brutalement en arrière, comme il l'aurait fait d'un simple rat ! Un regain de tension fut aussitôt perceptible, mais Amanón devança la bataille...

— La flèche partira à la prochaine tentative de ce genre, cria-t-il avec hargne. Reculez tous vers la porte !

La nouvelle Kahati interrogea sa déesse du regard, puis s'éloigna lentement vers le fond de la salle, imitée par les assassins en robe pourpre. Pour autant, aucun ne rangeait son arme, ni ne tournait le dos aux héritiers... Ces derniers se rassemblèrent aux côtés d'Amanón et Eryne, prêts à repartir à l'assaut dès que nécessaire. La damoiselle n'en pouvait plus de tenir l'arc bandé, mais il lui fallait résister encore ! Tout leur avenir résidait dans cette flèche pointée vers l'éternelle !

— Zejabel, appela l'interprète. La lance.

La Züe ne se fit pas prier pour rejoindre son ancienne déesse, avant de lui arracher la Zaya'nat sacrée des mains... Ainsi désarmée et à découvert, Zuïa semblait bien vulnérable, presque misérable, avec ses bras ballants au milieu de la bibliothèque. Pourtant, son regard était toujours aussi brillant de haine et de malice.

— Elle peut donner ses ordres par l'esprit, rappela Zejabel en revenant. Elle va nous tendre un piège.

— Je le lui déconseille fortement, grinça Amanón.

— Elle le fera. Il faut sonder les pensées des autres, indiqua la Züe. Utiliser l'Esthésia.

Eryne n'avait pas besoin de baisser les yeux pour savoir que l'on s'adressait à elle. La première image qui lui vint fut celle de l'échec, et pourtant, elle s'efforça de porter sa concentration sur les assassins groupés à distance... Ne serait-ce que pour donner à son bébé une seule chance de vivre... Un bébé qui, elle le devina soudain, serait un *fils* !

Elle venait de toucher son esprit, par hasard, et c'était la plus belle chose qui lui soit jamais arrivée. Comme une bouffée de bonheur, une promesse de joie et de tendresse en plein cœur de cette situation tragique... Alors, galvanisée par cet espoir, elle sentit grandir son pouvoir et traversa l'esprit des Züu comme un vent sur la plaine. Elle en retint une foule d'images, de noms et de pensées, dont certaines allaient s'avérer capitales !

— Ils vont tenter de nous arrêter, annonça-t-elle d'une voix chargée d'émotion. Zuïa le leur a demandé.

— Vous avez entendu ? Nous pouvons déjouer vos pièges, lança Amanón. Sortez tous et dispersez-vous, ou nous tuons votre déesse !

Celle-qui-Juge elle-même avait blêmi pour le coup, et ses assassins se montrèrent soudain bien hésitants. Après un nouveau moment de flottement, Zhira adressa un regard haineux à sa rivale et franchit la porte de la bibliothèque, les messagers sur ses talons. Bientôt, on n'entendit même plus leurs pas feutrés dans le couloir... Les héritiers se resserrèrent alors autour du démon femelle, et Eryne put enfin relâcher la tension sur ses bras. Zejabel récupéra aussitôt son arc, pour placer d'autorité la lance dans les mains de la damoiselle.

— N'hésitez pas un seul instant, demanda-t-elle d'une voix dure. Frappez à mort, à la moindre traîtrise.

— Ils ont repéré notre chaloupe, au nord, annonça la jeune femme. Je l'ai vu dans leurs pensées !

Les fugitifs se consultèrent en silence, puis s'empressèrent de ramasser leurs sacs bourrés de livres, tandis que Bowbaq prenait la pauvre Niss dans ses bras.

— Elle est accessible ? demanda Nolan.

— Elle est coincée sur des récifs, expliqua Eryne.

Elle-même n'en revenait pas d'en savoir autant. Elle avait vraiment eu une image parfaite de la chaloupe, comme si elle l'avait découverte de ses propres yeux, depuis les hauteurs de la falaise ! Mais plus encore, la jeune femme voyait son esprit obnubilé par ce fils qu'elle portait désormais, et par ce démon qu'elle tenait en joue d'une longue pointe d'acier...

— Si nous décelons d'autres embuscades, il n'y aura plus d'avertissement, prévint Amanón. Gardez vos hommes à l'écart de notre route, si vous tenez à la vie.

— Vous ne pourrez aller nulle part, cracha Zuïa. Même si vous réussissez à quitter l'île, Sombre finira par vous retrouver et vous détruire ! Vous n'avez *aucune idée* de ce qui se prépare vraiment !

Pour seule réponse, elle reçut une poussée dans le dos de la part de Kebree, le Wallatte lui intimant d'avancer vers la sortie. Et leur petit groupe se mit donc en marche, en une formation stratégique dont Eryne et Zuïa occupaient le centre...

La jeune femme remarqua aussi que ses amants ne la quittaient pas d'une semelle. Et que chacun des deux évitait le regard de l'autre.

*

Le nord de l'île était plus loin que ce que Nolan imaginait ; à moins que le côté oppressant de leur situation ne fausse son jugement. Et les héritiers n'avançaient que très lentement... Zuïa ralentissait volontiers leur allure, avant d'être à chaque fois rappelée à l'ordre par un geste violent de Keb ou de Zejabel. Amanón surveillait les environs avec des yeux de fouine, certain d'essuyer bientôt une attaque d'assassins embusqués... Cael progressait avec un étrange regard triste, tout comme Bowbaq, désespéré par l'incompréhensible léthargie de sa petite-fille. Et le novice lui-même était partagé entre angoisse et soulagement !

Il avait au moins trois raisons de se réjouir : tout d'abord, ils avaient trouvé ce qu'ils étaient venus chercher, à savoir les fameux grimoires etheques ! Riches de ces connaissances, le jeune homme ne doutait plus que les héritiers percent les véritables secrets des portes, et réussissent à pénétrer au Jal pour délivrer leurs parents. Même si cela devait prendre encore une lune, ou davantage.

Ensuite, Nolan se voyait transporté d'espoir par la perspective d'avoir bientôt une nièce ou un neveu. Joie toute égoïste, il devait bien l'admettre, puisque cela plaçait Eryne, Keb et Manó dans une situation des plus embarrassantes ! Mais comment ne pas se féliciter de l'arrivée prochaine d'un nouvel héritier ? Ce pourrait bien être celui-là, l'Adversaire. Ils n'avaient peut-être fait tout ce chemin que pour en être avertis ! Dans l'esprit du novice, ils revenaient de cette croisade au pays du mal plus riches que jamais...

Enfin, le jeune homme se réjouissait de l'échec de la prophétie d'Usul. Personne n'avait trahi le groupe, pendant ces moments difficiles. Zejabel en avait pourtant eu l'occasion... Et, même s'il n'avait jamais vraiment douté de la fidélité de la Züe, Nolan était désormais convaincu que leurs routes n'étaient pas près de se séparer. Du moins, tant que Sombre ne décidait pas de lancer toutes ses forces sur eux.

Le parfum des embruns mit bientôt un terme à ses réflexions. Ils avaient marché pendant un demi-décan à travers la végétation, prenant constamment de l'altitude, pour parvenir aux abords des falaises. Eryne avait guidé leur route, pendant tout ce temps, en suivant le souvenir puisé dans l'esprit des Züu... Ils arrivaient donc au terme du voyage, en cette chaude fin de journée, mais Nolan ne pouvait croire encore au miracle annoncé.

Il fut le premier à s'avancer au bord du vide, luttant contre le vent qui cherchait à le repousser... Et quand il se retourna vers sa sœur, c'était pour poser sur elle un regard nouveau. Le doute n'était plus permis. Eryne était *réellement* une déesse.

— C'est fichu, commenta pourtant Amanón. On ne pourra jamais rejoindre la chaloupe.

Le novice se pencha de nouveau sur la falaise... Elle plongeait, effectivement, droit dans des eaux très mouvementées.

— Il y a une petite plage, là-bas, indiqua Keb. On pourrait y descendre.

— Mais on restera hors de portée de la barque, répéta l'interprète. Impossible de nager de la plage jusque-là, sans être projeté contre les rochers.

Un silence tendu tomba sur le groupe, tandis que chacun méditait sur la situation. Seule Zuïa affichait un sourire provoquant, même sous la menace de la lance d'Eryne !

— Donc, le mieux serait d'amener la chaloupe jusqu'à la plage, commenta Kebree. En faisant une boucle au large.

Avant que Nolan n'ait compris le réel sens de sa remarque, le Wallatte se débarrassait déjà de ses sacs, armes et vêtements, sous l'œil stupéfait de ses compagnons.

— Tu ne peux pas plonger de cette hauteur, avec tous ces récifs en dessous, rappela Amanón. Tu vas te tuer !

— Bah, j'ai envie de devenir un héros, moi aussi, plaisanta le barbare en se déchaussant.

Il tira ensuite un petit papier plié de sa botte, avant de le remettre à un Nolan des plus surpris.

— Juste au cas où... C'est une idée pour tuer Sombre, annonça-t-il comme si de rien n'était. Je vous expliquerai d'où elle vient un peu plus tard.

Il lançait un regard mauvais à Zuïa, qui le lui rendit avec autant de haine. Puis il contourna le démon pour s'approcher d'Eryne, alors sans voix et les yeux tristes.

— Si jamais... Enfin... Parle-lui un peu de moi, demanda-t-il en désignant le ventre de la jeune femme.

Il se détourna ensuite et salua les autres à la cantonade, avant de partir soudain en courant et de plonger dans le vide ! Tous se rassemblèrent au bord de la falaise, serrant les dents en voyant le corps du Wallatte briser violemment la surface de l'eau, une trentaine de pas plus bas... Puis les instants s'égrenèrent avec une terrible cruauté, sans que Keb ne réapparaisse. Nolan se mit alors à prier, de toute la force de sa foi. Le petit papier remis par le barbare semblait lui brûler les doigts, mais il se refusait à le déplier tant que son propriétaire ne serait pas remonté à l'air libre... Ce qui, enfin, arriva !

Le Wallatte eut même le panache de pousser un cri de triomphe, avant de commencer à lutter contre les courants pour rejoindre la fameuse chaloupe. Alors seulement, le novice porta les yeux sur le billet qui lui avait été confié... Les deux lignes tracées d'une écriture malhabile lui donnèrent le vertige ! S'ils avaient su... Mais comment...

— Nous n'avons plus besoin de ce démon, annonça soudain Zejabel. Tuons-la maintenant.

*

L'ancienne Kahati voyait bien que sa proposition n'emballait pas les cœurs des héritiers, mais elle-même était plus que décidée.

— Elle ne mérite aucune pitié, poursuivit-elle. Elle est responsable de dizaines de milliers de morts. Elle a même fait massacrer des membres de vos familles. Elle doit être jugée selon sa propre loi !

— Je... Je n'en suis pas capable, prévint Eryne.

— Et elle a fait du mal à Niss, rappela Bowbaq d'une voix pleine de reproche.

Cet argument et la détresse du grand-père semblèrent toucher davantage ses compagnons, et Zejabel décida d'en profiter.

— Et elle en fera encore. Elle en fera tant qu'elle aura un souffle de vie. Que se passera-t-il si nous l'abandonnons ici ? Amanón, je suis sûre que tu y as réfléchi. Nous ne pouvons pas prendre ce risque, insista-t-elle. Nous ne pouvons pas épargner nos ennemis.

— Vous êtes trop faibles pour juger qui que ce soit, cracha l'éternelle.

— *Tais-toi !*

Le cri et la gifle étaient partis dans le même instant, et Zejabel eut soudain peur de sa propre perte de contrôle. Des larmes lui montèrent aux yeux. Toute la tristesse amassée pendant ce pèlerinage sur son île natale ressurgit comme un volcan en éruption... Cette vieille femme, qui se frottait la joue avec un air mauvais, lui avait tout pris. Ses parents. Son enfance. Son honneur, son innocence, le repos de sa conscience...

Combien de fois la jeune femme avait-elle sali sa hati, au nom de ce démon égoïste ? Combien de rivales avait-elle dû sacrifier pour le seul privilège de survivre un jour de plus ? Les larmes coulaient désormais sur ses joues sans pouvoir s'arrêter, et la voix de l'ancienne Kahati n'était plus que sanglots émouvants.

— Elle a détruit tout un peuple ! s'écriait-elle, prenant ses compagnons à partie. *Mon* peuple ! C'est le moment ou jamais de le libérer enfin !

Les héritiers partageaient peut-être son opinion, et même *probablement*, puisqu'elle avait appris à les connaître... Pourtant, aucun n'osait se prononcer ouvertement pour cette exécution. Personne ne pouvait en donner l'ordre à Eryne. Alors, Zejabel se tourna vers celle, qui, depuis le début, symbolisait tous ses espoirs...

— Je vous en prie, supplia-t-elle en s'approchant. Je t'en prie, Eryne.

La Lorelienne tremblait comme une feuille, ses doigts frêles gardant la lance Zaya'nat pointée sur le ventre de Zuïa... Mais rien qu'à voir ses yeux, Zejabel connaissait déjà sa réponse.

— Je... ne peux pas, articula la damoiselle. Je regrette...

La jeune femme l'apaisa d'un sourire triste.

— C'est normal, reconnut-elle. On ne t'a pas appris à le faire... comme à moi !

Le dernier mot à peine prononcé, elle plaquait ses mains sur les poings d'Eryne et frappait violemment de la lance dans le corps du démon ! Zuïa n'eut qu'un hoquet, un regard d'incompréhension, avant de s'écrouler lentement à terre, comme une fleur déjà vieille se fanant sous un soleil trop fort... Après quelques instants seulement, elle rendait un dernier soupir, dont chacun put entendre la profondeur.

— Pardonnez-moi, demanda Zejabel en s'essuyant rageusement le visage. Il *fallait* le faire.

Étrangement, devant ce corps crispé et misérable, elle ne ressentait pas la satisfaction qu'elle avait espérée.

*

Les premiers instants furent les plus difficiles, comme ils l'étaient à chaque fois depuis ces dizaines de siècles... Puis, sa respiration retrouva un rythme normal, et les vertiges se dissipèrent. De nouveau, l'air entrait et affluait dans ses poumons, irriguait son sang, répandait force et vigueur dans son corps.

Un corps tout neuf.

Zuïa avait oublié à quel point la jeunesse pouvait être agréable. La haute taille de Zhira, sa musculature, lui convenaient parfaitement. Emportée par une joie presque infantile, Celle-qui-Juge enchaîna quelques mouvements d'acrobatie, mettant à l'épreuve les compétences physiques de celle qui n'était plus désormais qu'une petite plainte dans son esprit. Finalement, la trahison de Zejabel était peut-être une bonne chose. Zuïa n'aurait pas supporté d'entendre les gémissements de cette pleurnicheuse pendant quatre ou cinq décennies. La bêtise écrasée de Zhira se révélait beaucoup plus confortable.

Avec une jouissance extrême, le démon convoqua ses Judicateurs d'une simple pensée. Puis elle se mit en quête des fugitifs, mais ces derniers se trouvaient malheureusement trop loin, déjà. Ce n'était pas grave. La nature divine de cette bâtarde finirait par surpasser le pouvoir de son gwelom, et il serait alors possible de la retrouver n'importe où. D'autant que leur rafle dans la bibliothèque trahissait déjà leur prochaine destination.

Zuïa se réjouissait surtout de pouvoir rapporter plusieurs informations capitales à son maître. Parmi celles-ci, le fait qu'Eryne ne soit *pas* l'Adversaire.

Et qu'elle portât un enfant.

Généalogie simplifiée :

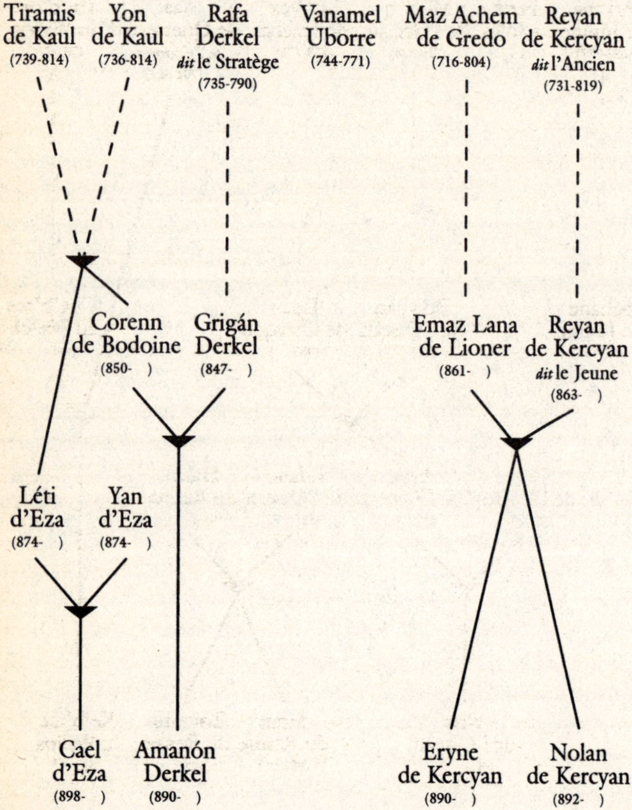

les sages et les héritiers

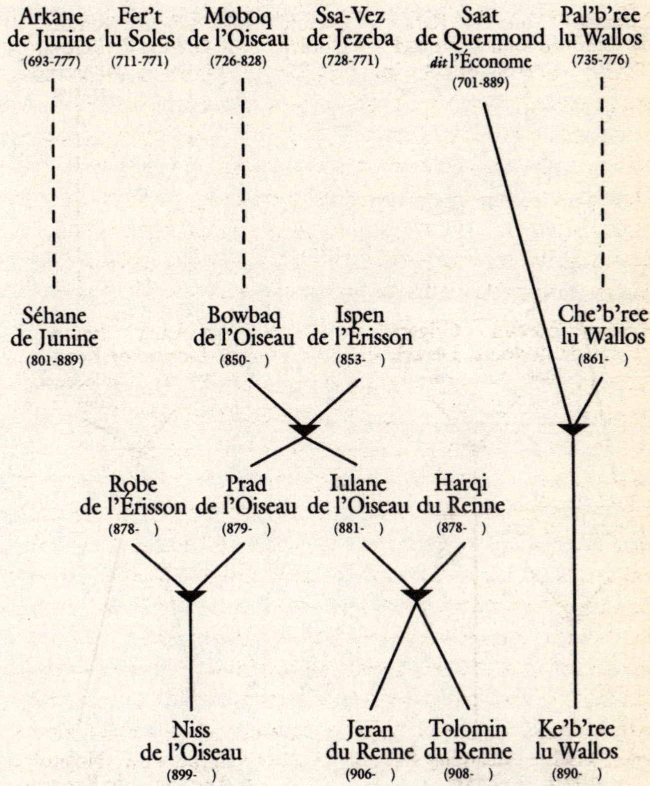

8688

Composition PCA à Rezé
Achevé d'imprimer en France (La Flèche)
par CPI Brodard et Taupin
le 23 janvier 2009. 50786
Dépôt légal janvier 2009. EAN 9782290352564
1er dépôt légal dans la collection : mai 2008

Éditions J'ai lu
87, quai Panhard-et-Levassor, 75013 Paris
Diffusion France et étranger : Flammarion 0